© 2017 Rainer Kretzschmar
Umschlag, Illustration: tredition GmbH
Lektorat, Korrektorat: Barbara Kretzschmar

Verlag: tredition GmbH, Hamburg

ISBN
Paperback   978-3-7345-6169-6
e-Book   978-3-7439-1537-4

Printed in Germany

Das Buch

Der Mörder lebt viele Jahre mit einem Schatten auf seiner Seele, weil er vor langer Zeit einem Verbrechen beiwohnte, das er nicht verhindern konnte. Oder doch? Diese Frage quält ihn und langsam reift sein Entschluss: Die anderen, die daran beteiligt waren, sollen endlich bezahlen – mit ihrem Leben. Mit größter Präzision beginnt er, diesen Entschluss in die Tat umzusetzen. Eine ohnmächtige Hilflosigkeit überkommt die Ermittler; lange Zeit suchen sie vergeblich nach einem Motiv und können keinen roten Faden finden. Erst ganz langsam lichtet sich das Dunkel. Was ist Recht? Was ist Gerechtigkeit? Wo fängt die Rache an? Diese Gedanken treiben den Mörder um und er versucht die Moral zu seiner Verbündeten zu machen. Macht ihn dieser Versuch frei?

Alle namentlich genannten Personen sind rein fiktiv.

Der Autor

Rainer Kretzschmar, geboren 1944, ist ein Autor, der erst spät sein Hobby entdeckt hat.
Zusammen mit seiner Frau lebt er seit 40 Jahren in einem Dorf bei Kiel. Die beiden haben drei erwachsene Kinder sowie drei Enkelkinder.

Seit jeher hat ihn zudem die in vielen Ländern unterschiedliche Auslegung von Recht und Gerechtigkeit, Moral und Wertevermittlung beschäftigt.

.

SEELENSCHATTEN

Rainer Kretzschmar

*Mein ganz besonderer Dank gilt meiner Frau Barbara,
die mir immer zur Seite gestanden, mich ermutigt und
unterstützt hat, meinen Traum zu verwirklichen.*

*Auch Susann und meiner Tochter Ann-Kathrin möchte
ich herzlich danken. Sie haben mit unerschöpflicher
Geduld und Geschick dafür gesorgt, dass aus einem
Manuskript ein richtiges Buch geworden ist.*

Juli 1988, Odense / Dänemark

Das Unheil nahm seinen Lauf, langsam, unvorhersehbar. Keiner der Anwesenden konnte erahnen, wie dieser Tag enden sollte und welche Folgen er haben würde.

Ein Turnier, das über mehrere Tage stattgefunden hatte, war zu Ende gegangen. Handballmannschaften aus verschiedenen Ländern waren zu spannenden Wettkämpfen zusammengetroffen. Einige der Kieler Spieler hatten sich zu einem Abschiedsabend am Lagerfeuer eingefunden. Eifrig wurde bei Bier und Stockbrot in gelöster Stimmung über die Spiele und deren Ausgang diskutiert. Langsam setzte die Dämmerung ein und schnell wurde noch einmal Holz gesammelt, um dem Feuer neue Nahrung zu geben. Mittlerweile hatten sich drei dänische Mädchen zu den sechs Männern gesellt und feierten kräftig mit. Die Wärme der prasselnden Flammen und der Alkohol trugen dazu bei, dass schon nach kurzer Zeit kleine Neckereien und Zärtlichkeiten ausgetauscht wurden.

Als die Mitternacht anbrach, verabschiedeten sich zwei der Mädchen und erst jetzt fiel auf, dass Siegfried und Jenny fehlten. Hans-Jürgen fragte überrascht: „Hey, wo ist denn Siegfried?"

Andreas hatte es bereits bemerkt und flüsterte: „Der liegt da hinten mit Jenny, und ich kann mir schon vorstellen, was da abgeht."

Die anderen waren neugierig geworden und schlichen sich vorsichtig an. Sie fanden eine halbnackt am Boden liegende Jenny und den erschöpft ausgestreckten Siegfried daneben.

Wer es war, der dann die Kontrolle verlor, war später nicht mehr festzustellen. Wie von Sinnen fielen drei von ihnen über Jenny her. Meinhard und Hans-Jürgen beobachteten entsetzt das Treiben. Jenny wehrte sich heftig, weinte, schrie und drohte mit der Polizei, hatte jedoch gegen die drei kräftigen Männer keine Chance. Was harmlos begann, endete in einer brutalen Vergewaltigung!

Plötzlich lag Jenny ganz still da und einer von ihnen raunte fassungslos: „Die bewegt sich nicht mehr – Scheiße, die ist tot!"

Nach einer Schrecksekunde folgerte Sebastian messerscharf: „Die muss weg, verdammt noch mal! Los, ihr müsst jetzt alle mit ran, los – packt mal mit an!"

Hans-Jürgen war der einzige, der zögerte. Verzweifelt versuchte er, die anderen zu beeinflussen: „Mensch, das könnt ihr doch nicht machen, seid ihr verrückt geworden?"

„Los, du Schlappschwanz, fass mit an, los, es muss schnell gehen", forderte Sebastian ihn hektisch auf.

Widerstrebend fügte er sich. Sie schleppten Jenny zum nahe gelegenen Hafen und ließen sie an der dunkelsten Ecke eines Seitenarms in das trübe Wasser gleiten.

Jetzt erst setzte das Entsetzen in vollem Umfang ein. Urplötzlich wurde allen klar, dass sie zu Mördern geworden waren. Ein Zurück war nicht mehr möglich. Eine unheimliche Stille legte sich bleischwer auf sie, und sie schworen sich mit klopfenden Herzen, niemals irgendjemandem etwas davon zu erzählen.

11. Juli 2012

Ich habe mich entschieden! Über 20 Jahre habe ich mich gequält und jetzt bin ich fest entschlossen, es zu tun! Mich treibt die Reue und das Verlangen nach Gerechtigkeit! Was ist überhaupt gerecht? Das habe ich mich in der Vergangenheit oft gefragt. Sind Recht und Gerechtigkeit das Gleiche? Muss gesprochenes Recht auch immer gerecht sein? Gerade aus unserer Vergangenheit müssten wir eigentlich etwas gelernt haben. Ich frage mich wieder und wieder, weshalb auch ich zum Täter geworden bin. Oder war ich nur Mittäter? Praktisch ohne aktive Schuld? Lange Zeit habe ich mich nun schon mit diesen Gedanken gequält und komme doch zu keiner Antwort. Jedenfalls bin ich seitdem nicht mehr der, der ich war.

Wir alle hatten uns damals geschworen, uns nach einem Jahr noch einmal in Kiel zu treffen, und dieses Treffen hat meinen Entschluss von heute entscheidend beeinflusst. Erschwerend kam dann noch hinzu, dass damals in der Kieler Presse folgender Aufruf zu finden war:

Am 11.Juli 1988 wurde in Odense die Leiche eines Mädchens aus dem Nebenarm des Hafens geborgen. Es handelt sich um die neunzehnjährige Jenny Larsson aus Kolding. Der Tod trat durch Ertrinken ein; eine Vergewaltigung kann aufgrund der Verletzungen nicht ausgeschlossen werden. Möglicherweise gibt es Verbindungen zu einem zeitgleich stattgefundenen internationalen Handballturnier, an dem auch Kieler Vereine teilgenommen haben sollen. Wir bitten um sachdienliche Hinweise von Sportlern, die zu der Zeit in Odense gewesen sind.

Vertrauliche Hinweise hierzu nimmt jede Polizeidienststelle entgegen.

Diese Pressenotiz hatte mich schwer mitgenommen. Der Tod trat durch Ertrinken ein? Oh mein Gott – wir hatten das Mädchen also lebend ins Wasser geworfen? Welch` eine Schande!

Bei unserer Zusammenkunft führte – wie immer – Sebastian das große Wort, ohne Scham, ohne Reue und sehr selbstsicher. Als ich die Pressemitteilung erwähnte, hatte er mich sogar ausgelacht, verhöhnt und gedroht: Du Schlappschwanz, du bist auch mit dran, wenn es auffliegt! Selbst die Tatsache, dass wir damals das Mädchen noch hätten retten können, schien keine Auswirkung auf seine Stimmung zu haben, und auch den anderen war keinerlei Betroffenheit anzumerken! Tatsächlich kam es mir so vor, als wenn die anderen das alles einfach nur aufregend fanden. Und alle schienen sich sehr sicher zu sein, mit dieser abscheulichen Tat niemals wieder konfrontiert werden zu müssen.

Je mehr ich darüber nachdenke, desto klarer wird mir: Ja, es ist richtig, was ich tun will! Ja, ich werde es tun!

Freitag, 3. August 2012

Kurz vor Feierabend wählt Sandra Fröhlich die interne Telefonnummer von Siegfried Teuerkauf:

„Hallo Siegfried, du sollst zum Chef kommen – bitte möglichst sofort."

„Was gibt´s denn? Ist was los?", kommt die etwas verunsicherte Rückfrage.

„Sein Gesicht sah entspannt aus, deshalb glaube ich, dass nichts Besonderes anliegt", beruhigt sie ihn.

Siegfried Teuerkauf atmet noch einmal tief durch, bevor er an die Tür seines Chefs klopft und hört ein forsches ‚Herein'. Dr. Helmut Sund blickt von seinem Schreibtisch auf, lehnt sich bequem im Ledersessel zurück und bedeutet ihm mit einer Handbewegung, Platz zu nehmen. Das Herz pocht Siegfried bis zum Hals, als er vernimmt:

„Herr Teuerkauf, Sie wissen ja, dass wir unsere Abteilung Immobilien mit einer Führungskraft besetzen wollen?"

Siegfried nickt beklommen. Mit der Entscheidung dieser Überlegungen hat er zu diesem Zeitpunkt noch nicht gerechnet und so schnell kann er nicht realisieren, ob nun er oder sein Widersacher, der sich momentan auf einer Dienstreise befindet, das Rennen machen wird.

„Ja, das weiß ich", antwortet er mit vor Aufregung heiserer Stimme.

„Na das ist ja gut. Herzlichen Glückwunsch, Sie sind der der richtige Mann dafür. Ihr neues Büro werden Sie wohl erst zum nächsten Ersten beziehen können, aber ich möchte, dass Sie sich schon mal darauf einstellen."

„Vielen Dank für Ihr Vertrauen, Herr Dr. Sund. Ich werde mich voll in die neue Aufgabe hinein knien."

„Prima – alles Weitere besprechen wir später. Heute habe ich es eilig, ich muss gleich nach Frankfurt fliegen."

Mit einem festen Händedruck und einem nochmaligen ‚Danke' verlässt Siegfried das Büro. Im Vorzimmer umarmt er die Sekretärin Sandra und wirbelt sie durch den Raum, bevor er ihr stolz von seiner Beförderung erzählt. Voller Elan stürmt er in sein Büro, ordnet noch schnell einige Papiere auf seinem Schreibtisch und ruft dann seine Frau an, die hocherfreut diese gute Nachricht aufnimmt. Mit federnden Schritten eilt er zu seinem Wagen und verlässt das Firmengelände um einiges schneller als sonst. Während der Fahrt denkt er an die stürmische Affäre mit Sandra Fröhlich. Drei Jahre ist es jetzt her, dass er mit ihr nach einem Betriebsfest eine heiße Nacht verlebt hatte. Eine Woche später, er war damals noch von der ersten Nacht ganz berauscht, ermöglichte ihm eine Tagung in Hamburg, an der auch sie teilnahm, ein erneutes Treffen mit ihr – diesmal sogar für zwei Nächte. Als er Wochen später wieder versuchte, ein Treffen zu organisieren, bekam er eine ernüchternde Antwort:

„Hör mal, mein Lieber, alles hat seine Zeit. Du bist verheiratet, ich bin ledig. Ich werde gewiss nicht in deine Ehe einbrechen, also nimm bitte zur Kenntnis, dass es vorbei ist!"

Zwei Tage hatte es gedauert, bis sein Stolz es zuließ, die Realität zu begreifen und auch anzunehmen. Seitdem sind sie locker befreundet, und sie begegnen sich oft mit einem Lächeln und wissen, dass auch der andere daran denkt, was sie gemeinsam erlebt haben. Mit diesen Erinnerungen findet er sich plötzlich in seinem Carport wieder. Er hat überhaupt nicht bemerkt, dass er schon da ist, so sehr haben ihn die Gedanken an die Vergangenheit bewegt. Jetzt erblickt er seine Frau, die vor der Tür steht und ihm freudig zuwinkt. Viele gemeinsame Interessen verbinden ihn mit ihr, wenngleich er bedauert, dass ihr Sexualleben sehr kontrolliert abläuft. Er springt aus dem Wagen, umarmt sie, drückt ihr einen Kuss auf die Wange und entdeckt beim Betreten des Wohnzimmers einen festlich gedeckten Tisch, auf dem neben einem Brettchen mit Käsewürfeln zwei gefüllte Rotweingläser im Kerzenschein funkeln. Zwei Stufen auf einmal nehmend springt er die Treppe hinauf, um sich etwas Bequemes anzuziehen, damit er zum gemütlichen Teil des Abends übergehen kann.

Den dunklen Fleck seiner Vergangenheit hat er aus seinem Gedächtnis verbannt. Allerdings hat er das Geschehen vor Jahren schriftlich fixiert, alles einer alten Kladde anvertraut und diese gut versteckt. Irgendwie hatte er damals das Bedürfnis verspürt, die Wahrheit festzuhalten – so, als könne er damit etwas wieder gutmachen oder aber sich dadurch freisprechen?

Das Ehepaar Teuerkauf verbringt einen harmonischen Abend miteinander. Beide ahnen nicht, was sich am Montagmorgen ereignen wird; beide sind arglos und können die bevorstehende Katastrophe nicht spüren.

Samstag, 4. August 2012

Im Restaurant `Falkenhorst´, hoch oben über dem Strand von Kiel-Falkenstein, gegenüber dem Marine-Ehrenmal Laboe, bricht der Abend an. Nach einem schönen, sonnigen Tag zieht sich jetzt der Nebel wie ein weißer Schleier über die Kieler Förde.

Hauptkommissar Stefan Kaiser feiert sein fünfundzwanzigjähriges Dienstjubiläum mit seiner Familie und mit seinen Kolleginnen und Kollegen. Der Chef der Kripo Kiel, Dr. Simon Schneider, steht neben einem mit Blumen dekorierten Geschenketisch und hält eine Rede:

„Lieber Herr Kaiser, 25 Jahre ist es her, dass Sie als junger, hoffnungsvoller Polizeischüler in den Dienst eingetreten sind. Sie haben die einzelnen Stationen Ihrer Laufbahn gewissenhaft und mit Bravour gemeistert und sich Anerkennung und Respekt verdient. Wir beide kennen uns jetzt seit gut fünf Jahren. Es gibt aber Kollegen, die Sie seit viel längerer Zeit begleitet haben. Ich denke da z.B. an unseren Oberkommissar Hans Sommer, mit dem Sie – allerdings mit einer kleinen Unterbrechung – seit fast 24 Jahren zusammen arbeiten. Von ihm und auch von den anderen Kollegen weiß ich, welche Wertschätzung Sie erfahren und wie alle – mich eingeschlossen – Ihre Hilfsbereitschaft, Ihre Kompetenz, Ihren Witz und auch Ihren Charme schätzen. Diese Charaktereigenschaften kann nicht jeder auf sich vereinigen. Selbst in den schwierigsten Situationen behalten Sie die Übersicht und die Kontrolle und mit Ihrer Besonnenheit schaffen Sie es immer wieder, Ruhe in die Runde zu bringen. Für diese hervorragende und fruchtbare Zusammenarbeit bedanke ich mich auch im Namen aller Kolleginnen und Kollegen ganz herzlich bei Ihnen. Aber jetzt will ich nicht noch mehr Lob ausschütten, denn etwas muss man sich ja auch noch für spätere Gelegenheiten aufbewahren. Für die Zukunft wünsche ich Ihnen – und ich schließe alle Kolleginnen und Kollegen ausdrücklich mit ein- Gesundheit und Wohlergehen. Ich bitte jetzt alle Anwesenden, ihre Gläser zu erheben und rufe Ihnen zu: „Auf Ihr Wohl, Herr Hauptkommissar Stefan Kaiser!"

Bewegt von diesen Worten nimmt Sabine Kaiser ihren Mann in den Arm, küsst ihn und flüstert ihm ins Ohr: „Du kannst stolz auf dich sein. Alle mögen dich, alle schätzen dich und ich hab´ dich lieb!"

Mit einem festen Händedruck bedankt sich Stefan Kaiser bei seinem Chef und wendet sich dann an seine Gäste:

„So viel Lob muss ich erst einmal verkraften! Hoffentlich werde ich dem auch in Zukunft gerecht. Für die netten Worte noch einmal herzlichen Dank, Herr Dr. Schneider. Und euch allen gilt mein Dank für die nette, vertrauensvolle und effektive Zusammenarbeit. Meine engsten Mitarbeiter, Lena Gutzeit und Hans Sommer, haben mir immer zur Seite gestanden – wir sind ein gutes Team, danke euch beiden dafür. Danke auch an dich, Sabine, du hast mir immer den Rücken frei gehalten, auch wenn es manchmal sehr spät geworden ist und für unser Familienleben nicht immer die Zeit blieb, die wir uns gewünscht hätten. Und jetzt wollen wir feiern, ich wünsche allen einen schönen Abend und viel Vergnügen. Hiermit ist das Buffet eröffnet."

Oberkommissar Hans Sommer, sein engster Mitarbeiter, schüttelt ihm die Hand und gleich danach wird er von der Oberkommissarin Lena Gutzeit umarmt. Sie gehört zu seinem engsten Team, ist erst 31 Jahre alt, sehr attraktiv, sehr kommunikativ, sehr impulsiv und mit einem außergewöhnlichen Spürsinn ausgestattet, den sie schon des Öfteren unter Beweis stellen konnte.

Hans Sommer, der ebenfalls zu seinen engsten Mitarbeitern gehört, ist ein etwas untersetzter Mittvierziger mit Glatze. Gerade legt er die Hand auf Stefans Schulter und sagt warmherzig: „Stefan, ich wünsche dir und mir weiterhin eine so gute Zusammenarbeit wie schon all die Jahre."

Gerührt antwortet Stefan Kaiser: „Danke Hans, das machen wir schon. Was soll sich denn bei unserem eingespielten Team ändern?"

Ein beschwingter Abend mit einem hervorragenden Essen beginnt. Draußen senkt sich die Dämmerung auf die Kieler Förde, Lichtpunkte von kleineren Schiffen sind in der Ferne zu erkennen. Langsam gleitet die hell erleuchtete Norwegen-Fähre ‚Color Magic' vorüber und schwimmt im Zeitlupen-tempo auf die offene See zu. Es ist ein beeindruckendes Bild – selbst die vielen Kieler unter den Anwesenden können sich dem Zauber der Atmosphäre nicht entziehen.

Stefan, Hans, Lena sowie alle anderen Kollegen können nicht wissen, dass am Montagmorgen, dem 6. August 2012, alles anders werden wird.

Zunächst sieht es nach Routine aus, dann aber bricht eine Zeit an, die in vielerlei Hinsicht schicksalhaft sein wird.

Montag, 6. August 2012

„Sigi, das Frühstück ist fertig. Kommst du oder willst du wieder erst laufen?"

„Ja, ich laufe erst. Erika, kannst du mal kommen? Ich hab einen Knoten im Schnürsenkel und krieg den nicht auf, weil ich meine Brille oben gelassen habe."
Sich über den Schnürsenkel beugend rät Frau Teuerkauf ihrem Mann: „Nimm deinen Windbreaker mit, heute scheint zwar die Sonne, aber der Wind ist doch frisch."

Alles ist wie immer. Das Frühstück steht bereit und Siegfried Teuerkauf macht sich voller Vorfreude auf Kaffee und Brötchen auf seine morgendliche Laufrunde. In der Haustür verkündet er noch schnell: „Ach, übrigens, ich muss heute erst um 11 Uhr im Büro sein, da hab ich nachher noch Zeit, die Zeitung zu lesen. Ich lauf heute sowieso nicht die große Runde, die ist morgen erst wieder dran."

„Ok, aber denkst du nachher bitte noch an die Buchung unserer Reise?"
„Ja klar, aber das mache ich erst nach dieser langweiligen Besprechung. So, tschüss denn, bis gleich", mit diesen Worten ist er zur Tür hinaus. Er überquert die ‚Drachenbahn' und biegt so wie immer in das gegenüber liegende Sumpfgebiet. Er mag es, wenn keine Menschenseele zu sehen ist. Er liebt es, sich in der Einsamkeit voll auf den gleichmäßigen Atem zu konzentrieren. Gerade passiert er eine dicht gewachsene Heckengruppe, als er ein ungewohntes Geräusch vernimmt. Was war das? Ein Tier? Oder nur der Wind in seinen Ohren? Etwas weiter vorn fällt ein Schatten auf den Weg und schemenhaft erkennt er einen Menschen, der dort regungslos

steht. Er verhält etwas den Schritt, kneift die Augen zusammen und erschrickt. Ein ungutes Gefühl sagt ihm, dass dieser Mensch dort auf ihn wartet. Er atmet heftig. Jetzt erkennt er, wer dort steht!

Ich warte auf Siegfried. Eigentlich sollte er gleich kommen. Er ist ein Mensch mit festen Gewohnheiten. Mein Herz bebt! Was mute ich mir eigentlich zu? Ich hocke hier hinter einer Hecke, auf die er gleich zukommen muss.

Oh mein Gott, da – da ist er schon! Meine Hände zittern und ich fasse die Parabellum fester. Jetzt liegt sie sicher in der Hand. Kein Mensch ist in der Nähe, ich werde also gut wieder wegkommen!

Jetzt – jetzt muss ich mich entscheiden! Ich versperre ihm den Weg und presse hervor: „Guten Morgen, Siegfried, jetzt musst du büßen!"

Gleichzeitig mit der Frage ‚Was machst du denn hier?' erkennt er die Gefahr, aber es ist schon zu spät. Mein Finger krümmt sich, die Salve ist dank des Schalldämpfers leiser als ich dachte. Lautlos bricht er zusammen. Sein Blick bleibt an meinem haften. In seinen brechenden Augen zeigt sich Verstehen. Siegfried ist tot; er hat bezahlt, aber hat er auch bereut?

Montag, 6. August 2012

Stefan Kaiser sitzt versunken an seinem Schreibtisch. Noch ganz erfüllt von den vielen Ehrungen zu seinem Dienstjubiläum schaut er auf die vor ihm liegende Akte und freut sich, dass wieder ein Fall abgeschlossen ist. Er genießt die Ruhe und überlegt, ob er sich noch einmal an einen alten ungeklärten Fall machen soll, als Lena herein wirbelt und fröhlich ruft:

„Danke für den schönen Abend, Stefan, es war einfach toll!"

Stefan nickt: „Ja, für mich war es auch sehr schön. Ist Hans schon da?"

Lena schüttelt den Kopf: „Nein, Hans hat doch heute seinen Arzttermin, der kommt heut später."

„Ach ja, das hatte ich ganz vergessen."

Lena verschwindet in ihrem Büro, schaut kurz in ihren Terminplaner und vertieft sich dann in eine Akte, um nach neuen Erkenntnissen zu suchen. Manchmal findet sich so ganz nebenbei eine neue Spur, denn auch der allerkleinste, noch so belanglos erscheinende Hinweis könnte eine Wende bringen.

Ein Blick auf die Uhr zeigt ihr, dass es Zeit wird, sich auf den Weg zur morgendlichen Dienstbesprechung zu machen, die gewöhnlich um 9:30 Uhr beginnt, heute jedoch auf 10:30 Uhr verschoben wurde in der Hoffnung, dass auch Hans Sommer bis dahin von seinem Arztbesuch zurück ist. Sie klemmt sich den Aktenstapel unter den Arm, verlässt ihr Büro und stößt fast mit Hans zusammen, der völlig außer Atem herein stürzt.

„Moin moin, Hans – na, was sagt der Doc?"

„Tja, mein Blutdruck ist zu hoch, ich muss wohl etwas kürzer treten und vor allem gesünder leben, meint der."

„Pass bloß auf dich auf, wir brauchen dich", mahnt Stefan besorgt und treibt die beiden dann zur Eile an: „So, lasst uns rüber gehen, es wird Zeit."

Das Sitzungszimmer, ausgestattet mit einem langen Konferenztisch und 16 Stühlen, ist bereits gefüllt. Die Besprechungen dauern meist nicht allzu lange, wenn nichts Besonderes anliegt. Die große Richtung ist vorgegeben und die diversen Aufgabengebiete sind gut verteilt und allen bekannt. Sie kommen gerade herein, als das Telefon klingelt. Hans Sommer, der direkt neben dem Apparat steht, hebt ab, lauscht kurz und fragt dann: „Wo? Ok, wir kommen sofort." Er legt auf, räuspert sich und berichtet dann mit ernster Stimme:

„Ein Mord zwischen Schilksee und Strande, direkt gegenüber der Straße ‚Drachenbahn'. Es soll wie eine Hinrichtung aussehen! Wer soll hinfahren, Stefan?"

Stefan überlegt kurz und entscheidet dann: „Komm, Lena, das machen wir beide. Hans, du kannst ja hier weitermachen."

Die beiden eilen über den Parkplatz zu Stefans Dienstwagen. Er klemmt sich hinter das Steuer und kaum ist Lena angeschnallt, passieren sie mit quietschenden Reifen die Ausfahrt. Vorbei an morgendlichen Läufern geht die Fahrt das Hindenburgufer entlang. Für die ‚Stena-Germanica', die gerade in den Hafen einläuft, haben beide zu diesem Zeitpunkt keinen Blick, denn die Erfahrung hat sie gelehrt, sich auf die ersten Eindrücke zu konzentrieren. In sich gekehrt steuern sie die Hochbrücke an, als Lena das Schweigen bricht:

„Was uns wohl erwartet? Es ist immer wieder das Gleiche – ich muss mich immer wieder neu überwinden; hoffentlich sieht es nicht allzu schlimm aus."

„Das stimmt", erwidert Stefan, „ich habe auch stets aufs Neue ein mulmiges Gefühl, obwohl man schon so viel gesehen hat."

Kurz vor Schilksee blicken sie besorgt auf die dunkle Wolkenwand, die sich am Himmel zusammenschiebt, nehmen aber auch den frischen Wind wahr, der die Regenwolken in Richtung Laboe treibt. Erleichtert mutmaßt Stefan:

„Na, der Wind ist stark genug, es wird wohl nicht regnen. Dann kann die Spurensicherung wohl ohne Schwierigkeiten arbeiten."

Das Olympiazentrum taucht vor ihnen auf und sie halten vor der Polizeiabsperrung. Sie weisen sich aus, betreten den Tatort und warten etwas abseits. Die Kollegen der Spurensicherung haben bereits ihre Arbeit aufgenommen. Es wird fotografiert, herumliegende Gegenstände werden eingetütet und katalogisiert. Behutsam treten die beiden näher, nehmen die Folie, unter der unschwer die Leiche zu erkennen ist, wahr und wenden sich dann an die Rechtsmedizinerin Barbara Unterhuber, die sich gerade ihre letzten Notizen macht.

„Guten Morgen, Frau Doktor", grüßen beide fast im Duett.

„Guten Morgen", erwidert sie und fährt fort: „Es sieht nach einer gezielten Tötung aus. Ich möchte fast sagen, nach einer Hinrichtung. Es kann kein Zufall sein, hier hat jemand gewartet und aus nächster Nähe abgedrückt."

„Wer ist es?", fragt Lena.

„Das wissen wir noch nicht, er hat keine Papiere bei sich. Er trägt nur Sportzeug. Der Temperatur nach zu urteilen kann es so zwischen 7 und 9 Uhr gewesen sein. Die Waffe hatte eine starke Durchschlagskraft, sein Herz ist praktisch zerfetzt worden – es war ein schneller Tod."

„Gibt es Spuren im Umfeld?", will Stefan wissen.

„Die Kollegen suchen noch", schüttelt sie den Kopf, „es sieht aber nicht gut aus."

„Wir müssen wissen, wer er ist", sagt Lena und macht Kollegen Platz, die die Leiche jetzt in die Pathologie bringen wollen.

„Wir sehen uns später. Ich melde mich, sobald ich Genaueres sagen kann", mit diesen Worten steigt die Medizinerin in ihren Wagen und fährt davon. Stefan und Lena beobachten die letzten Aktivitäten der Spurensicherung, als der Klingelton von Stefans Handy beide zusammenzucken lässt. Er lauscht eine Weile, fragt dann kurz angebunden:

„Das könnte passen, wie ist die Adresse?"

Er wendet sich Lena zu und erklärt ihr:

„Das war Robert Koch von der Bereitschaft. Eine Frau Teuerkauf aus Schilksee macht sich Sorgen. Ihr Mann ist überfällig. Er war joggen und müsste schon lange wieder zu Hause sein. Sie wohnt in der Strandallee 2 – los, komm, da müssen wir hin."

Als sie ins Auto steigen, macht sich bei beiden ein starkes Unwohlsein bemerkbar. Beide wissen, was jetzt wohl auf sie zukommen wird. Eine Todesnachricht überbringen zu müssen ist jedes Mal eine besondere, psychische Belastung; es gibt kein Patentrezept dafür. Jeder einzelne Fall ist schlimm und die Vorgehensweise ergibt sich meist erst vor Ort. Bei solchen Gelegenheiten hadert Lena manchmal mit ihrer Berufswahl, obwohl sie eigentlich voll dahinter steht, denn auch ihr Vater ist Polizist und immer noch im Dienst. Außerdem hat es auch seinen Reiz, komplizierte Zusammenhänge ergründen zu müssen und diverse Sachverhalte zu einem Ganzen zusammenfügen zu können.

Sie biegen in die Strandallee ein und halten vor dem Haus Nr. 2. Eine aufgelöste Frau kommt weinend auf sie zu und ruft: „Sind Sie von der Polizei? Bitte helfen Sie mir, was kann passiert sein? Mein Mann müsste längst zurück sein, wo ist er nur?"

Stefan zückt seinen Ausweis: „Frau Teuerkauf, nehme ich an? Mein Name ist Stefan Kaiser von der Mordkommission Kiel, das ist meine Kollegin Lena Gutzeit." Frau Teuerkauf weicht entsetzt zurück: „Oh Gott, Mordkommission?"

Behutsam fasst Lena sie am Arm und fragt: „ Können wir herein kommen? Dürfen wir Ihnen ein paar Fragen stellen?"

Verstört nickt sie und führt die beiden ins Wohnzimmer, vorbei an einem unberührten Frühstückstisch. Der Tisch ist noch gedeckt und es duftet nach frischem Kaffee. Lena fasst sich ein Herz und fragt vorsichtig: „Können Sie uns sagen, was Ihr Mann an hatte, als er das Haus verließ?"

„Ja, natürlich. Sportzeug. Er wollte ja joggen, wie jeden Morgen. Bitte bitte, sagen Sie mir, was passiert ist!"

Mit ernstem Gesicht antwortet Stefan: „Frau Teuerkauf, es sieht nicht gut aus. Wir haben eine männliche Leiche ganz hier in der Nähe gefunden und es könnte sich um Ihren Mann handeln."

Fassungslos ruft Frau Teuerkauf: „Das kann doch nicht sein, er war doch eben noch hier!"

Lena übernimmt es, ihr mitfühlend zu erklären: „Bitte, Frau Teuerkauf, wir wissen, wie Ihnen jetzt zumute ist, aber wir müssen Sie bitten, mit uns in die Pathologie zu kommen, um Gewissheit zu bekommen, für Sie und auch für uns."

Mit einem Weinkrampf sinkt Frau Teuerkauf auf die Couch und stammelt: „Ich kann doch nicht weg, die Kinder kommen doch nachher aus der Schule. Was soll ich denn bloß machen, was soll ich ihnen sagen. Oh Gott, mir ist schlecht."

Leise bittet Stefan Lena, den Polizeiarzt zu rufen und das Kriseninterventionsteam einzuschalten. Als Lena nach dem Telefonat wieder ins Zimmer kommt, schenkt Frau Teuerkauf gerade mit zitternden Händen für beide eine Tasse Kaffee ein. Nach einigen Minuten des Schweigens beginnt Lena vorsichtig mit den für sie so wichtigen Fragen:

„War heute Morgen alles so wie sonst auch? Lief Ihr Mann immer um die gleiche Zeit? Ist Ihnen irgendetwas Ungewöhnliches aufgefallen? Hatte er Feinde oder mit jemandem Streit?"

„Ich kann gar nicht klar denken, er ist doch überall beliebt und anerkannt. Er ist doch gerade erst am Freitag befördert worden und Streit hat es auch nicht gegeben, soweit ich weiß."

Das Gespräch wird vom Klingeln des Polizeiarztes Dr. Peter Auweiler unterbrochen, der Frau Teuerkauf behutsam auf die Couch drückt und ihr beruhigend erklärt: „Ich werde jetzt erst einmal Ihren Blutdruck messen und dann sehen wir weiter."

Das Ergebnis ist wie erwartet schlecht, der Blutdruck ist auf 70/40 gesunken. Weinend lässt sie es geschehen, dass er ihr eine Spritze gibt.

Nach einer Weile fragt Stefan, nicht ohne vorher einen Blick mit dem Arzt gewechselt zu haben: „Trauen Sie sich zu, uns jetzt in die Pathologie zu begleiten? Fühlen Sie sich kräftig genug?"

„Ich glaube ja, aber die Kinder sind noch in der Schule."

„Wie lange noch?" wirft Lena ein.

„Bis um 14 Uhr sind sie weg."

„Bis dahin sind Sie wieder hier" beruhigt Stefan sie und fügt noch hinzu:

„Wir haben das Kriseninterventionsteam eingeschaltet, die werden nachher hier bei Ihnen sein und die Kinder mit empfangen. In den ersten Stunden werden Sie nicht allein gelassen, Frau Teuerkauf, das ist versprochen."

Dr. Auweiler gibt noch einige Ratschläge und verabschiedet sich dann. Stefan und Lena nehmen Frau Teuerkauf in ihre Mitte und verlassen das Haus. Beide Frauen setzten sich auf die Rückbank des Dienstwagens, Stefan übernimmt das Steuer und beschleunigt schnell, denn auch er will Klarheit haben.

Aus Erfahrung weiß er, dass Ungewissheit noch schlimmer zu ertragen ist als eine endgültige, traurige Wahrheit. Die Fahrt verläuft schweigend. Kurz vor der Pathologie fragt Frau Teuerkauf mit zittriger Stimme:

„Gibt es noch eine Chance?"

Lena schüttelt den Kopf: „Frau Teuerkauf, ich glaube nicht. Es wird jetzt sehr schwer, aber es muss sein. Bringen wir es hinter uns."

Die langen Gänge sind weiß gestrichen, es riecht nach Formalin. Barbara Unterhuber wartet bereits und stellt sich mit den Worten vor:

„Guten Tag, ich bin die Rechtsmedizinerin, ich werde Sie jetzt zur Identifizierung begleiten."

Der Raum ist mit drei rostfreien Untersuchungsbahren bestückt. Einer der Tische ist mit einem grünen Laken abgedeckt. Unschwer ist zu erkennen, dass hier ein Leichnam liegt. Es ist sehr kalt in dem Raum und Frau Teuerkauf sucht bebend bei Lena Halt. Lena umfasst sie und dann treten beide gemeinsam an den Tisch heran. Die Medizinerin Barbara Unterhubert fragt leise:

„Geht es?"

Langsam schlägt sie das Laken zurück und dann ist es klar. Frau Teuerkauf nickt, signalisiert damit, dass es ihr Mann ist. Sie wankt und Lena führt sie in einen Nebenraum, während Stefan die Ärztin fragt:

„Haben Sie schon etwas Genaueres? Den Zeitpunkt oder die Waffe?"

„Das war, wie ich schon sagte, wie eine Hinrichtung. Der Tod muss so gegen 8 Uhr eingetreten sein. Das Projektil wird noch untersucht. Den Bericht erhalten Sie in Kürze."

Stefan geht in den Nebenraum hinüber und beauftragt Lena, sich um Frau Teuerkauf zu kümmern und alles zu veranlassen, was sie jetzt benötigt.

Er überlässt Lena den Passat, damit sie Frau Teuerkauf nach Hause bringen kann. Er selbst geht zu Fuß zur Dienststelle zurück, um auf dem Weg genau überlegen zu können, wie es jetzt weitergehen soll.

Die frische Luft tut ihm gut; ihm ist klar, dass jetzt der gesamte Apparat in Bewegung gesetzt werden muss. In der Dienststelle angekommen betritt er das Büro von Hans. Er informiert ihn über alles und beauftragt ihn mit einem Besuch bei der Commerzbank und dem Kontakt zur Spurensicherung. Hans macht sich sofort auf den Weg, um die Besuche zu erledigen.

Es ist bereits 13 Uhr, als er telefonisch Bericht erstattet:

„Hallo Stefan, bei der Bank habe ich nichts Brauchbares herausfinden können. Sicher ist aber, dass es vor einigen Wochen etwas Unruhe, so will ich das mal nennen, gegeben hat."

„Warum denn das?", will Stefan wissen.

„Naja, es sollte eine neue Führungsposition vergeben werden und zwei Mitarbeiter kamen in Frage, unser Opfer und ein Horst Klünder. Wie mir die Sekretärin erzählte, fiel die Entscheidung am letzten Freitag. Unser Opfer sollte den Posten am nächsten Ersten übernehmen."

„Hast du mit seinem Vorgesetzten gesprochen?"

„Nein, der war in Frankfurt, ich habe nur mit der Chefsekretärin gesprochen. Mir kam es so vor, als wenn die beiden mal etwas miteinander gehabt haben. Sie war völlig aufgelöst und hatte praktisch einen kleinen Nervenzusammenbruch."

„Hans, meinst du, da kann man ansetzen?"

„Ich glaube nicht. Sie hat mir erzählt, dass sie in einer lockeren Beziehung lebt mit einem Mann, der zur See fährt und der jetzt übrigens gerade in Korea ist."

„Ok, gehst du noch zur Spurensicherung?"

„Ja, ich bin bereits auf dem Weg. Ich melde mich nachher noch mal bei dir."

„Danke Hans, bis dann!"

Stefan zwingt sich zur Ruhe, um den ersten Ansatz zu finden. Er muss unbedingt Licht ins Dunkel bringen. Er überlegt: Meistens kennen sich Täter und Opfer, das ist fast immer so. Auch jetzt müsste es so sein, denn der Täter hatte ganz offensichtlich auf sein Opfer gewartet, um effektiv handeln zu können.

Kurz vor Feierabend ruft Lena an und meldet sich ab. Sie ist die ganze Zeit in Schilksee gewesen, um Beistand zu leisten und will von dort aus gleich nach Hause fahren. Einige Zeit später erstattet auch Hans noch einmal Bericht zu den Ergebnissen der SpuSi:

„Es sind einige Kippen eingesammelt worden, außerdem ein Kondom und drei Papiertaschentücher. Alles wird untersucht, aber die genaue Analyse dauert ca. zwei Tage."

„Danke Hans, dann mal einen schönen Feierabend."

Donnerstag, 9. August 2012

„Hallo Karin, hallo Gunnar", mit diesen Worten wird das Ehepaar Schröder von ihrer Nachbarin Eva Kunze begrüßt. Horst Kunze steht bereits im Garten und hat Probleme mit dem Grill. Es ist absolut windstill und die Kohle braucht mehr Luftzufuhr. Während er seine Gäste begrüßt, wedelt er mit einer alten Zeitung und bemerkt aufatmend die ersten züngelnden Flammen.

Die beiden Frauen begeben sich in die Küche und Gunnar Schröder tritt zu seinem Freund und lästert:

„Na Horst, brennt kein Feuer mehr?"

„Du Witzbold, denkst du, ich bemerke diese Zweideutigkeit nicht? Sei bloß ruhig, sonst suche ich mir für dich die passende Strafe aus."

„Ok, Spaß beiseite, ich freue mich auf heute Abend. Ich bin durch mit meinem Fall, das Urteil steht und dann ist endlich etwas Ruhe angesagt."

Horst Kunze wedelt immer noch, aber inzwischen glühen viele Kohlestücke schon. Gerade kommen die Frauen mit den Salaten aus der Küche und die erste Flasche Wein wird entkorkt.

„Los, lasst uns auf diesen Abend anstoßen", ruft Horst und schenkt den anderen ein. Eva meckert scherzhaft: „So Horst, kann es jetzt endlich losgehen?"

„Komm, nun lass ihn doch in Ruhe", steht Karin ihrem Nachbarn und Freund zur Seite.

„Endlich ist auch mal eine Frau auf meiner Seite", witzelt Horst und legt die ersten Fleischstücke auf den Grill. Die Vier sitzen entspannt im Kreis und unterhalten sich lebhaft. Horst ist als Abteilungsleiter in einem weltweit bekannten Unternehmen tätig. Oft politisieren sie, sind nicht immer einer Meinung, was aber der Freundschaft über lange Jahre hinweg niemals geschadet hat. Zu später Stunde sind sie bei den Ungerechtigkeiten in der Welt angelangt. Es ist ein großes Thema für sie.

Sie diskutieren darüber, ob es die nächsten Kriege wohl um das Wasser geben wird. Auch über die Privatisierung von Müll, Autobahnen und vielem mehr wird lebhaft, aber meist übereinstimmend, spekuliert. Gunnar bemerkt so ganz nebenbei:

„Wisst ihr eigentlich, was Privatisierung heißt? Profit für wenige und die Kosten trägt das Volk, also wir alle. Außerdem kommt das Wort privat von *privare*, also aus dem Lateinischen. Weiß einer, wie das heißt?"

Keiner der drei anderen kann dazu etwas sagen.

„Privare heißt berauben!", doziert Gunnar und wartet genüsslich auf Reaktionen, die auch nicht lange auf sich warten lassen.

„Mensch, das ist ja ein Hammer, das habe ich nicht gewusst", staunt Horst und die Frauen stimmen ihm zu. Die Unterhaltung geht noch eine Zeitlang hin und her, bis Gunnar sagt: „So, Kinder, lasst uns für heute Schluss machen, ich muss morgen früh raus und mich noch einmal voll auf mein Urteil konzentrieren."

Sie verabschieden sich in aller Herzlichkeit und ahnen nicht, dass es das letzte Mal sein wird.

Langsam, ganz langsam nimmt das Unheil seinen Lauf.

Freitag, 10. August 2012

Der vorsitzende Richter des Oberlandesgerichts Schleswig schließt die Akten. Das Urteil ist gesprochen, ein ‚lebenslänglich' ist dabei herausgekommen.

Es war ein Indizienprozess. Eine Sicherungsverwahrung, wie von der Staatsanwaltschaft gefordert, wird nicht angeordnet. Gunnar Schröder hat Olaf Kranz verurteilt und immer dann, wenn es keine direkten Zeugen gibt und nur nach Indizien verurteilt wird, geht es um die Glaubwürdigkeit. Und genau diese lässt bei dem Täter sehr zu wünschen übrig, dafür wiegen die Indizien dann umso schwerer. Und doch hat Gunnar Schröder lange überlegt und abgewägt.

Gut, beruhigt er sich, ich habe nach bestem Wissen und Gewissen gehandelt, aber vielleicht wird ja doch noch Revision eingelegt. Hoffentlich nicht.

Unwillig schüttelt er den Kopf, als seine Gedanken – wie schon so oft – zu dem dunklen Punkt in seiner Vergangenheit wandern. Die Erinnerung an das dänische Mädchen, das die Unbeherrschtheit von vier jungen Männern mit dem Leben bezahlen musste, schnürt ihm die Kehle zu und er spürt beschämt, dass er trotz der Schwere der damaligen Tat dankbar ist, dass er so gut davon kommen konnte.

Es ist inzwischen 17 Uhr geworden und Gunnar eilt zu seinem Audi A6 Quattro. Auf dem Weg plant er schon das Wochenende und freut sich auf einen gemütlichen Abend. Er weiß, dass seine Frau etwas vorbereitet hat, aber er weiß auch, dass sie wohl noch nicht da sein wird, wenn er vorfährt, denn sie wollte noch bei ihrer Freundin Vera, die auch in Felde wohnt, vorbei schauen, weil diese durch eine gerade überstandene Hüftoperation noch etwas beeinträchtigt ist. Das macht nichts, denkt er, ich laufe ja sowieso erst noch meine tägliche Runde. Die Garage steht offen. Das ist nicht ungewöhnlich, weiß er, denn sie wird meistens erst abends verschlossen. Er lässt das Auto vor der Garage stehen, das lässt darauf schließen, dass er vielleicht noch einmal los muss. Er geht ins Haus und ruft: „Hallo, hier bin ich", wohl wissend, dass ihn wahrscheinlich niemand hört. Zwei Stufen auf einmal nehmend hastet er nach oben, um sich umzuziehen.

Richtig, das Haus ist leer, denn die Kinder sind bei seinen Eltern in Kiel und werden dort auch übernachten, weil sie abends ins Kino wollen. Er schlüpft in seine Laufschuhe und läuft ohne Vorahnung ins Verderben. Als er an der Garage vorbei kommt, hört er ein Geräusch! Oder ist es nur ein siebter Sinn, der ihn wachsam werden lässt? Vorsichtig schaut er in die offene Garage, erschrickt und vernimmt eine leise Stimme:

„Gunnar, es ist so weit, jetzt musst du büßen!"
Diese Worte kann er gerade noch realisieren, dann ist es vorbei. Ein kurzer heftiger Schmerz in der Brust lässt ihn in die Tiefe sinken.

Gunnar Schröder, der Richter, lebt nicht mehr!

Gerade, als Stefan Kaiser und Lena Gutzeit zum Feierabend rüsten wollen, erhalten sie über die Zentrale einen Notruf: „Ein Toter in Felde, erschossen, der Täter ist flüchtig."

Hans hat erst ab 20 Uhr Nachtbereitschaft, also müssen die beiden noch losfahren.

„Ach, das hat Hans ja gut hinbekommen", seufzt Lena, aber Stefan meint ausgleichend:

„Komm Lena, sei nicht ungerecht, Hans kann ja dann übernehmen."

Als sie ankommen, sind Grundstück und Haus komplett abgesperrt. Ein Notarzt, der einige Häuser weiter wohnt und mit den Schröders befreundet ist, ist bereits zur Stelle und hat Erste Hilfe geleistet, denn Frau Schröder ist mit einem Weinkrampf zusammen gebrochen. Der Dorfpolizist berichtet ganz aufgeregt, dass er die SpuSi, wie die Spurensicherung kurz genannt wird, bereits angefordert hat.

„Gut gemacht", lobt Stefan ihn und wendet sich dem Arzt zu.

„Er hatte keine Chance, er ist offensichtlich aus kurzer Entfernung erschossen worden. Seiner Frau habe ich eben eine Beruhigungsspritze verabreicht."

„Das sieht ja auch wie eine Hinrichtung aus. Der Mörder muss hier gewartet haben", mutmaßt Stefan und in dem Moment, als der diese Worte sagt, fällt ihm die Parallele zu Schilksee auf. Bei dem Gedanken fröstelt es ihn! Gerade rollt das gesamte Untersuchungsteam an einschließlich der Pathologin Barbara Unterhuber. Weitere Absperrungen werden vorgenommen, Scheinwerfer werden installiert und die Männer und Frauen in ihren weißen Schutzanzügen machen sich an die Arbeit. Inzwischen wird das Opfer untersucht. Kurz danach kommt Barbara Unterhuber auf Stefan und Lena zu und berichtet:

„Ja, meine Lieben, es sieht genauso aus wie in Schilksee, leider! Er ist aus kurzer Entfernung erschossen worden. Wenn das so weiter geht, dann mal gute Nacht. Wir müssen allerdings noch auf die Analyse der Projektile warten. Allerdings sollte es möglich sein, das Ergebnis noch dieses Wochenende zu bekommen."

„Danke Frau Doktor", sagt Stefan und raunt Lena leise zu: „Kannst du Hans schon mal vorwarnen? Er soll übernehmen."

Lena ruft Hans an und erklärt ihm die Fakten.

Bereits nach kurzer Zeit trifft Hans ein und lässt sich von Stefan genau über die Zusammenhänge unterrichten. Lena und Stefan melden sich danach ab. Da Hans das gesamte Wochenende Notdienst hat, verspricht er, sie auf dem Laufenden zu halten.

Montag, 13. August 2012

Es ist 13 Uhr, alle Mitarbeiter sind im Besprechungsraum versammelt. Auch Dr. Schneider, der Dezernatsleiter, ist anwesend und eröffnet die Sitzung:

„Meine Damen und Herren, wir haben jetzt zwei Morde aufzuklären. Ich kann mir lebhaft vorstellen, wie die Presse reagieren wird. Auf jeden Fall habe ich eine Nachrichtensperre angeordnet. Aus Erfahrung wissen wir natürlich, wie sinnvoll, oder soll ich lieber sagen, wie sinnlos das ist. Aber bitte, Herr Kaiser, jetzt haben Sie das Wort."

Stefan sieht Hans an und fragt: „Hans – willst du uns erst mal etwas über die letzten Ermittlungen sagen?"

Hans Sommer hat rote Flecken im Gesicht. Viele Mitarbeiter wissen, dass er sich nicht gern in den Vordergrund stellt und deshalb immer große Anlaufschwierigkeiten hat, vor allen zu reden. Hans räuspert sich und beginnt: „Nachdem ihr gegangen seid", damit sieht er Lena und Stefan an, „sind wir mit der SpuSi noch einmal alles durchgegangen. Die Befragungen habe ich geführt. Ich habe einen Bericht verfasst, der die Gespräche mit folgenden Personen wiedergibt: mit der Ehefrau, dem Freund, der als Arzt sofort vor Ort war, und den Nachbarn Horst und Eva Kunze. Bei diesem Ehepaar waren die Schröders am Vorabend zum Grillen eingeladen. Ich kann schon vorweg nehmen, dass sich gar nichts ergeben hat.

Die Kollegen haben auch andere Nachbarn besucht und nach Auffälligkeiten gefragt. Leider alles sozusagen ohne Ergebnis. Die SpuSi, wie man die Abteilung scherzhaft nennt, hat natürlich alles gewissenhaft untersucht, Fingerabdrücke katalogisiert, im Garten nach irgendwelchen Hinweisen gesucht, aber bis jetzt auch hier alles ohne Befund, nichts von Bedeutung."

Dr. Schneider ergreift erneut das Wort und fasst zusammen:

„Gut, ich entnehme Ihren Worten, dass es noch zu früh ist, Genaueres wie z.B. etwas über die Waffe zu sagen. Ich bitte Sie alle, mit Volldampf weiterzumachen und auch jedem noch so kleinen Hinweis nachzugehen. Irgendwo muss einfach ein Ansatz gefunden werden! Ich werde jetzt der Staatsanwaltschaft einen Besuch abstatten, mal sehen, wie die drauf sind. Also, viel Erfolg.“

Mit diesen Worten verabschiedet sich Dr. Schneider. Allgemeines Gemurmel erfüllt den Raum. Stefan wendet sich Hans zu und bittet ihn, mit in sein Büro zu kommen. Inzwischen telefoniert Lena mit der Pathologin.

Hans und Stefan sitzen sich im Büro gegenüber, schenken sich eine Tasse Kaffee ein und Stefan fragt: „Hans, was meinst du, wie wollen wir vorgehen? Du bist ja auch ein alter Hase, was meinst du, gibt es irgendeine Übereinstimmung mit Schilksee?“

„Es sieht so aus, aber es ist nicht zwingend! Wir müssen erst die Ballistik abwarten.“

Die Tür ist nur angelehnt, sie können Lenas forsche Schritte hören und sehen voller Erwartung zur Tür. „Wisst ihr was? Schilksee und Felde – die gleiche Waffe!“, platzt es aus ihr heraus.

„Das gibt jedenfalls in diesem Punkt Klarheit“, registriert Hans.

Stefan braucht eine Minute, um dann leise zu sagen:

„Ok, es handelt sich also um ein-und-denselben Täter. Es muss zwischen beiden Opfern etwas Übereinstimmendes geben oder gegeben haben!

Ich meine, dass wir bei dem Richter anfangen sollten. Welche Fälle hat er bearbeitet, wen hat er verurteilt usw. usw. Wir wollen alles wissen. Hat es Drohungen gegeben? Lena, dich bitte ich, sämtliche Unterlagen, Telefonverzeichnisse und eventuell andere Schriftstücke sowohl in Schilksee als auch in Felde zu sichten, geht das klar? Nimm dir zwei Kollegen mit, und das bitte sofort! Du leitest das, du hast volle Handlungsfreiheit."

„Ja ok, ich gehe gleich runter und versuche, zwei Mann aufzutreiben."

Schon nach zehn Minuten kommt sie zurück und berichtet: „Ich nehme Günther Weissensee und Rüdiger Kreutzer mit, beide sind zur Zeit frei."

„Na, denn man los", kommt es gepresst aus Stefans Mund. Nachdenklich schaut er Hans an:

„Hans, ich sehe gerade, dass du für die nächste Woche Urlaub eingereicht hast. Ich glaube, den solltest du auch nehmen. Zuerst hatte ich überlegt, dich um Aufschub zu bitten, aber was soll's, es muss gehen! Wenn du krank wärest, müsste es ja auch gehen."

„Danke Stefan, ich bin wirklich etwas urlaubsreif", mit diesen Worten geben sich die beiden die Hand und Hans verlässt das Büro.

Lena und ihre beiden Kollegen parken den Dienstwagen vor dem Haus in Felde.

Vor Ort sind bereits Verwandte, Freunde und der Chef von Gunnar Schröder, um ihr Beileid zu bekunden und Frau Schröder beizustehen. Lena versichert der Witwe, dass sie ungern stören möchten, dass es aber sehr wichtig sei, dass einige Unterlagen sofort eingesehen werden können. Sie bittet um alle erforderlichen Unterlagen und Rüdiger Kreutzer beginnt, mit seiner Spezialkamera das Telefonverzeichnis abzulichten. Auch alle weiteren Unterlagen, die Frau Schröder auf Lenas Bitte hin herausgesucht hat, werden dokumentiert.

Günther Weissensee befragt inzwischen die anderen Anwesenden und bittet den Chef des Opfers um Unterstützung, speziell, was die letzten Verurteilungen angeht. Dieses Anliegen erscheint dem Juristen plausibel und er sichert seine volle Unterstützung zu.

Auf der Heimfahrt wendet sich Lena an den Kollegen Kreutzer:

„Rüdiger, können wir das eigentlich auch alles ausdrucken?"

„Ja natürlich, das mache ich gleich, wenn wir im Büro sind."

Jetzt habe ich zusätzlich zu meiner schweren Last aus der Vergangenheit auch noch zwei Morde auf dem Gewissen! Aber ich habe es doch nur getan, weil ich den sinnlosen Tod von Jenny rächen will. Rächen? Habe ich aus Rachsucht gemordet? Nein, ich will doch nur für Gerechtigkeit sorgen! Bin ich jetzt ein schlechter Mensch? Diese Frage treibt mich um!

Beide Aktionen haben exakt und reibungslos geklappt. Eigentlich war es einfacher als ich es mir vorgestellt habe. Die Gewohnheiten der beiden haben mir geholfen, alles so durchzuziehen, wie ich es geplant hatte.

Ich bin mir nicht sicher, ob Gunnar erkannt hat, warum er sterben musste. Das macht mich unzufrieden, denn genau das ist doch mein Anliegen. Ich habe mir doch gewünscht, dass er bereut, aber für diese Sekunden habe ich einen totalen Filmriss. Ich weiß es einfach nicht. Ich muss mich zur Ruhe zwingen. Ich werde mich in zwei bis drei Tagen entscheiden, wer der Nächste sein soll. Ich werde weitermachen – und doch

frage ich mich manchmal, ob das alles auch wirklich richtig ist – im Namen der Gerechtigkeit.
Aber wer kann das schon beurteilen? Vielleicht der Herr im Himmel?

Lena brütet über den unzähligen Adressen und Daten, die jetzt ausgedruckt vor ihr liegen. Es handelt sich um handschriftliche Aufzeichnungen mit zum Teil schwer leserlichen Verbesserungen, die eine systematische Arbeit ungemein erschweren.

Das einzig Auffällige, was sie bemerkt, sind einzelne Buchstaben auf der letzten Seite des Telefonverzeichnisses.

Es handelt sich um eine Buchstabenfolge in Großbuchstaben, mit Tinte geschrieben: H S M A S G. Auch Telefonnummern bzw. Zahlenkombinationen befinden sich auf dieser Seite, die eine Zuordnung auf Anhieb unmöglich machen. Es könnte sich um verschlüsselte Telefonnummern oder Kontonummern handeln. Zögernd greift sie zum Telefon und ruft Frau Schröder an:

„Hallo Frau Schröder, Kripo Kiel, Gutzeit mein Name. Wir kennen uns ja. Entschuldigung, aber ich muss Sie noch etwas fragen."

„Ja Frau Gutzeit, was kann ich tun, ich würde gern helfen wo ich kann."

Lena erklärt ihr die Eintragungen auf der letzten Seite. Frau Schröder überlegt lange und sagt dann verzweifelt: „Ich weiß es nicht, beim besten Willen nicht. Auch die Buchstaben kann ich nicht zuordnen. Das ist mir alles völlig unklar."

„Danke Frau Schröder, es hätte ja sein können", sagt Lena und fügt hinzu:

„Darf ich erneut anrufen, wenn uns eine Frage einfällt?"
„Natürlich dürfen Sie das", mit diesen Worten wird aufgelegt. Lena seufzt tief auf. Sie weiß momentan nicht so recht

weiter. Dann endlich kommt ihr der rettende Gedanke, die Verschlüsselungsexperten der Kripo einzuschalten.

Mittwoch, 15. August 2012

Die morgendliche Besprechung driftet ins Emotionale ab.

Dr. Schneider beginnt mit folgenden Worten:

„Meine Damen und Herren, ich kann mir einfach nicht vorstellen, dass wir noch gar nichts haben. Beim besten Willen, es muss doch Übereinstimmungen geben."

Lena hakt sofort ein:

„Herr Doktor, was sollen wir denn machen. Wir haben alles von oben nach unten gekehrt. Es gibt keinerlei Ansätze. Wir wissen selbst, dass wir unter Druck stehen, aber wir müssen die Kirche doch im Dorf lassen!"

Stefan schaut Lena überrascht an und sie kann seinem Blick entnehmen, dass er voller Hochachtung für ihren Einwurf ist.

Schnell schaltet er sich ein und findet beruhigende Worte:

„Kolleginnen und Kollegen, wir müssen jetzt mit Nachdruck, aber auch mit Ruhe und Scharfsinn an die Sache herangehen. Uns ist aufgrund der Sachlage klar, dass es sich um ein- und denselben Täter handeln muss. Wenn Hans wieder da ist, möchte ich ihn noch einmal auf beide Fälle zwecks Sichtung aller Unterlagen aus den Häusern der Opfer ansetzen. Vielleicht findet sich doch irgendwo ein klitzekleiner Hinweis auf Übereinstimmung."

Der Chef räuspert sich verlegen und versucht zu beschwichtigen:

„Ich wollte euch wirklich nicht zu nahe treten. Mir ist bewusst, wie schwer das alles ist. Aber ich werde von oben und von der Presse unter Druck gesetzt. Wenn ich von denen auch nur ein Wort über Unfähigkeit höre, dann raste ich aus, das könnt ihr mir glauben!"

Während Lena und Stefan auf ihre Büros zusteuern, fasst er sie freundschaftlich am Arm:

„Lena, komm mit in die Kantine, wir trinken einen Kaffee, den haben wir uns jetzt verdient."

„Gut, manchmal kommt einem ja beim Nichtstun ein Gedanke, der einen weiterbringt", lenkt sie, immer noch gefrustet, ein.

Sonnabend, 18. August 2012

Andreas Kuhnke befindet sich auf dem Weg zum Hafen. Er ist in der Gaststätte „Zur grauen Stadt am Meer" verabredet und hat dort einen Tisch bestellt.

Vor diesem Treffen hat er etwas Angst. Sechs lange Jahre sind vergangen, seit er seinen Sohn Leo das letzte Mal gesehen hat.

Seine Frau Brigitte und er hatten sich vor Jahren getrennt. Beide Kinder, Leo, 20 Jahre alt, und Anja, 16 Jahre alt, hat er seitdem nicht mehr sehen dürfen. Brigitte hatte nach der Trennung den Vater ihrer Kinder kategorisch aus der Familie ausgeschlossen.

Andreas trägt schwer an dieser Last und ist sich nicht sicher, wie er das Gespräch beginnen soll. Bis zur Trennung hatte er ein sehr gutes Verhältnis zu seinen Kindern gehabt. Er war stets ein liebevoller Vater gewesen. Brigitte war als Lehrerin tätig und Andreas hatte über viele Jahre hinweg den Kindern und ihr zuliebe in seinem Job nur halbtags gearbeitet, um Haushalt und Kindern gerecht werden zu können.

Aber immer häufiger hatte sich in Brigittes Äußerungen ein ungerechter Unterton eingeschlichen. Bei vielen Dingen, die sie eigentlich gemeinsam entscheiden sollten, hatte er immer öfter hören müssen: ‚Wer bringt denn hier das Geld nach Hause'. Irgendwann war es ihm zu viel geworden und er zog schweren Herzens für sich selbst die Notbremse, um nicht ganz unterzugehen und nicht jegliches Selbstwertgefühl zu verlieren.

Jetzt sind es nur noch wenige Meter bis zum Eingang. Er verlangsamt den Schritt und ist fast dankbar für den gerade einsetzenden Nieselregen, der für Husum schon fast normal ist. Für einen Augenblick genießt er die kühlende Nässe auf seinem Gesicht und betritt dann das Lokal. Absichtlich ist er etwas zu früh gekommen, setzt sich an den vorbestellten Tisch und dreht den Stuhl so, dass er den Eingang im Blick hat.

Sein Herz klopft heftig, als er sieht, dass die Tür geöffnet wird. Herein kommt ein sportlicher junger Mann, der nach kurzem Zögern auf Andreas zukommt und ihm die Hand entgegenstreckt.

„Hallo Leo, es ist schön, dass du gekommen bist", sagt Andreas und blickt seinen Sohn aufmerksam an.

Meine Güte, er ist schon ein richtiger Mann geworden, denkt Andreas gerührt.

Leo erwidert unsicher und freudig zugleich:

„Ja, Papa, ich freue mich, dass wir uns wiedersehen. Danke für deine Einladung. Ich bin gern gekommen."

Andreas Herz bebt, denn das Wort `Papa´ hat er lange nicht gehört. Er hat Mühe, seine Tränen zu verbergen und bemerkt, dass auch Leo schluckt und feuchte Augen bekommt. Behutsam legt er seine Hand auf die Hand seines Kindes; beide schweigen eine ganze Weile. Die Kellnerin reißt die beiden Männer aus ihren Träumen mit der Frage:

„Moin moin. Was darf´s denn sein, meine Herren?"

Andreas nickt Leo aufmunternd zu und ermutigt ihn, auszuwählen und seine Bestellung aufzugeben.

„Ein Alsterwasser, bitte", kommt von Leo.

Andreas bestellt daraufhin:

„Für mich auch. Dann also bitte zweimal!"

„Weiß Mama, dass du hier bist?", will er dann wissen.

„Ja, ich habe es ihr gesagt."

„War sie einverstanden?"

„Es geht so."

„Ja ich weiß, ich frage nicht mehr danach. So, nun sag doch mal, wie geht es dir denn so, was macht die Schule?"

„Das Abi hat nicht geklappt, aber den Realschulabschluss habe ich gut geschafft. Jetzt habe ich eine Lehre begonnen."

„Was machst du für eine Ausbildung?"

„Ich habe bei einer großen Baufirma einen Lehrvertrag als Industriekaufmann abgeschlossen."

„Das ist toll. Ich freu` mich für dich, hoffentlich gefällt es dir!"

Die Kellnerin kommt mit den Getränken und Vater und Sohn stoßen zum ersten Mal miteinander an. Andreas zögert etwas, fasst sich dann ein Herz und fragt:

„Was macht Anja, wie geht es ihr?"

„Sie besucht das Gymnasium und ist echt gut."

„Meinst du, ob ich sie auch mal treffen könnte?"

„Wir beide reden oft miteinander über dich. Sie ist auch traurig, dass sie dich so gar nicht sehen kann. Aber ich glaube, sie hat Angst vor Mama."

„Und wie geht es Mama eigentlich?"

„Sie arbeitet viel, da hat sich nichts geändert – das weißt du ja sicher noch von früher. Sie ist oft ziemlich gestresst."

„Ja Leo, das weiß ich noch. Ich bin sehr traurig über die gesamte Situation, das kannst du mir glauben. Es tut mir alles so leid, aber ich konnte damals nicht mehr."

Die Unterhaltung wird lebhafter und beide tauchen in die Vergangenheit ein. Leo weiß, was sein Vater alles für ihn und Anja getan hatte. Sein Vater war immer da gewesen, hatte immer für alles Verständnis gehabt und hatte immer versucht, Fröhlichkeit zu vermitteln. Damals, kurz nach der Trennung vor sechs Jahren, konnten beide Kinder noch keinerlei Verständnis für ihren Vater und die Trennung aufbringen. Besonders Anja war regelrecht böse auf ihren Vater gewesen. Leo bemerkte jedoch im Laufe der Zeit, dass seine Schwester zunehmend offener für Gespräche über den Vater geworden war.

Zwei Stunden bricht das Gespräch nicht ab, bis Leo auf die Uhr schaut und bedauernd sagt:

„Papa, ich muss jetzt los, ich bin noch verabredet."

Andreas bezahlt und dicht nebeneinander gehen sie zur Tür. Jetzt geben sie sich nicht mehr nur förmlich die Hand, sie umarmen sich lange und fest, beide weinen.

„Sehen wir uns mal wieder?", stammelt Andreas.

„Ja Papa, versprochen, das machen wir bestimmt."

„Richte bitte Grüße aus, an Anja und an Mama auch."

„Ja, mach ich", hört Andreas noch im Weggehen und macht sich auf den Heimweg.

Beide können nicht ahnen, dass es ein Abschied für immer sein wird und dass Andreas seine geliebte Anja nicht mehr wiedersehen wird.

Sonntag, 19. August 2012

Andreas Kuhnke sitzt an seinem Schreibtisch und überlegt, ob er seiner Frau einen Brief schreiben soll. Nach längerem Überlegen kommt er jedoch zu dem Entschluss: Nein, lieber noch nicht. Ich werde lieber noch abwarten. Von dem gestrigen Treffen mit Leo ist er noch ganz aufgewühlt, aber auch sehr dankbar, dass jetzt langsam ein normaler Umgang möglich sein wird. Nur mit Anja noch nicht, denkt er bedauernd. Seine Sehnsucht ist groß und er betet, dass auch sie einem Treffen irgendwann einmal zustimmen wird. Wie mag sie jetzt aussehen, fragt er sich, jetzt ist sie 16 Jahre alt – fast so alt wie das Mädel in Odense damals. Bei diesem Gedanken spürt er einen dicken Kloß im Hals. Er denkt an seine Handballzeit zurück und kann nicht verhindern, dass jetzt die bisher so sorgsam verdrängten Erinnerungsfetzen an Odense, verschwommen wie im Nebel, in seinem Kopf auftauchen und ihn ängstigen. Nach einer Weile gelingt es ihm jedoch, wie schon so oft, diese belastenden Bilder zu verbannen. Nicht einmal an das Gesicht des Mädchens kann und will er sich erinnern, so intensiv hat er seinen Verdrängungsmechanismus trainiert. Vor Jahren schon hat er vorsichtshalber die meisten Fotos von damals zerrissen und verbrannt.

Das Telefon klingelt: „Kuhnke", meldet er sich.

„Papa, ich bin`s, Leo."

„Leo, das ist aber nett. Unser Treffen gestern war sehr schön für mich."

„Auch für mich, Papa."

„Was gibt`s? Warum rufst du an?"

„Ich wollte mal fragen, ob du morgen Abend Zeit hast?"

„Ja klar, so ab 17 Uhr kann ich mich frei machen."

„Gut. Ich würde gern zu dir kommen und zwar mit Anja."

Andreas fühlt sein Herz beben. Was ist das für eine schöne Überraschung!

„Oh Leo, ich freue mich, ich bin ganz durcheinander, aber ich bin sehr glücklich, dass Anja mitkommen möchte."

„Gut Papa, dann sind wir morgen so gegen 18 Uhr bei dir."

„Danke, danke Leo, ich weiß nicht, was ich sagen soll. Was sagt Mama dazu? Weiß sie das?"

„Ja, sie ist einverstanden, sie findet das jetzt auch Ok."

„Ach Leo, sag ihr einen schönen Gruß von mir und sag auch ihr von mir DANKE!"

„Ja Papa, das werde ich machen, dann also bis morgen."

Andreas legt auf und kann das Glück gar nicht fassen. Gegen seine Tränen ist er machtlos und er benötigt eine ganze Weile, bis er sich fassen kann. Gerade wischt er sich mit dem Handrücken über die Augen, als er hört, dass jemand an der Wohnungstür klingelt, und während er über den Flur geht, fragt er sich, wer das wohl sein könne. Zögernd öffnet er die Tür, nicht ahnend, dass es die letzten Schritte in seinem Leben gewesen sind.

Vor ihm steht ein ihm unbekannter Mann und gerade will er fragen, was er wünsche, als er eine Stimme hört, die ihm merkwürdig bekannt vorkommt:

„Andreas, jetzt wirst du für Jennys Tod büßen!"

Für eine Frage oder eine Abwehrbewegung ist es bereits zu spät. Er spürt einen dumpfen Schlag, dann bricht sein Blick. Der Mörder kann nicht erkennen, ob Andreas verstanden hat, warum er sterben muss.

Montag, 20. August 2012

Stefan stürmt ins Büro und schimpft: „Mein Gott, was für ein Scheißwetter."

Durch die geöffneten Türen hört Lena diesen Wutausbruch und sofort ist sie im Bilde, welche miese Stimmung er mitbringt.

„Was ist das denn für ein Empfang?", ruft Lena und lugt durch den Türspalt.

„Ich bin vom Auto aus auf diesen lächerlichen 50m extrem nass geworden", schimpft Stefan und versucht, sein Haar zu glätten.

„Hübsch, hübsch", frotzelt Lena und grinst frech.

„Wenn du nicht gleich weg bist, werde ich zum Tiger, meine Liebe!"

„Na, das möchte ich mal erleben", witzelt sie, bemerkt jedoch die Gefahr und verzieht sich vorsichtshalber in ihr Zimmer. Stefans Telefon schrillt anhaltend. Nach dem fünften Klingelzeichen hebt er ab und meldet sich forsch:

„Hauptkommissar Kaiser, 1. Morddezernat Kiel"

„Guten Morgen Herr Kaiser, Kripo Husum, mein Name ist Conradi."

Stefan überkommt sofort ein deutliches Unbehagen, als Herr Conradi berichtet:

„Wir haben hier einen Mord aufzuklären. Es muss gestern Abend oder heute Morgen passiert sein. Ein Mann ist erschossen aufgefunden worden. Da wir über das Landeskriminalamt eine Mitteilung erhalten haben, dass Sie an zwei ähnlichen Fällen arbeiten, habe ich mir gedacht, dass Sie informiert werden müssten."

„Das ist ja nett, um wen handelt es sich?"

Lena kommt gerade hinzu und Stefan stellt auf Laut:

„Es handelt sich um einen gewissen Andreas Kuhnke, Mitte 40 und allein lebend. Näheres wissen wir noch nicht, aber wir sind gerade dabei alles aufzunehmen."

„Haben Sie schon Hinweise oder Spuren ermitteln können?"

„Nein, noch nicht, aber wir sind ja erst am Anfang. Ich melde mich, sobald wir etwas Genaues wissen. Auf jeden Fall sieht es wie eine Hinrichtung aus, der Schuss wurde aus nächster Nähe abgegeben."

Stefan wird übel, Lena sinkt auf den Besucherstuhl und stöhnt:

„Stefan, das hört sich nicht gut an!"

„Wenn ich schon das Wort `Hinrichtung´ höre, wird mir schlecht. Lena, wenn ich dieses Wort höre, leuchtet bei mir sofort die rote Lampe auf. Wenn das wirklich wieder der gleiche Täter ist, was ist das denn für ein Wahnsinniger? Ich werde verrückt, was bezweckt er damit. Und vor allem, wie viele hat er noch auf seiner Liste?"

„Uns bleibt nichts anderes übrig als abzuwarten, erst muss die Waffe feststehen, dann sehen wir weiter."

„Liebe Lena, ich bin mir fast sicher, dass es die gleiche Waffe ist", orakelt Stefan mit Sorgenfalten auf der Stirn und bläst die Wangen auf.

Dienstag, 21. August 2012

Dr. Schneider übermittelt Stefan die Nachricht, dass es sich in Husum tatsächlich um die gleiche Waffe gehandelt hat – eine belgische Parabellum mit Schalldämpfer. Stefan stöhnt auf und überlegt:

„Was machen wir bloß? Der geht einfach hin und knallt die Leute ab. Wie soll man da einen Ansatz finden?"

„Irgendwann macht auch der einen Fehler", prophezeit Dr. Schneider.

„Aber wann? Und wann macht er Schluss?"

„Tja, das weiß ich auch nicht. Ich wünsche euch viel Erfolg und das kleine Quäntchen Glück, das man braucht."

Gegen Feierabend meldet sich Hans aus dem Urlaub zurück und kündigt an, dass er ab sofort für Notfälle zur Verfügung stehen kann.

„ Das ist nett, Hans, wir haben nun schon den dritten Mord aufzuklären, dieses Mal in Husum! Jetzt geht es richtig los, wir müssen uns was einfallen lassen. Hast du dich denn wenigstens etwas erholen können?"

„Ja, es geht so, ich bin morgen früh wieder im Einsatz."

„Super, ich bin erleichtert, deine Hilfe können wir gut gebrauchen."

Mittwoch, 22. August 2012

Gleich zu Dienstbeginn erscheint ein sehr blasser Dr. Schneider bei Stefan im Büro. Er bittet auch Lena hinzu und beginnt: „Ich habe mich inzwischen um einen sehr fähigen Profiler bemüht, der bereits am Freitag kommen kann. Er gehört zum BKA Wiesbaden und hat gerade in Hamburg einen äußerst schwierigen Fall lösen können."

Lena zieht ein missmutiges Gesicht und scheint mit dieser Entscheidung nicht gerade einverstanden zu sein. Nachdem Dr. Schneider gegangen ist, schimpft sie:

„Was denkt der sich eigentlich. Meint der, wir können das nicht und sind zu blöd?"

„So, nun beruhige dich mal, schauen wir uns den doch erst einmal an", versucht Stefan seine Mitarbeiterin zu bremsen.

„Hoffentlich kommt Hans bald, dann werden wir unsere Strategie mal ganz neu überdenken."

Hans beginnt pünktlich seinen Dienst und wird ausführlich über alle Einzelheiten, Zusammenhänge und bisherigen Erkenntnisse informiert. Außerdem wird ihm auch der Einsatz eines Profilers mitgeteilt und auch er scheint, genau wie Lena, nicht gerade begeistert zu sein.

Brummelnd und fast ein wenig beleidigt nimmt er die neue Entwicklung zur Kenntnis, verlässt kopfschüttelnd das Büro und beginnt mit der Durchforstung aller vorliegenden Unterlagen und Fakten.

Freitag, 24. August 2012

Stefan ist wie immer sehr pünktlich gekommen und denkt über den gestrigen Abend nach. Seine Frau hatte, nachdem er ihr alles erzählt hatte, gesagt:

„Stefan, irgendwann macht er einen Fehler. Vielleicht hat er auch schon einen gemacht, nur seid ihr noch nicht drauf gekommen."

Das geht ihm jetzt durch den Kopf, als es an der Tür klopft:

„Entschuldigung, darf ich eintreten?"

„Ja, bitte sehr."

„Mein Name ist Gonzales, Fernando Gonzales, ich bin vom BKA Wiesbaden."

„Herzlich willkommen, warten Sie, ich hole Frau Gutzeit dazu, sie ist meine rechte Hand und zuständig für die gute Laune hier."

Drüben informiert er Lena leise, dass der Profiler gerade angekommen ist. Missmutig erhebt sie sich und mault: „Gut, wenn es denn sein muss!"

Sie wird dem neuen Mitarbeiter vorgestellt und Stefan bemerkt augenblicklich eine leichte Röte in ihrem Gesicht. Fernando ergreift das Wort und erklärt:

„Sie werden über meinen Namen erstaunt sein. Meine Mutter kommt aus Frankfurt und mein Vater ist Spanier. So kam ich zu diesem in Deutschland ungewöhnlichen Namen. Ich habe meine Ausbildung beim BKA gemacht und konnte danach Psychologie mit dem Schwerpunkt forensische Psychologie studieren. Danach habe ich mich mit der organisierten Kriminalität beschäftigt."

„Alle Achtung, das ist ja sehr beeindruckend. Ich hoffe, wir werden gut miteinander auskommen. Was meinst du, Lena, wollen wir ihn aufnehmen?"

Mit dieser direkten Frage hat Lena nicht gerechnet und verlegen stammelt sie:

„Äh – ja – gern!"

„Wisst ihr was, ich bin hier der Älteste und wir duzen uns alle. Ich bin Stefan", sagt er und streckt Fernando die Hand hin.

Der erwidert erfreut: „Fernando", und schlägt ein.

Lena beugt sich vor: „Ich heiße Lena."

„Danke, dass ihr mich so gut empfangen habt. Darf ich die Bitte äußern, mir die Unterlagen über den Stand der Ermittlungen zu übergeben? Ich kann dann schon über das Wochenende mal alles durcharbeiten."

„Wo schläfst du in Kiel?" will Stefan wissen.

„Soweit ich weiß, hat Dr. Schneider mir ein Appartement gebucht. Ich soll mir den Schlüssel und die Adresse beim Pförtner abholen."

Lena schaltet sich ein:

„Du hast sicher Gepäck? Ich kann dich gern mit dem Auto zu deiner Unterkunft bringen."

„Prima Lena, das finde ich sehr nett. Aber lass mich erst mal mit Dr. Schneider reden."

Als Fernando den Raum verlassen hat, grinst Stefan: „Wollen wir ihn nicht wieder ausladen?"

Lena schaut ihn verwundert an und begreift, dass er sie necken will. Schnell verlässt sie sein Büro, damit er nicht sieht, dass sie schon wieder rot wird.

Gegen Feierabend meldet sie sich bei Stefan mit den Worten ab:

„Stefan, ich bringe Fernando jetzt zu seiner Unterkunft. Ich habe ihn für heute Abend zum Essen eingeladen. Wir werden ins ‚Längengrad' gehen."

Stefan ist überrascht von ihrer Wandlung und wünscht ihr viel Spaß. Eine kleine Bemerkung kann er sich nicht verkneifen: „Na das geht ja gut los mit euch beiden."

„Pfff", macht Lena und knallt die Tür zu.
Fernandos Gepäck steht noch im Sekretariat, da er mit dem Taxi gekommen ist. Gemeinsam laden sie alles in Lenas Wagen und machen sich auf den Weg.

Die Dienststelle hat für Fernando eine schöne Wohnung, möbliert und mit Blick auf den Schrevenpark, angemietet.

Lena hilft ihm beim Ausladen und schlägt als Zeitpunkt für das Essen im ‚Längengrad' 20 Uhr vor. Mit den Worten: „Ich hole dich dann um 19:45 Uhr hier ab", braust sie davon.

Im ‚Längengrad' angekommen, bewundert Fernando zunächst den wunderschönen Blick über die Kieler Förde und beginnt dann, sich vorzustellen:

„Ich habe ja schon erzählt, dass ich Halbspanier bin. Ich bin in Málaga aufgewachsen und zweisprachig erzogen worden. Mein Vater starb dann sehr plötzlich. Daraufhin ist meine Mutter mit mir und meinem Bruder Pablo wieder zurück nach Frankfurt gezogen und hat das Haus ihrer Eltern übernommen. Pablo ist jetzt bei der ‚Deutschen Bank' beschäftigt und meine Mutter übrigens auch. Sie war dort schon früher als Chefsekretärin tätig und konnte ihren Job nach unserer Rückkehr wieder aufnehmen."

Lena hört interessiert zu und gesteht sich heimlich ein: Was für ein toller Mann.

„So Lena, jetzt genießen wir das Essen und dann bin ich gespannt auf dein Leben in Kurzform."

Komisch, denkt sie während des Essens, es herrscht keine Minute Schweigen, es scheint, als ob wir uns schon lange kennen würden.

Bevor das Dessert serviert wird, räuspert Lena sich und beginnt nun ihrerseits zu erzählen:

„Ich bin ein Einzelkind, hoffentlich merkt man das nicht so sehr. Meine Eltern wohnen in Neumünster, mein Vater ist auch bei der Polizei und meine Mutter arbeitet als Krankenschwester im Friedrich-Ebert-Krankenhaus.

Ich bin 31 Jahre alt und Oberkommissarin. Mit Stefan verstehe ich mich sehr gut. Zu unserem Team gehört auch noch Hans Sommer, auch Oberkommissar. Der ist allerdings manchmal sehr pedantisch und deshalb etwas anstrengend. Er ist aber auch irgendwie gebeutelt. Er ist zwar verheiratet, lebt aber getrennt von seiner in München wohnenden Frau allein hier in Kiel.“

„Ich dachte, da kommt von dir noch mehr?“, fragt Fernando und setzt nach: „ Jetzt hast du ja ganz geschickt von dir direkt zu deinem Kollegen Hans Sommer gewechselt.“

„Oh entschuldige, das habe ich gar nicht bemerkt. Aber, Fernando, über mich ist das schon alles. Den Rest musst du selbst herausfinden.“

Sie lächelt spitzbübisch und nascht an dem leckeren Dessert. Fernando wird ein wenig verlegen und weiß nicht so recht, wie er auf diese Aussage reagieren soll. Lena bemerkt seine Verlegenheit und sagt leise, indem sie ihre Hand auf seine legt:

„Versprichst du mir was?“

„Ja gern, wenn es machbar ist.“

„Wir überstürzen nichts, nicht wahr?“

„Versprochen – auch wenn es mir schwerfällt. Aber eines will ich dir doch sagen und es ist mir egal, wie du darüber denkst: Ich mag dich.“

Lena zieht ihre Hand wieder weg und nun genießen sie den Nachtisch schweigend.

Später, im Fahrstuhl, sagt Lena plötzlich: „Übrigens, Fernando, danke gleichfalls."

Er benötigt einige Sekunden, bis er begreift, was sie damit meint. Lena schmunzelt in sich hinein und weiß nun, dass auch ein Profiler manchmal ein wenig mehr Zeit braucht, um alles zu verstehen.

Montag, 27. August 2012

Nachdem Fernando auch Hans Sommer kennen gelernt hat, sitzen die Vier zusammen und Fernando fragt, ob er seine Meinung darlegen dürfe. Alle nicken und er beginnt:

„Ich habe alle Akten durchgearbeitet und versucht, mich dabei in die Lage des Täters zu versetzen. Ich weiß nicht, wie viele Opfer er sich vorgenommen hat, aber ich bin fest davon überzeugt, dass es eine begrenzte Zahl ist."

„Was führt dich zu dieser Annahme?", unterbricht Hans ihn.

Auch Lena schaut Fernando erstaunt an und wartet gespannt auf seine Antwort.

„Er wird nicht willkürlich töten. Er scheint einen Plan zu haben. Natürlich kenne ich die Zahl der Opfer nicht, aber die Zahl wird begrenzt sein. Natürlich habe auch ich Angst, dass es viele sein könnten. Aber dadurch, dass die Taten räumlich weit voneinander entfernt liegen, wird die These der Begrenztheit untermauert. Besonders muss ich jetzt aber auf eine Übereinstimmung hinweisen."

„Und welche soll das sein", fragt jetzt Stefan überrascht, denn er selbst hat bisher nichts Bemerkenswertes finden können.

„Die drei Opfer sind alle im gleichen Alter, das lässt die Vermutung zu, dass sie sich gekannt haben könnten."

„Mensch Fernando, daran habe ich noch nicht gedacht. Aber wir haben doch alles durchsucht", entgegnet Stefan. Hans und Lena sitzen in sich gekehrt und denken angestrengt nach. Fernando bemerkt das Erstaunen und die Unsicherheit der anderen und schlägt vorsichtig vor:

„Wir sollten schon ab Kindesalter und in der Schulzeit nachforschen. Irgendwo muss es einfach weitere Übereinstimmungen geben!"

„Wenn du Recht hast, wäre das ein Durchbruch. Wollt ihr morgen anfangen? Möglichst in Schilksee bei dem ersten Opfer Teuerkauf. Ich denke, Lena und Fernando, ihr beide fahrt gemeinsam dort hin."

„Ok, morgen geht es los", nickt Lena und verlässt zusammen mit Fernando das Büro, um sich auf den morgigen Tag vorzubereiten. Hans bleibt noch abwartend sitzen und Stefan bittet ihn:

„Hans, nimmst du dir alle Unterlagen noch einmal vor und überlegst, wie wir weiter vorgehen sollen?"

„Ja in Ordnung, ich werde mir noch einmal alles ganz in Ruhe durchlesen und versuchen, irgendeinen Hinweis herauszufiltern. Wahrscheinlich müssen wir tatsächlich viel weiter zurückgehen und schon in der Kindheit suchen."

Mit diesen Worten verlässt auch Hans das Büro und macht sich an das Aktenstudium – eine wahre Puzzlearbeit.

Dienstag, 28. August 2012

Lena und Fernando haben sich telefonisch bei Frau Teuerkauf angemeldet und fahren mit dem Passat am Hindenburgufer entlang. Fernando bemerkt begeistert, dass die großen Schiffe ja quasi direkt in die Kieler Innenstadt fahren würden. Lena nickt, erklärt ihm die wichtigsten Daten über Kiel und meint dann stolz:

„Wenn es sehr gutes Wetter ist, dann braucht man nicht woanders hinzufahren, dann ist es wunderschön an der Kieler Förde."

Auf der Hochbrücke kann Fernando seinen Blick kaum von dem darunter liegenden Kanal lösen. Aber dann geht es schnell, sie befinden sich bereits auf der Autobahn in Richtung Olympia-Zentrum. Angekommen in der Strandallee sind beide hochkonzentriert, als sie klingeln.

Sie werden mit einem verhaltenen „Guten Tag", begrüßt und Lena stellt vor:

„Frau Teuerkauf, mich kennen Sie ja schon und das ist Herr Gonzales. Er kommt vom BKA Wiesbaden und versucht mit uns zusammen, den Täter zu finden."

„Bitte kommen Sie herein, ich habe einen Tee für Sie gekocht."

Sie bedanken sich höflich und dann beginnt Fernando ganz behutsam mit der Befragung, denn er bemerkt, welch eine Traurigkeit in diesem Hause herrscht:

„Frau Teuerkauf, wir sind mit aller Macht bemüht, Licht ins Dunkel zu bringen. Sie haben ja schon viele Fragen über sich ergehen lassen müssen."

Lena schaltet sich ein:

„Wir wollen den Mörder finden. Und deshalb müssen wir ganz weit zurückgehen. Wir möchten gern wissen, auf welche Schule ihr Mann ging und wo er groß geworden ist."

„Nach der Grundschule besuchte er die Realschule in der Bergstraße in Kiel. Er hat mit seinen Eltern in der Holtenauer Straße gewohnt."

Fernando wirft ein:

„Hat er auch Sport getrieben?"

„Ja, er hat mal Fußball und später dann aktiv Handball gespielt."

„Wissen Sie in welchem Verein?"

Sie steht auf und kramt in einem Sekretär. Mit einigen Unterlagen und Alben kommt sie wieder an den Tisch zurück.

„Aber das wurde, so glaube ich, bereits alles gesichtet von Ihnen."

„Haben Sie noch alte Zeugnisse ihres Mannes?"

„Ja, die sind dort in der Mappe."

Lena fragt:

„Macht es Ihnen etwas aus, wenn wir die Sachen mitnehmen? Sie bekommen natürlich alles wieder zurück."

„Ja, Sie können alles mitnehmen", nickt sie traurig.

Lena und Fernando erkundigen sich mitfühlend, ob sie noch etwas für die Familie tun können und verabschieden sich mit der nochmaligen Versicherung, dass alles Mögliche getan wird und die Unterlagen auf jeden Fall wieder zurückgegeben werden.

Wieder im Auto, sagt Fernando:

„Auf geht's, jetzt fahren wir nach Felde."

Frau Schröder hat sie schon erwartet und bittet sie ins Wohnzimmer. Sehr behaglich alles, denkt sich Fernando. Nachdem Lena Fernando vorgestellt hat, beginnt sie:

„Frau Schröder, wir suchen fieberhaft nach dem Mörder. Bitte erlauben Sie uns noch einige Fragen."

„Bitte fragen Sie, ich bin doch auch an der Aufklärung interessiert."

„Wo ging ihr Mann zur Schule?"

„Wieso ist das denn wichtig?"

„Jedes kleine Detail kann von Bedeutung sein", mischt sich Fernando ein.

Lena hat schon mit einer ähnlichen Frage gerechnet und fügt hinzu:

„Wie Sie vielleicht schon wissen, gibt es noch einen weiteren, ähnlichen Mord und deshalb fangen wir noch einmal ganz von vorn an und suchen nach möglichen Übereinstimmungen bei den Opfern. Wir denken, dass sie sich früher einmal gekannt haben könnten."

„Gunnar hat sein Abitur an der ´Hebbelschule` in Kiel gemacht. Gewohnt hat er in der Holtenauer Straße."

Fernando wird hellwach. Sofort hakt er nach:

„Holtenauer Straße? Hat er auch Sport getrieben?"

„Ja, er hat Handball gespielt."

„In welchem Verein, wissen Sie das?"

„Ich weiß, dass er gegen Ende des Studiums aufgehört hat, weil es sich mit dem Studium nicht mehr vereinbaren ließ. Aber in welchem Verein? Das weiß ich im Moment nicht."

Fernando schaltet sich erneut ein:

„Haben Sie noch alte Unterlagen, Bilder von früher zum Beispiel?"

„Warten Sie, ich sehe mal nach, ich glaube, wir haben da noch einiges."

Beide Beamten warten angespannt auf das, was jetzt kommen könnte. Lena flüstert Fernando zu:

„Sollten wir Glück haben?"

„Auf jeden Fall haben wir schon einige kleine Übereinstimmungen", meint Fernando und raunt leise:

„Das scheint ein unheimlich interessanter Fall zu werden, aber hoffentlich ohne weitere Tote!"

Frau Schröder kommt mit einer großen Ledermappe zurück, legt sie auf den Tisch und sagt:

„Das ist das einzige, was ich Ihnen überlassen kann. Aber ich möchte es wieder haben."

„Frau Schröder, haben Sie vielen Dank, wir arbeiten mit Hochdruck an diesem schlimmen Verbrechen. Natürlich bekommen Sie alles zurück. Falls wir noch Fragen haben, dürfen wir Sie anrufen?"

„Ja natürlich, ich helfe, wo ich kann."

Gerade wollen sie das Haus verlassen, als Frau Schröder hinter ihnen her läuft und ruft:

„Warten Sie, mir ist noch etwas eingefallen. Mein Mann ist mit einem Freund von uns zur Schule gegangen. Der könnte vielleicht wissen, in welchem Verein er Handball gespielt hat. Wir haben aber lange keinen Kontakt mehr gehabt."

„Um wen handelt es sich?", fragt Lena schnell.

„Er heißt Alfred Bäumler und wohnt in Preetz. Ich habe im Moment aber keine Adresse."

„Das macht nichts", sagt Fernando, „den finden wir schon."

Zurück fahren sie über die Dörfer in Richtung Kiel, als sie das Schild: *Preetz 15 km* entdecken.

„Wollen wir gleich mal auf gut Glück versuchen?", schlägt Fernando vor.

„Ja meinetwegen", geht Lena darauf ein und biegt ab. Fernando zückt sein Smartphone und googelt den Namen *Bäumler / Preetz.* „Hufenweg 21", ruft er und stellt das Navigationsgerät entsprechend ein.

Fernando wird still. Er versucht, sich in die Psyche des Täters zu versetzen. Lena merkt ihm an, dass er seinen Gedanken konzentriert nachgeht und lässt ihn in Ruhe. Vom Stadtrand aus ist es nicht mehr weit bis zum Hufenweg. Sie finden die Nummer 21 schnell. Es handelt sich um ein Reihenhaus mit Holzverkleidung im dänischen Stil. An der Tür können sie lesen:

Hier wohnen Alfred und Maria Bäumler.

Beherzt drücken sie auf den Klingelknopf und kurz darauf öffnet ein Mann in mittleren Jahren die Tür, an der Leine hält er einen großen Schäferhund.

Lena ergreift das Wort:

„Guten Tag, entschuldigen Sie, sind Sie Herr Bäumler?"

„Ja", kommt die Antwort zögerlich, „was gibt´s?"

„Wir sind von der Polizei und würden Ihnen gern ein paar Fragen stellen. Dürfen wir hereinkommen?"

„Ja, bitte, kommen Sie herein, aber vorher weisen Sie sich bitte erst einmal aus."

Beide zücken ihre Ausweise und stellen sich mit Namen und Dienstgraden vor.

„Sie müssen entschuldigen, ich habe nicht sehr aufgeräumt. Seit meine Frau gestorben ist, habe ich nicht immer so viel Energie. Bitte kümmern Sie sich nicht um den Hund, er könnte ungemütlich werden, deshalb halte ich ihn fest."

„Das macht doch nichts, wir bleiben auch nicht lange", versichert Lena.

Fernando eröffnet den Fragenkatalog:

„Herr Bäumler, kennen Sie einen Gunnar Schröder?"

„Gunnar, ja natürlich. Was ist mit ihm? Worum geht es?"

„Wir müssen Ihnen leider mitteilen, dass Gunnar Schröder nicht mehr lebt."

„Wie bitte? Gunnar ist tot?"

„Ja, er ist ermordet worden. Wir würden von Ihnen gern folgendes wissen: Seit wann kennen Sie sich? Wo sind Sie zur Schule gegangen? Haben Sie Sport getrieben, und wenn ja, in welchem Verein?"

Erschüttert schweigt Herr Bäumler einen Moment und be-antwortet dann der Reihe nach die Fragen:

„Wir kennen uns seit der Schulzeit. Ich habe mit ihm zu-sammen die Hebbelschule besucht, bin aber kurz vor dem Abitur abgegangen. Wir haben auch eine Zeitlang zusammen Handball gespielt. Später haben wir uns aus den Augen verlo-ren, aber vor ungefähr drei oder 4 Jahren haben wir uns zufäl-lig mit den Frauen auf dem Wochenmarkt getroffen. Wir ha-ben uns dann zweimal, bei ihm und bei uns, zum Essen ver-abredet, aber der Kontakt war doch mehr lose – die Frauen mochten sich nicht so besonders."

Währenddessen bemerkt Lena aus den Augenwinkeln, dass Fernando den nicht gerade vertrauenserweckend ausse-henden Hund streichelt.

„Was haben Sie beruflich gemacht?"

„Ich habe eine Ausbildung gemacht bei der Famila-Lebensmittelkette. Damals wurde das Duale System angebo-ten, sozusagen ein kleines berufsbezogenes Studium, um da-nach die Möglichkeit zu bekommen, als Marktleiter zu fun-gieren. Das habe ich dann auch geschafft und diese Funktion habe ich jahrelang ausgeübt. Jetzt bin ich allerdings nur noch in der Verwaltung tätig, weil ich leider seit einer missglück-ten Hüftoperation nicht mehr so beweglich bin."

„In welchem Verein haben Sie Handball gespielt?", setzt Fernando nach.

„Wir waren zusammen im THW."

„Gut Herr Bäumler, wir danken Ihnen und werden eventuell noch einmal nachfragen müssen", mit diesen Worten verab-schieden sich die beiden und gehen zum Wagen zurück.

Lena fragt so ganz nebenbei: „Hattest du gar keine Angst vor dem Hund?"

„Nein, warum sollte ich?", antwortet er.

Inzwischen ist ihr Dienstschluss bereits überschritten und Fernando hat gerade die Frage auf den Lippen, ob sie noch gemeinsam etwas unternehmen wollen, als Lena gähnt und ihn bittet, sie zu Hause abzusetzen und den Wagen mitzunehmen.

Schade, denkt er enttäuscht. Als Lena aussteigt, lehnt sie sich zu ihm hinüber, gibt ihm einen leichten Kuss auf die Wange und bittet:

„Sei nicht böse, ich bin total kaputt, wir holen das nach. Der Fall beschäftigt mich so sehr, dass ich nur noch eines will, ins Bett."

In Fernandos Kopf blitzt ein Gedanke kurz auf: Ja, ins Bett wäre gut, denkt er verwegen, aber dann reißt er sich zusammen:

„Ich wünsche dir einen erholsamen Schlaf. Ich freue mich auf morgen."

Auf der Fahrt zu seiner Wohnung prüft er seine Gefühle für Lena. Er ist ein wenig traurig. Wie gern hätte er ihr seine Zuneigung deutlicher gezeigt.

In dem Moment fällt Fernando siedend heiß ein, dass er bei Herrn Bäumler eine ganz wichtige Frage nicht gestellt hat. Sofort holt er das nach und ruft über das Autotelefon die Preetzer Nummer auf:

„Herr Bäumler, hier spricht nochmal Gonzales, wir waren eben bei Ihnen. Eine Frage habe ich noch. Existieren noch Fotos aus Ihrer Handball- bzw. Schulzeit?"

Fernando bemerkt ein tiefes Durchatmen und muss dann hören:

„Es tut mir leid, es gibt keine Fotos mehr. Die habe ich aus persönlichen Gründen vor Jahren vernichtet. Aber wieso ist das denn wichtig?"

„Ach, wissen Sie, das ist alles Routine. Haben Sie vielen Dank."

Nachdenklich legt er auf und weiß nicht so recht, wie er diese Mitteilung einordnen soll.

Fernando stellt den Dienstwagen auf dem Parkplatz am Schrevenpark ab und betritt seine Wohnung in der Goethestraße. Er duscht, macht es sich bequem und schenkt sich dann ein Glas Rotwein ein. Angestrengt denkt er über den Fall nach und kann doch nicht verhindern, dass seine Gedanken hin und wieder zu Lena abschweifen. Sollte durch sie eine Wendung in seinem eigenen Leben eintreten? Obwohl er sie eigentlich noch gar nicht kennt, könnte er es sich vorstellen.

Gewaltsam ruft er sich zur Ordnung, weil er bemerkt, dass er plötzlich Schwierigkeiten hat, Privat und Dienst zu trennen, was für ihn bisher immer oberstes Gebot war. Müde geht er ins Bett, aber sofort ergreift der Fall erneut Besitz von seinen Gedanken.

Er weiß jetzt sicher, dass die beiden Opfer in Schilksee und Felde Gemeinsamkeiten aufweisen. Sie haben das gleiche Alter und spielten beide Handball. Jetzt fehlt nur noch eine Verbindung zu Andreas Kuhnke in Husum. Was ist mit ihm? Liegt hier der Schlüssel zum Erfolg? Oder gibt es zumindest weitere Übereinstimmungen? Er ist gespannt, ob Hans Sommer Neuigkeiten aus Husum mitbringt, die ihnen weiter helfen können. Bei diesen Gedanken übermannt ihn endlich der Schlaf.

Mittwoch, 29. August 2012

Fernando und Lena machen sich an die Arbeit und sichten alle mitgebrachten Unterlagen. Lena wühlt sich durch die Dokumente von Frau Teuerkauf aus Schilksee und Fernando durchforstet die Unterlagen von Frau Schröder aus Felde.

Erst gegen Nachmittag kommt Lena in Fernandos Büro und fragt ihn, ob er schon etwas Auffälliges gefunden hat.

„Nein, nichts Neues, alles wissen wir bereits, zum Beispiel das Alter und die Übereinstimmung bei der Sportart."

Die Tür geht auf und Hans Sommer betritt das Büro.

„Ich komme gerade aus Husum. Viel habe ich nicht gefunden, nur ein paar Fotos von Sportmannschaften. Um welchen Sport es sich handelt, kann man nicht ausmachen. Aus dem Bericht von Kommissar Conradi geht aber hervor, dass Andreas Handball gespielt haben soll. Möglicherweise hat er auch an Auslandsturnieren teilgenommen, wie mir die geschiedene Frau des Opfers berichtete. Genaueres konnte sie aber nicht sagen."

Fernando beschleicht ein komisches Gefühl, das er nicht einzuordnen weiß. Um Klarheit zu bekommen, ruft er noch einmal bei Herrn Bäumler an und fragt ihn, ob sie damals auch an Auslandsturnieren teilgenommen haben.

„Ja, einmal waren wir in Odense eingeladen. Ich konnte aber leider nicht mit, weil ich eine Mandelentzündung hatte."

„Wissen Sie, ob denn Gunnar Schröder mit von der Partie war?"

„Ich glaube schon, denn als wir uns damals mit unseren Frauen zum Essen getroffen haben, kam das Gespräch auch darauf und Gunnar hat kurz von dem Turnier erzählt. Ich hätte gern mehr darüber gehört, aber durch die Krankheit meiner Frau kam dann kein neues Treffen mehr zustande. Als sie dann starb, kamen beide zwar noch zur Trauerfeier, aber ich konnte lange Zeit keinen weiteren Kontakt zulassen und habe mich danach zurückgezogen."

„Danke Herr Bäumler, das war es vorerst." Mit diesen Worten verabschiedet sich Fernando.

Als er auflegt, folgert Lena:

„Also bei dem Kuhnke müssen wir noch einmal akribisch nachforschen. Wir sollten mit dem Kollegen Conradi aus Husum Kontakt aufnehmen, damit er uns alle erforderlichen Unterlagen zur Verfügung stellt."

Kurz vor Feierabend schlägt Lena vor:

„Fernando, ich möchte dich zum Essen einladen, hast du Lust?"

Fernando antwortet mit einem freudigen: „Aber gern!" und berührt leicht ihre Schulter.

Auf der Fahrt zu Lenas Wohnung sprechen beide kein Wort, zu sehr sind sie gefangen in dem Gefühl der Erwartung auf das, was heute Abend passieren könnte. Lenas exotische Kochkünste – gefüllte Paprikaschoten mit scharfer Tomatensoße – bringt Fernando zum Schwärmen. Das gute Essen, der Kerzenschein, der glimmende Kamin, das alles zaubert eine unheimlich gemütliche und entspannte Atmosphäre, in der sich beide gelöst unterhalten.

Die Berichte über ihr Leben, die sie an dem Abend im `Längengrad´ begonnen hatten, setzen sie jetzt bei einer Flasche Rotwein fort. Fernando erzählt mit leiser Stimme von dem frühen Tod seines Vaters. Lena reagiert mitleidig:

„Fernando, es tut mir so leid, dass du deinen Vater so früh verloren hast."

Fernandos Augen blicken tieftraurig, als er antwortet:

„Ja, bisher war das der größte Schock in meinem Leben."

Nach einer Schweigeminute fährt er fort:

„So, nun erzählst du mir aber auch noch etwas mehr von dir."

„Naja, von meinen Eltern habe ich ja schon erzählt, Geschwister habe ich keine. Mein Abitur habe ich in Neumünster gemacht und bin dann, wie du weißt, zur Ausbildung nach Eutin gegangen. Dort habe ich dann auch die Prüfung zur Kommissarin abgelegt. Ja, und dann bin ich hier gelandet, wie du ja sehen kannst."

Fernando lächelt, als er sie neckt:

„Ich mag dich gern, du Einzelkind."

Lena reagiert spitz:

„Was soll ich denn von dieser Aussage halten?"

„Lena, ich mag dich, und das war eben Spaß. Ich bin mir sehr sicher, dass du eine gute Polizistin bist. Ich habe bemerkt, dass du sehr logisch denken kannst und immer einen umsichtigen und klaren Blick für alles Relevante hast."

„Danke, mein Lieber", schmunzelt Lena nun doch etwas geschmeichelt und öffnet die zweite Flasche Rotwein.

Die Unterhaltung wird lebhafter und nachdem die dritte Flasche Rotwein hervor geholt wird, bittet Fernando plötzlich: „Lena, rufst du mir bitte ein Taxi? Es war sehr schön bei dir. Ich werde mich gern revanchieren, das ist versprochen."

Lena greift zum Telefon und weiß nicht so recht, ob sie erleichtert oder enttäuscht sein soll.

Sie verabschieden sich mit einer festen Umarmung. Fernando flüstert ihr ins Ohr:

„Danke, ich freue mich schon auf morgen."

Nach den Aufräumarbeiten in der Küche kommt ein Signal per SMS. Sie muss sich setzen, als sie liest:

„Ich liebe dich! F."

Ihr wird schwindlig vor Glück.

Montag, 3. September 2012

Der Kegelclub `Alle Neune´ fährt, wie in jedem zweiten Jahr, auf Tour. Dieses Jahr wollen sie in Bad Doberan einchecken. Sechs Männer wollen Spaß haben. Deshalb buchen sie fast immer in einem Kurort ihre Unterkunft. Sebastian Deutschendorf ist der Kassenwart. Er ist es auch, der die entsprechenden Hotels aussucht, immer mit einem Hintergedanken, genau wie damals, als sie im Jahre 2006 in Bad Brückenau gewesen waren.

Damals waren es allerdings nicht die gleichen Leute wie heute. Damals kamen die Kegelbrüder aus Schönberg und Umgebung.

Bereits auf dem Parkplatz des Hotels hatte Sebastians Herz höher geschlagen, als er eine Frau mittleren Alters aus ihrem Audi A8 aussteigen sah. Am Outfit und an der Umhängetasche hatte er sofort erkannt, dass es bei dieser Dame nicht an Geld fehlen könne. Er hatte das so nebenbei registriert, und die Herren, alle so um die 40 Jahre alt, hatten frohgemut eingecheckt.

Beim Abendessen debattierten die Männer die Planung für den nächsten Tag. Sebastian war nicht ganz bei der Sache gewesen. Immer wieder musste er in eine bestimmte Richtung sehen. Die Audi-A8-Dame hatte allein an einem Zweiertisch gesessen. Die Zeit ist noch nicht reif für einen Angriff, hatte er gedacht und sich wieder den Gesprächen seiner Kegelbrüder gewidmet. Als sich gegen 22 Uhr bei allen so langsam Aufbruchstimmung bemerkbar machte, sah er, dass die Dame bereits an der Bar saß und einen Martini vor sich hatte. Sebastian hatte seine Freunde zeitig verlassen mit der Bemerkung: „ Jungs, ich gehe noch mal an die Bar, bis morgen dann.‟

Einer der Freunde hatte noch scherzhaft gewarnt: „Mach keinen Scheiß, denk an morgen, wir wollen golfen."

Sebastian hatte sich dezent der Bar genähert und sich, höflich nickend, zwei Plätze weiter gesetzt. Er hatte sich einen Cocktail ʼManhattenʼ bestellt und vorsichtig zu der Dame hinüber geschielt, und natürlich hatte sie ihn bemerkt, den gutaussehenden Mann, 185 cm groß, schlank, dunkles volles Haar und sehr dezent gekleidet. Auch seine außergewöhnlich guten Manieren hatte sie wohlwollend registriert.

Dies war schon immer seine große Stärke gewesen, das wusste er. Es hatte nur wenige Minuten gedauert, bis er sie in folgende Unterhaltung verwickelt hatte:

„Entschuldigung, darf ich fragen, wohnen Sie auch im Hause?"

„Ja, ich bin heute angekommen."

„Ach ja, ich erinnere mich, ich glaube, Sie kamen gerade, als ich mit meinen Freunden vorfuhr."

Er hatte sie taxiert und festgestellt, dass sie so ungefähr 50 Jahre alt sein müsse, etwas sehr vollschlank, jedoch gut proportioniert. Das Gesicht? Naja, das geht so, das waren seine Gedanken gewesen.

Nun hatte sie das Wort ergriffen und die Unterhaltung vorangetrieben:

„Sind Sie auf einer Dienstreise?"

„Nein, gnädige Frau, wir haben uns eine Woche frei machen können und wollen etwas kegeln, golfen oder einfach nur ausspannen. Darf ich diese Frage auch an Sie stellen?"

„Ich komme aus Dortmund und hatte bei einem Lieferanten meiner Firma eine Verhandlung."

„Entschuldigung, ich möchte nicht aufdringlich sein. Aber was für ein Unternehmen betreiben Sie?"

„Mir gehört ein Autohaus in Dortmund. Seit mein Mann vor fünf Jahren starb, muss ich allein damit zurechtkommen. Ich habe immerhin 38 Angestellte."

„Meine Hochachtung, dann haben Sie bestimmt sehr viel zu tun. Ich kann ein Lied davon singen, ich bin Prokurist in einem Autohaus."

Sie hatte angefangen, diesen Mann zu mögen. Auch sie hatte ihn taxiert: Er war viel jünger, aber ein sehr kultivierter Mensch. Sein Blick war offen und seine Unbekümmertheit hatte sie ein wenig erregt.

Sebastian hatte mit sicherem Blick bemerkt, dass sie ihn mochte. Er hatte alles auf eine Karte gesetzt und gefragt, ob er sich neben sie setzen dürfe, denn eine unbekümmerte Plauderei solle ja nicht jeder mitbekommen. Dies hatte sie bejaht und schon saß er neben ihr.

„Darf ich Ihnen einen Cocktail ausgeben?", hatte er gefragt, und sie hatte dankend angenommen.

Über eine Stunde hatte die Plauderei gedauert, als sie dann gesagt hatte:

„Ich glaube, ich sollte jetzt gehen, es ist schon sehr spät."
Gekonnt hatte Sebastian gestammelt: „Darf ich Ihnen etwas sagen?", und sie hatte erwartungsvoll „Natürlich" gehaucht.

„Ich finde sie sehr ..., nein, ich will das so nicht sagen ... Ich möchte Ihnen nicht zu nahe treten."

Neugierig geworden hatte sie ihn ermuntert:
„Ich bitte Sie, nun sagen Sie ruhig, was Sie denken."

„Ja, wie soll ich das sagen, ich finde Sie sehr nett und unsere Unterhaltung war für mich sehr anregend. Ich bin, ehrlich gesagt, auch ein bisschen zu schüchtern, um die ganze Wahrheit zu sagen."

Sebastian hatte sie dabei wie ein verwundetes Reh angesehen und damit natürlich ihren Beschützerinstinkt geweckt.

Sie hatte lange nicht mehr solche fast erotischen Gespräche gehabt und hatte jetzt Genaueres wissen wollen, ohne Rücksicht auf alles, was ihr lieb war.

„Bitte nicht böse sein", hatte er gebettelt und war – jetzt leiser und mit einem Blick direkt in ihre Augen – fortgefahren:

„Ich bin ein bisschen aufgeregt. Ihre Gegenwart berührt mich. Sie verzaubern mich, wissen Sie das? Mein Herzklopfen kann ich nicht verstecken. Hören Sie es?"

Sie hatte ihre Hand auf seine gelegt; das war die erste Berührung gewesen. Seine freie Hand hatte sanft über ihre Wange gestreichelt und dabei hatte er bemerkt, dass sie lichterloh brannte. Ihr letztes Zögern:

„Ich mag Sie auch. Sie sind ein angenehmer Mann mit ausgezeichneten Manieren. Aber ich bin wohl doch zu alt für Sie.", hatte er mit einem leichten Kopfschütteln abgetan:

„Oh nein, was machen denn ein paar Jahre aus."
Zart hatte er sie in den Arm genommen und ihr einen leichten Kuss auf die Wange gehaucht. Errötend war sie plötzlich vom Barhocker aufgestanden und hatte auf seine Frage, ob er sie zu ihrem Zimmer begleiten dürfe, genickt, während er den Lift-Knopf 7. *Etage* gedrückt hatte. Zufrieden hatte er registrieren können, dass sie völlig überfordert mit der Situation war. Er hatte ihr den Schlüssel aus der Hand genommen, die Tür aufgeschlossen und dann so getan, als ob er sich galant verabschieden wolle. Verschämt hatte sie geflüstert: „Komm bitte mit zu mir."

Fordernd hatte er sie so geküsst, dass ihr die Sinne schwanden.

Das war damals. Sebastian hatte sich scheiden lassen und ist nun bereits seit fünf Jahren mit Heidrun, der Autohausbesitzerin, verheiratet und Geschäftsführer ihres Autohauses.

Heute kommen die Kegelbrüder alle aus Dortmund und wollen nun in Bad Doberan für eine schöne Woche ihren Spaß haben.

Donnerstag, 6. September 2012

Ich stehe nun schon seit einer Stunde vor seinem Autohaus. Eigentlich müsste er da sein, aber sein Audi Q7 steht nicht auf seinem Parkplatz.

Ich muss aber unbedingt wissen, ob er da ist. Denn ich will ihn ja nach seiner Mittagspause vor seiner Villa abpassen. Dann werde ich endlich für Gerechtigkeit sorgen!

Was soll ich nur machen? Endlos Zeit habe ich ja auch nicht. Soll ich einfach mal nachfragen? Nein, das geht nicht, das ist viel zu gefährlich! Was mache ich, wenn er dann doch anwesend ist und heute gar nicht zu Tisch fahren will??

Aufgepasst – gerade kommt seine Sekretärin auf den Hof. Ich höre einen Mitarbeiter rufen: „Rosi, wann komm der Chef wieder?"

Sie schirmt mit der Hand den Blick gegen die Sonne ab und antwortet:

„Er kommt am Sonntag zurück, also ist er ab Montag wieder im Büro."

Das war ein Wink des Schicksals. Jetzt heißt es für mich doch:

WARTEN, WARTEN, WARTEN

Montag, 10. September 2012

Sebastian verhandelt gerade mit einem Ehepaar. Es geht um einen Audi A6 mit 45tsd Kilometerstand. Sebastian hat ganze Arbeit geleistet. Er ist genau nach dem AIDA Prinzip, das er auf einem Seminar erlernt hat, vorgegangen:

AIDA = Attention – Interest – Desire – Aktion = übersetzt: Aufmerksamkeit–Interesse–Wunsch–Aktion.

Der Mann will schon zusagen, bei ihm geht das Prinzip total auf. Die Frau jedoch hat einen klareren Blick als er und meint in den Augen des Verkäufers sogar ein wenig Ungeduld und Gier erkennen zu können.

Den Vertrag hat Sebastian bereits in der Hand. Die Frau schaltet sich resolut ein und schlägt vor:

„Ich glaube auch, dass es ein gutes Angebot ist, aber wir beraten doch lieber erst noch einmal dort drüben im Café. Wir kommen in ungefähr einer Stunde wieder. Bis dahin werden wir uns darüber klar sein, ob wir kaufen wollen oder nicht."

Scheiße, denkt Sebastian, das kann doch wohl nicht wahr sein, diese Ziege! Ihm ist die Gabe in die Wiege gelegt, andere Menschen stark beeinflussen zu können, aber aufmerksame und kritische Menschen können hinter der Fassade sehr wohl eine gewisse Skrupellosigkeit oder Kaltschnäuzigkeit erkennen. Allerdings versteht er es meisterhaft, mit schlagkräftigen Argumenten einiges davon zu überdecken.

Wie angekündigt kehren die beiden ungefähr nach einer Stunde zurück. Geschult durch seine langjährige Erfahrung glaubt Sebastian erkennen zu können, dass sie kaufen werden.

Er hat sich nicht getäuscht und legt den bereits vorbereiteten Vertrag zur Unterschrift vor. Mit den Worten:

„Sie haben einen guten Kauf getan, ich wünsche Ihnen alles Gute mit dem Wagen und viel Glück", verabschiedet er sich von den beiden.

„Der Kilometerstand hat den Ausschlag gegeben", ruft ihm der Mann noch zu, bevor sie gehen.

Sebastian begibt sich sofort in die Werkstatt und überreicht seinem Meister einen 200 Euro-Schein.

Dieser weiß auch sofort, wofür, denn er hatte den Stand von 145tsd auf 45tsd verändern können. Diese Manipulationen, die sie so etwa drei- bis viermal jährlich durchziehen, sind für beide sehr lukrativ, ohne dass sie einen einzigen Gedanken daran verschwenden, dass es schlicht Betrug ist.

Sebastian fährt, so wie immer, gegen 12 Uhr zu Tisch. Gut gelaunt und entspannt ist er, genießt die Fahrt und ist völlig ahnungslos, dass diese Fahrt seine letzte sein wird.

Da, jetzt kommt er zur Tür heraus und schlendert zu seinem Wagen.

Ich sehe, wie er startet und den Hof verlässt. Sein Q7 beschleunigt stark und nimmt den Weg nach Hause. Gewöhnlich bleibt er für zwei Stunden dort.

Ich habe herausgefunden, dass Sebastians Frau, und das ist jetzt ein Vorteil für mich, mittags meistens in der Stadt zum Shoppen ist. Mir bleibt also genügend Zeit, mich vorzubereiten.

Ich schwitze und der Zweifel beginnt wieder an mir zu nagen: Ist es richtig, was ich tun will? Kann ich durch das, was ich vorhabe, wirklich Gerechtigkeit herstellen? Eigentlich brauche ich doch die Gewissheit, dass er begreift, weshalb er sterben soll und vor allem, dass er bereut!

Aber nein, so viel Zeit habe ich nicht, es muss so wie bei den drei anderen gehen, obwohl gerade er es verdient hätte, dem Tod etwas länger in die Augen zu sehen! Ich werde mich jetzt langsam auf den Weg machen und mich in Ruhe postieren.

Zur gleichen Zeit sitzt Heidrun mit Mandy, ihrer vertrauten Freundin, in einem Café am Marktplatz. Sie traut sich, einen wunden Punkt, der ihr schon lange auf der Seele liegt, anzusprechen:

„Mandy, ich wollte mal mit dir reden, beziehungsweise dich mal etwas fragen."

„Ja, raus mit der Sprache, was ist los?"

„Sebastian und ich, wie soll ich das sagen, na ja, wir schlafen nicht mehr so oft wie vor vier oder fünf Jahren miteinander."

„Ja, was glaubst du denn, glaubst du, dass Werner und ich jeden Tag Sex haben? Manchmal vergehen zwei bis drei Wochen, das ist doch völlig normal."

„Ach, das beruhigt mich. Danke, dass du so offen bist."

„Na, mach dir bloß keine Sorgen. Dein Sebastian ist ja vielleicht auch schon in den Wechseljahren. Du kannst stolz sein, viele beneiden dich um ihn."

Mandy blickt verlegen an ihrer Freundin Heidrun vorbei; sie mag ihr nicht die ganze Wahrheit sagen. In manchen Situationen sind, wenn man genau aufpasst, bei Sebastian ziemlich gehässige, berechnende und eiskalte Blicke wahrzunehmen. Außerdem hatte er ihr gegenüber vor längerer Zeit bei einer gemeinsamen Feier durchaus anzügliche Anspielungen gemacht und versucht, ihr näher zu kommen. Gott sei Dank hatte ihr Mann, der zufällig hinzukam, Sebastian bremsen können. Danach hatte sich Mandy etwas zurückgezogen, um die Freundschaft mit Heidrun nicht zu gefährden.

Aber das alles möchte sie ihrer Freundin nicht erzählen, sie möchte ihr nicht wehtun und ihr spätes Glück nicht zerstören.

Mittlerweile ist es fast 14 Uhr geworden. Ich stehe vor der Garage und warte auf ihn. Ich habe mich entschlossen:

Er soll wissen, warum er sterben muss, denn er war der Rädelsführer!

Heiß durchzuckt es mich – er kommt! Ich trete ihm entgegen. Die Perücke habe ich jetzt abgenommen.

„Weißt du wer ich bin?", presse ich hervor.

„Bist du es?", kann er noch fragen, bevor ich ihm entgegen schleudere:

„Jetzt musst du bezahlen! Warum, wirst du hoffentlich wissen!"

Diese Worte hört er noch und ich sehe in seinen Augen die Angst aufblitzen, ich sehe, dass er die Todesgefahr realisiert. Seine Abwehrbewegungen können nicht mehr greifen. Der heiße Schmerz aus der Parabellum ist das Letzte, was er spürt, bevor er in sich zusammen sackt. Panik steigt in mir auf! Ich muss weg! Er hat mich erkannt, das ist gut! Gerade er sollte wissen, warum. Es muss jetzt schnell gehen. Die Perücke sitzt wieder und ich bemühe mich, mit normalen Schritten zum Parkplatz des nahe gelegenen Supermarktes zu gehen.

Im Auto fährt mir ein eisiger Schreck durch alle Glieder. Die Parabellum ist weg. Ich habe sie abgelegt, um die Perücke wieder aufzusetzen. Oh mein Gott, was mache ich nur? Meine Gefühle fahren Achterbahn. Ich höre schon Sirenen und bilde mir ein, dass gleich ein Wagen von der Polizei neben mir halten wird. Ich bin völlig fertig.

Mach jetzt keinen überhasteten Fehler, befehle ich mir. Meine Brust zerspringt fast, als ich den Wagen starte. Bloß nicht zu schnell fahren, bete ich mir vor, als ich auf die Ausfallstraße zufahre. Erst auf der Autobahn gen Heimat gelingt es mir, ein wenig ruhiger zu werden. Jetzt habe ich auch das geschafft!

Aber die Parabellum – was ist das bloß für ein Mist. Meine DNA kann nicht festgestellt werden, ich habe ja Handschuhe getragen. Außerdem ist meine DNA ja glücklicherweise auch nicht durch Odense bekannt, da kann also nichts passieren.

Ein Glück, dass ich auf dem Weg zu Sebastians Haus ein fremdes Taschentuch aufgehoben habe. Am Tatort habe ich es wieder fallen lassen – reine Intuition. Daran werden sie sich die Zähne ausbeißen.

Ich spüre, wie sich langsam wieder Ruhe in mir ausbreitet. In der Raststätte ‚Allertal' werde ich jetzt gleich noch einen Kaffee trinken und dann wird hoffentlich auch das Herzrasen aufhören.

Aber bin ich jetzt zufrieden? Habe ich denn durch diesen weiteren Mord für Gerechtigkeit sorgen können?

Nein, die erwartete Erleichterung stellt sich nicht ein – in mir ist nichts als Leere!

Dienstag, 11. September 2012

Stefan ist gerade zu Hause angekommen und genießt mit seiner Frau das Abendbrot.

Das Telefon klingelt, seine Frau nimmt ab, und er hört sie sagen:

„Hallo Herr Dr. Schneider, ja, er ist hier, warten Sie, ich gebe ihm den Hörer."

„Hallo", kann Stefan noch herausbringen, als auch schon ein Redeschwall über ihn hereinbricht:

„Er hat wieder zugeschlagen! Dieses Mal in Dortmund! Er hat seine Waffe liegen gelassen!"

„Augenblickmal, von wem sprechen Sie?"

„Unser Mörder war in Dortmund. Gestern ist dort ein Mann angeschossen worden. Er ist schwer verletzt und liegt im Koma, aber er lebt! Die Waffe ist die gleiche wie bei den anderen Fällen!"

„Verdammt – muss ich jetzt noch kommen?", fragt Stefan elektrisiert.

„Nein, nein, natürlich nicht, ich wollte nur, dass Sie das schon wissen. Ich bin völlig fertig. Das muss ein Wahnsinniger sein."

„Oder ein eiskalter Killer, der genau das tut , was er sich vorgenommen hat."

„Ja genau", kommt es gereizt von Dr. Schneider.

„Na, dann sehen wir morgen mal weiter. Vielen Dank für die Nachricht, tschüss Herr Dr. Schneider."

„Was habe ich gesagt? Irgendwann macht er einen Fehler", sagt seine Frau und schenkt ihm ein kühles Bier ein. Stefan versucht sich zu entspannen:

„Danke Schatz, für heute ist Feierabend – morgen wird's noch hektisch genug."

Freitag, 14. September 2012

Es ist 9 Uhr. Alle sind versammelt. Dr. Schneider kommt mit hektischen Flecken im Gesicht als Letzter hinzu. Lena, Hans und Fernando warten aufgeregt auf neue Erkenntnisse. Dr. Schneider räuspert sich und beginnt:

„In Dortmund ist ein gewisser Sebastian Deutschendorf angeschossen worden. Er lebt noch, ist jedoch nicht bei Bewusstsein. Dieses Mal hat der Täter seine Waffe, eine Parabellum, liegen gelassen! Wahrscheinlich ist er gestört worden. Die Kollegen vor Ort untersuchen jetzt die gesamte Gegend und vernehmen alle Nachbarn. Ob es sich wirklich um dieselbe Waffe handelt, wird noch untersucht. Daran habe ich jedoch keinen Zweifel. Übrigens kommt das Opfer ursprünglich auch aus dem Raum Kiel! Seine Frau hat ihn gefunden. Er versuchte noch, etwas zu sagen, aber sie konnte ihn nicht verstehen. Sie meinte aber herausgehört zu haben: ‚Wir haben in O...‘ und dann brach seine Stimme und er fiel ins Koma. Die Ärzte haben allerdings wenig Hoffnung, dass er überlebt, zu schwer ist seine Verletzung.“

Dr. Schneider lässt seinen Blick durch die Runde schweifen:

„Was schlagen Sie vor? Was sollen wir jetzt als Nächstes machen?“

Fernando ist der erste, der seine Worte wiederfindet:
„In den bisherigen Fällen haben wir jetzt eine Übereinstimmung, was den Handballsport angeht. Das Alter der Opfer ist ebenfalls fast identisch. Und in Kiel scheint alles angefangen zu haben. Nun hören wir, dass das Dortmunder Opfer auch aus dem Raum Kiel kommt, da muss es doch einen Zusammenhang geben! Ich schlage vor, dass wir auch bei ihm in die Vergangenheit eintauchen und versuchen, dadurch etwas zu finden.“

Stefan mischt sich ein:

„Lena und Fernando, ihr steckt voll in diesen Fällen drin. Ihr beide fahrt nach Dortmund und befragt die Ehefrau des Opfers, ebenso die Familie usw. Sichtet alle Unterlagen, die uns weiter bringen könnten, aber setzt euch bitte vorher mit dem dortigen Leiter zusammen, denn wir wollen ja keine Unannehmlichkeiten mit den Dortmunder Kollegen riskieren."

Erneut ergreift Dr. Schneider das Wort:

„Der Presse werde ich vorsichtshalber noch nichts sagen! Ich kann mir denken, wie sonst die Schlagzeilen in den `Kieler Nachrichten´ aussehen würden. Wir müssen uns gute Argumente einfallen lassen, damit sie Ruhe bewahren und nicht gleich Panik verbreiten."

Hans erkundigt sich:

„Man hat doch die Parabellum gefunden, gibt es denn keine Spuren an der Waffe, keine Fingerabdrücke oder so?"

„Daran wird noch gearbeitet, aber wir sollen sofort informiert werden, sobald Ergebnisse vorliegen", entgegnet Dr. Schneider.

Hiermit ist die Besprechung beendet. Stefan eilt ins Sekretariat und erteilt die Anweisung, in Dortmund zwei Einzelzimmer für die beiden Ermittler Lena Gutzeit und Fernando Gonzales zu buchen. Dann avisiert er die beiden bei dem zuständigen Kommissariat in Dortmund für Montag, den 17. September.

Montag, 17. September 2012

Die wichtigste Mitteilung, die noch am Wochenende hereingekommen ist, ist die Nachricht vom Tod des Opfers, ohne dass der Mann das Bewusstsein wieder erlangt hatte.

Die Ballistiker hatten noch am Freitag feststellen können, dass es sich bei der Waffe eindeutig um dieselbe wie bei den anderen Fällen handelt, irgendwelche Spuren außer einem halben Fingerabdruck sind allerdings leider nicht gefunden worden.

Während der Fahrt nach Dortmund unterhalten sich Lena und Fernando angeregt, tauschen sich nicht nur über den Fall bzw. die Fälle aus, sondern beginnen gut gelaunt, herum zu albern und ausgelassen zu scherzen.

Aber als sie den Stadtrand von Dortmund erreichen, spüren beide wieder den Druck der tragischen Fälle und werden ernster und ruhiger. Sie sind bei dem zuständigen Kommissar Leo Kretzer angemeldet. Mobil haben sie schon Kontakt zu ihm aufgenommen. Der Stimme nach scheint es ein netter Kerl zu sein.

Gegen frühen Nachmittag erreichen sie das Kommissariat. Leo Kretzer, ein braungebrannter, etwas rundlicher Mann mit freundlichem Gesicht und Glatze, kommt ihnen entgegen und stellt sich lächelnd vor:

„Tag zusammen, Kretzer mein Name. Aber ach was – ich heiße Leo."

Lena freut sich über diese Offenheit und erwidert:

„Lena Gutzeit, aber für dich Lena, ist das Ok?"

„Na klar".

Ein ganzes Stück reservierter stellt Fernando sich vor:

„Hallo, mein Name ist Fernando Gonzales, aber dann natürlich auch Fernando für dich."

„Prima, dann habt ihr euch also gut zu uns durchgewurschtelt? Na, mit Navi geht´s einfach, oder?"

Er hält einladend die Tür zu seinem Büro auf und verkündet:

„Jetzt gibt es erstmal einen ordentlichen Kaffee, den könnt ihr zwei jetzt sicher gut ab, was?"

„Das ist nicht schlecht, den kann ich jetzt wirklich gut haben", freut sich Lena.

Die zwei setzten sich Leo gegenüber, der am Schreibtisch Platz genommen hat.

„Ich werde euch jetzt erst einmal ganz in Ruhe berichten, was wir ermitteln konnten. Kann ich anfangen?"

Die beiden Kieler nicken und Leo beginnt:

„Also, wegen der Waffe gibt es keinen Zweifel. Sie ist ballistisch untersucht worden, aber das müsstet ihr eigentlich schon wissen, wir hatten das schon nach Kiel gemeldet."

Beide nicken und sehen Leo erwartungsvoll an.

„Ein halber Fingerabdruck konnte festgestellt werden, aber in der Kartei haben wir nichts gefunden. Im Grunde genommen stehen wir vor einem Rätsel, genauso wie ihr bei euren Fällen."

„War auch am Tatort sonst gar nichts Auffälliges festzustellen?", fragt Fernando.

„Ach ja, doch, wir haben ein gebrauchtes Taschentuch gefunden mit besten DNA-Spuren, aber leider gibt es auch da keinen Treffer! Wir gehen davon aus, dass es dem Täter gehört haben müsste, wir sind fast sicher."

„Habt ihr die Frau schon befragt?", möchte Lena wissen.

„Ja, das haben wir. Die beiden waren erst seit fünf Jahren verheiratet. Sebastian Deutschendorf kommt aus der Kieler Gegend und ist von seiner ersten Frau geschieden. Die jetzige Frau Deutschendorf hat keinerlei Hinweise auf die Vergangenheit geben können. Es gibt keine Bilder, keine Unterlagen oder Urkunden, nichts. Das alles müsste nach Aussage der jetzigen Ehefrau eigentlich noch bei seiner ersten Frau in Schönberg an der Ostsee vorhanden sein. Also ganz in eurer Nähe."

Lena und Fernando sehen sich an, beide denken das gleiche. Lena findet als erste ihre Worte wieder:

„Sie müssen sich gekannt haben und – wie es aussieht – alle ganz offensichtlich gezielt hingerichtet worden sein."

Während sie den Kaffee genießen, schlägt Leo vor: „Wie ist es, wollen wir nicht zusammen etwas essen gehen? Ihr habt doch bestimmt auch schon Hunger und in eurem Hotel gibt es ein gutes Restaurant, das passt doch gut, nicht wahr?"

„Angenommen", sagt Fernando sofort. Die drei besteigen ihre Dienstwagen und fahren getrennt los. Lena und Fernando checken ein, während Leo schon den Tisch reserviert und sich ein kleines Bier kommen lässt.

Auf dem Weg zurück ins Restaurant bedauert Fernando im Stillen: Schade, Stefan hat zwei getrennte Zimmer bestellt.

Es wird ein fröhlicher Abend. Jeder erzählt von seiner Arbeit und sogar die aktuelle Politik wird nicht ausgespart.

Alle drei haben das Gefühl, dass hier eine gute Freundschaft entsteht. Sie verabschieden sich sehr herzlich von Leo und vereinbaren, nach dem Frühstück noch einmal bei ihm im Büro vorbei zu schauen, bevor sie zu der Frau des Opfers fahren werden.

Lena und Fernando schlendern zum Fahrstuhl. Fernando ist still und in sich gekehrt. Ihm kommt es so vor, als ob Lena befangen und aufgeregt ist. Er begleitet sie zu ihrem Zimmer und will sich gerade rücksichtsvoll verabschieden, als sie seinen Arm nimmt und leise sagt:

„Bleib heute Nacht bei mir, ich brauche dich."

Fernandos Herz fängt an zu rasen. Wortlos lässt er sich in ihr Zimmer ziehen.

Dienstag, 18. September 2012

Am Frühstückstisch sitzen zwei fröhliche junge Menschen in gelöster Stimmung. Fernando schmeckt das Rührei mit Speck, während Lena Müsli mit Quark löffelt. Immer wieder sehen sie sich verliebt an, fassen manchmal über den Tisch, um sich zu berühren. Jetzt ist alles gesagt, die Gefühle müssen nicht mehr versteckt werden. Sie nehmen sich bei der Hand, checken aus und fahren dann ins Kommissariat zu Leo Kretzer.

Dort angekommen treffen sie ihn schon auf dem langen Gang. Er kommt ihnen entgegen, schaut sie aufmerksam an und lächelt dann verschmitzt.

„Warum lachst du?", will Lena wissen.

„Habt ihr gut geschlafen?", fragt Leo mit leicht neckendem Unterton.

Jetzt kann Leo lernen, wie schnell Köpfe rot werden können. Aber die leichte Anspannung, die gestern noch zu fühlen war, ist komplett aus ihren Gesichtern verschwunden.

Nach einem kurzen Meinungsaustausch zur weiteren Vorgehensweise verabschieden sie sich erneut mit innigen Umarmungen und wenden sich jetzt ernsthaft ihrem Fall zu. Im Auto überlegt Lena laut:

„Meinst du, dass er etwas bemerkt hat?"

„Was soll er denn bemerkt haben?", fragt Fernando mit unschuldigem Blick.

Lena boxt ihn in die Seite, die Frage ist ihr jetzt peinlich. Fernando muss schmunzeln und tätschelt liebevoll ihre Wange.

Der Besuch bei Frau Deutschendorf bringt nichts Neues. Sie berichtet lediglich über die Umstände ihres Kennenlernens und lässt so nebenbei resigniert die Vermutung einfließen, dass ihr Mann neben anderen Frauen wohl auch etwas mit seiner Sekretärin gehabt haben müsse, Genaueres wisse sie aber nicht.

Lena und Fernando haben den Eindruck, dass sie gern kooperativ sein möchte, aber momentan nicht viel zur Klärung beitragen kann. Deutlich ist zu spüren, dass sich Trauer um den Verlust mit Sorge in Bezug auf die Fortführung ihres Unternehmens in ihren Gefühlen vermischen.

Ohne neue Erkenntnisse und mit leeren Händen müssen sie die Rückreise antreten.

Mittwoch, 19. September 2012

Die beiden Beamten erscheinen pünktlich zur morgendlichen Besprechung.

Stefan wartet bereits ungeduldig und angespannt auf sie:

„So, nun legt mal los, ich bin gespannt. Was habt ihr?"

Fernando beginnt zu berichten:

„Wir hätten uns die Reise eigentlich sparen können", als Lena dazwischen fährt und laut fragt:

„Ja?"

Fernando kommt völlig aus dem Konzept, sieht sie fassungslos an und schüttelt den Kopf.

Lena lacht schelmisch und wiederholt:

„Ja wirklich?"

Jetzt greift Stefan ein:

„Was ist los mit euch? Habt ihr euch gestritten?"

„Nein, im Gegenteil", murmelt Fernando verschämt.

Stefan versteht, grinst und warnt:

„Macht mir bloß keinen Blödsinn, das hat mir gerade noch gefehlt."

Jetzt ist es an Lena, rot zu werden. Sie fasst sich dann aber schnell und vollendet Fernandos Bericht:

„Fernando hat Recht, Neues konnten wir nicht in Erfahrung bringen. Wir müssen zunächst die erste Frau Deutschendorf in Schönberg aufsuchen, möglicherweise hat sie die Unterlagen, die uns fehlen. Aber, mein lieber Fernando, das Opfer kommt ja auch aus Kiel, das ist ja doch etwas Neues."

Fernando nickt nur und denkt: So sind die Frauen, immer das letzte Wort müssen sie haben.

Stefan beauftragt die beiden, unverzüglich mit dieser Befragung zu beginnen. Allerdings kann er sich doch nicht verkneifen, Lena zu korrigieren:

„Meine Liebe, dass das Opfer aus Kiel kommt, wussten wir doch schon. Das hatte Dr. Schneider uns schon berichtet."

Jetzt grinst Fernando breit, Lena geht im Stechschritt in ihr Büro und schlägt krachend die Tür zu. Stefan schüttelt lachend den Kopf, Fernando allerdings schaut ein wenig betrübt hinterher.

Wenig später schlüpft er zu Lena ins Büro, fasst sie um und sagt neckend:

„Mensch, du kannst aber temperamentvoll sein."

Lena sieht ihn böse an, muss dann aber doch lachen.

Freitag, 21. September 2012

Was ist bloß los mit mir?

Wie konnte es passieren, dass ich die Waffe nicht wieder mitgenommen habe? Hoffentlich gibt es nicht noch mehr Hinweise, die mir gefährlich werden könnten!

Gott sei Dank stand heute in der Zeitung, dass Sebastian inzwischen gestorben ist. Das ging ja gerade noch mal gut! Wenn das nicht passiert wäre, wäre für mich alles aus gewesen, denn er hat mich ja noch erkannt.

Nun ist nur noch einer nach. Jetzt muss ich mir um Meinhard Rolfes Gedanken machen. Aber nun brauche ich allerdings wieder mehr Zeit, denn ich muss ja nach Belgien und mir eine neue Waffe besorgen. Ich muss wieder meine Kontakte zu dem Händler, der mir auch die Parabellum besorgt hatte, spielen lassen und das kostet Zeit!

Immer wieder beginne ich zu zweifeln, ob es richtig ist, was ich tue. Aber wie oft habe ich in Diskussionen im Freundeskreis, wenn es mal wieder um Kollektivschuld ging, den Satz zitiert:

Man ist nicht nur verantwortlich für das, was man tut, sondern auch für das, was man nicht tut!

Demnach hätte ich damals eingreifen müssen!

Aber hätte ich es denn überhaupt geschafft, gegen die fünf anderen?

Nein, nein, das ist jetzt eine faule Ausrede! Ich habe es ja nicht einmal versucht!

Und genau das werde ich mir nie verzeihen!

Montag, 24. September 2012

Lena und Fernando sind auf dem Weg nach Schönberg. Den Besuch bei der geschiedenen Frau von Sebastian Deutschendorf hatte Lena bereits am Wochenende angemeldet.

Frau Deutschendorf bewohnt ein kleines Haus in der Nähe der Deichpromenade. Schön eingewachsen liegt es inmitten eines romantisch anmutenden Gartens. Rein optisch lockt es für Strandbesuche im Sommer und auch für die stürmischen Zeiten im Winter.

Die beiden Ermittler werden schon am Gartenzaun in Empfang genommen und freundlich ins Haus gebeten. Ein Labrador kommt ihnen entgegen und schnüffelt an ihnen. Lena macht eine ängstliche Abwehrbewegung, während Fernando seine offene Hand ausstreckt und den Hund ausgiebig schnüffeln lässt. Für Lena ist es unerklärlich, warum der Hund Fernando offensichtlich sofort ins Herz geschlossen hat. Als beide im gemütlich eingerichteten Wohnzimmer auf der Couch Platz genommen haben, legt sich der Hund brav zu Fernandos Füßen.

Heute ist ein kühler Tag und Frau Deutschendorf hat den Kaminofen in Betrieb genommen. Es breitet sich eine behagliche Atmosphäre aus, während sie den beiden einen Tee einschenkt.

„Ich bin total erschrocken, dass mein Ex-Mann so sterben musste. Das tut mir sehr leid, auch wenn ich eigentlich nicht so gut auf ihn zu sprechen war, weil er mich damals sehr oft betrogen hat. Mir ist allerdings nicht klar, wie ich Ihnen weiterhelfen kann?"

„Wir suchen nach einem Hinweis, der uns weiterhelfen könnte und möchten ganz weit zurück in seiner Vergangenheit beginnen. Dürfen wir Ihnen dazu einige Fragen stellen?", erklärt Fernando fragend.

„Ja bitte, wenn ich helfen kann, dann tue ich das gern."

„Frau Deutschendorf, unsere wichtigsten Fragen sind folgende:

Wo ging Ihr Mann zur Schule? War er in einem Sportverein? Welche engen Freunde hatte er?"

„Ich weiß, dass er die 3. KM besucht hat."

„KM ? Was heißt das?", fragt Fernando.

„Das sind die Anfangsbuchstaben von der ´Knaben Mittelschule` hier in Kiel."

„Ach so, das war mir unbekannt", entschuldigt er sich. Frau Deutschendorf fährt fort:

„Er ist in der Lutherstraße groß geworden. Deshalb war es naheliegend, dass er im THW Handball gespielt hat. Sie wissen wohl, welcher Verein das ist, nicht wahr?"

„Ja, das ist mir natürlich bekannt. Der THW ist ja der deutsche Rekordmeister."

„Also hat er auch Handball gespielt", konstatiert Lena mit gedämpfter Stimme.

Sie klärt Frau Deutschendorf auf:
„Es gibt noch drei weitere Opfer; alle haben Handball gespielt, alle kommen aus Kiel und alle sind ungefähr im gleichen Alter."

„Das ist ja schrecklich", ruft Frau Deutschendorf und schlägt die Hand vor den Mund.

Fernando schaltet sich noch einmal ein:
„Können Sie Auskunft über Freunde von früher geben?"

„Ja, ich kenne drei Freunde bzw. Familien, zu denen ich noch heute einen lockeren Kontakt pflege. Seit der Scheidung ist es leider etwas weniger geworden. Wir hatten früher eine Doppelkopf-Runde und trafen uns eine Zeitlang regelmäßig. Bis Sebastian einer der Frauen zu nahe getreten ist, was dann natürlich zum Bruch mit diesem Paar geführt hat. Besonders im Freundeskreis ist so etwas ja sehr unangenehm, aber alle anderen haben zu mir gehalten, weil sie schon längst bemerkt hatten, dass ich unter Sebastians Verhalten litt."

„Ist er denn erhört worden?", will Lena wissen.

„Nein, er ist abgewiesen worden. Aber als er dann wenig später von einer Kegeltour aus Bad Brückenau zurückkam und unverhohlen mit seiner neuesten Errungenschaft angab, reichte es mir und wir trennten uns."

„Ich kann mir gut vorstellen, wie Sie sich damals gefühlt haben müssen", entgegnet Lena verständnisvoll, während Fernando den Hund streichelt.

„Frau Deutschendorf, können Sie uns die Adressen der Ehepaare geben? Es ist sehr wichtig für uns, denn es geht immerhin um die Aufklärung von vier Morden", bittet Lena.

Frau Deutschendorf steht auf und geht zu einem Sideboard aus glatt polierter Eiche. Ein schönes Stück, bewundert Lena es im Stillen. Sie kommt mit einer Ledermappe zurück, blättert im Verzeichnis und fragt:

„Möchten Sie mitschreiben?"

Fernando nickt zustimmend mit dem Kopf und schlägt sein Notizbuch auf.

„Ehepaar Werner und Lene Schreiber, Schützenwall 130 in Kiel. Haben Sie das?", fragt sie.

Fernando bestätigt und sie fährt fort:

„Gustav und Margit Runge, Bordesholm, Fliederweg 1. Und jetzt habe ich noch – warten Sie, wo habe ich das denn – ach hier: Alfred und Elfi Kuhnke, die wohnen ganz in der Nähe, in Laboe, Strandweg 15."

Lena und Fernando bleiben noch eine kleine Weile in der Hoffnung, dass der Frau noch etwas einfällt. Als dies nicht geschieht, verabschieden sich die beiden Beamten, bedanken sich für die Kooperation und wünschen Frau Deutschendorf alles Gute.

Wieder im Auto wird Lena nachdenklich und fragt dann:

„Ist dir etwas aufgefallen?"

„Nein, ich weiß nicht, was du meinst."

„Vielleicht ist es ja ein Zufall, aber in Laboe wohnt diese bewusste Familie Kuhnke."

Fernando sieht Lena höchst erstaunt und fragend an. Sie bemerkt, dass er nicht versteht und wiederholt mit starker Betonung:

„Kuhnke, so heißt doch auch das dritte Opfer in Husum!"

Fernando biegt bereits rasant in den Strandweg ein und meint schulterzuckend:

„Ach ja – aber ich weiß nicht so recht, das ist bestimmt nur ein Zufall. Das werden wir ja jetzt gleich heraus bekommen."

Nach dem Klingeln an der Tür zum Strandweg 15 hören sie, wie sich ein Schlüssel im Schloss dreht. Eine Frau öffnet und sieht die beiden misstrauisch an. Schnell stellen sie sich vor, zeigen ihre Ausweise und tragen ihr Anliegen vor.

„Dürfen wir hereinkommen?", fragt Fernando.

„Ja bitte", sagt die Frau und schaut über die Schulter zu ihrem Mann, der, wie sie vermuten, Alfred Kuhnke sein muss. Er steht abwartend mitten im Flur und macht nun eine eckige Bewegung Richtung Wohnzimmer, ein Zimmer, das eine ungemütliche Kühle ausstrahlt, in dem von Behaglichkeit nichts zu spüren ist.

Fernando eröffnet das Gespräch frontal:

„Sind Sie zufällig verwandt mit einem Andreas Kuhnke aus Husum?"

Die beiden sehen sich an, denken nach und schütteln die Köpfe: „Nein, einen Andreas gibt es in unserer Familie nicht, das wüssten wir."

Fernando fährt fort mit seiner Befragung:

„Kennen Sie Frau Deutschendorf?"

„Ja", sagt Frau Kuhnke sofort und fragt neugierig: „Was ist los, ist etwas passiert?"

Fernando antwortet nicht und schiebt eine Frage nach: „Kennen Sie denn auch Herrn Deutschendorf, den geschiedenen Mann von Frau Deutschendorf?"

Jetzt greift Alfred Kuhnke ein:

„Natürlich kennen wir ihn und sie natürlich auch. Eigentlich kennen wir die beiden sogar recht gut und das schon seit langer Zeit. Aber seit deren Trennung haben wir uns selten gesehen. Warum fragen Sie denn nach den beiden, es muss doch etwas passiert sein!"

Lena erklärt jetzt leise:

„Herr Deutschendorf ist ermordet worden. Ebenso ein Andreas Kuhnke aus Husum, daher unsere Fragen."

„Um Gotteswillen", bricht es erschrocken aus Frau Kuhnke heraus, „das ist ja schrecklich! Wie ist das denn passiert?"

„Dazu können wir noch nichts sagen. Wir suchen nun in der Vergangenheit der beiden Opfer nach irgendwelchen Übereinstimmungen, nach Unterlagen, Briefen, Fotos oder etwas Ähnlichem von früher, was uns Aufschluss geben könnte."

Es entsteht eine erschütterte Pause, bis Frau Kuhnke sich gefasst hat und sich besorgt erkundigt:

„Weiß Frau Deutschendorf denn schon davon?"

„Ja, wir waren eben bei ihr", erzählt Lena.

Herr Kuhnke verlässt das Zimmer und kommt nach einer Weile mit einem Bilderalbum zurück. Er legt es auf den Tisch und beginnt zu blättern. Erklärend sagt er:

„Ich habe früher mit Sebastian zusammen Handball gespielt, das heißt – mehr gegeneinander, denn wir waren in verschiedenen Vereinen."

Lena sieht Fernando bedeutsam an, der aufmerksam die Stirn runzelt und ihn gebannt beobachtet.

„Ich weiß nicht, ob ich hier noch etwas finde. Warten Sie, ich sehe mal nach."

Der Puls der beiden Beamten beschleunigt sich. Beide denken das Gleiche. Sollte jetzt ein entscheidender Hinweis kommen? Aus ihren Gesten ist deutlich die Anspannung abzulesen. Gerade zeigt Herr Kuhnke auf ein Foto und tippt dann mit dem Finger auf die Köpfe:

„Da, sehen Sie hier, das bin ich und das hier ist Sebastian."

„Und die anderen?", fragt Lena schnell.

„Lassen Sie mich nachdenken. Ja, der hier, das ist Otmar Pohl und dieser hier außen, das ist Hans-Jürgen… äh – wie hieß der denn doch gleich weiter. Nee, das fällt mir jetzt gerade nicht ein."

„In welchem Verein haben Sie denn gespielt?", will Fernando wissen.

„Dieses Bild ist nach einem Endspiel auf großem Feld aufgenommen worden. Ich spielte beim TSV Gaarden, Sebastian beim THW. Übrigens, wir haben damals gewonnen."

Fernando lächelt und bohrt nach:

„Wissen Sie denn, wo diese beiden heute wohnen?"

„Nein, tut mir leid, das ist mir nicht bekannt."

Lena fragt, ob sie das Album mitnehmen dürfe, wobei sie verspricht, dass es natürlich zurückgegeben wird, sobald es geprüft worden ist. Herr Kuhnke nickt zustimmend. Beide verabschieden sich mit freundlichem Händedruck und den Worten:

„Danke für Ihre Unterstützung. Es könnte sein, dass wir Ihre Hilfe später noch einmal in Anspruch nehmen müssen."

Wieder im Wagen entspannt Lena sich und meint:

„Na, da haben wir ja doch einiges an Neuigkeiten zusammen bekommen. Aber lass uns das bitte erst morgen auswerten.

Schließlich haben wir jetzt ja schon Dienstschluss. Hast du Lust noch essen zu gehen? Ich habe richtig Hunger."

„Gern, ich auch, wo möchtest du hin?"

„Unten am Hafen gibt es ein Fischrestaurant, das ist sehr gut."

Fernando freut sich auf ein gemütliches Essen mit Lena und lässt sich den Weg erklären.

Sie finden einen gemütlichen Zweiertisch direkt am Fenster und setzen sich so, dass sie sich anschauen können.

Lena bestellt ein Glas Rotwein, Fernando entscheidet sich für ein Hefeweizen `alkoholfrei´. Sie studieren die Speisekarte und bestellen dann: Eine Speckscholle Finkenwerder Art für Lena, ein Dorschfilet mit Bratkartoffeln für Fernando. Durstig prosten sie sich zu und überbrücken so die Wartezeit. Beide sitzen tief in Gedanken versunken, bis Fernando seine Hand auf Lenas legt und sie sanft streichelt. Sie schaut auf, lächelt liebevoll und bekennt:

„Es ist schön, hier mit dir zu sitzen, ich bin so gern mit dir zusammen."

Nach einer kurzen Pause gesteht sie: „Entschuldige, aber ich krieg diese Morde nicht aus dem Kopf. Was meinst du, lösen wir diesen Fall irgendwann einmal? Finden wir den Mörder?"

„Es wäre hilfreich, wenn er noch ein oder zwei Fehler mehr machen würde, aber keine Sorge, wir kommen ihm auf die Spur, da bin ich sicher! Ich versuche die ganze Zeit, mich in seine Persönlichkeit hinein zu versetzen. Es würde uns sehr helfen, wenn wir seine Motivation erkennen könnten. Möglicherweise ist er selbst mal sehr verletzt worden; ich meine nicht körperlich, sondern seelisch, und jetzt versucht er, diesen Schmerz zu rächen?"

Fernando wiegt nachdenklich den Kopf hin und her und sinniert: „Außerdem geht mir ein Gedanke nicht aus dem

Sinn; ich weiß nur nicht mehr, was es war! Es kam wie ein Blitz und war gleich wieder weg. Was war das nur, ich komm einfach nicht drauf!"

Gerade werden die Gerichte serviert. Sie wünschen sich einen guten Appetit und beginnen mit viel Genuss zu essen. Noch während sie die letzten Bissen vertilgen, ist Lena schon wieder bei dem Fall:

„Der Mörder kann bestimmt nicht gut schlafen, da bin ich mir sicher."

„Oh Lena, das genaue Gegenteil kann der Fall sein. Es gibt wissenschaftliche Studien, die beweisen, dass der Verdrängungsmechanismus sehr dominant sein kann. Menschen, die eine schwere Schuld auf sich geladen haben, können oft sehr gut schlafen. Das kommt praktisch einer Flucht vor der Realität gleich, denn durch Schlaf kann man gut verdrängen. Die Natur scheint es so eingerichtet zu haben, dass man vieles für die Zeit des Schlafes ausblenden kann. Das klappt nicht bei jedem, aber doch bei sehr vielen."

„Meine Güte, ich kann ja noch viel von dir lernen."

„Und ich kann auch von dir lernen, Lena; zum Beispiel deine Lebensfreude und deine Fröhlichkeit faszinieren mich. Und vor deinem Scharfsinn kann ich nur den Hut ziehen!"

„Weißt du was, Fernando?"

„Ja, was ist denn?"

Leise gesteht sie:

„Ich habe Angst vor der Aufklärung."

„Warum das denn?"

„Dann musst du bestimmt wieder weg."

Fernando bemerkt, dass ihre Augen feucht werden. Beruhigend ergreift er ihre Hand und sagt sanft, aber bestimmt:

„Lena, was auch passiert, ich werde Mittel und Wege finden. Ich bleibe bei dir, auch wenn ich vielleicht hin und wieder für kurze Zeit woanders eingesetzt werde."

Eng aneinander gekuschelt bummeln sie zurück zum Auto. Dort angekommen nimmt er sie in den Arm, küsst sie, muss erneut Tränen trocknen und startet dann den Motor. Während der Fahrt siegt die Vernunft über den Wunsch und sie entscheiden sich jeweils für die eigene Wohnung, um am nächsten Morgen ausgeschlafen zu sein und die nötige Konzentration für ihre Arbeit aufbringen zu können.

Mittwoch, 26. September 2012

Oberkommissar Hans Sommer betritt Stefans Büro. Er wirkt etwas verunsichert und berichtet von den aus Husum mitgebrachten Unterlagen. Außer ein paar nichtssagenden Sportfotos hat er noch einen Zeitungsausschnitt gefunden, in dem über junge Handballer berichtet wird. Aber auch der gibt keinen aufschlussreichen Hinweis auf den möglichen Täter.

Er hat die geschiedene Frau von Andreas Kuhnke und die beiden Kinder befragt, die völlig aufgelöst waren. Die Frau, so erzählt er, schien zu versuchen, ihre Emotionen zu verdecken, hatte aber ganz offensichtlich mit starken Schuldgefühlen zu kämpfen.

Er gesteht seinem Vorgesetzten, dass ihm die ganze Geschichte sehr nahe geht, seit er Einzelheiten über das Leben von Andreas erfahren hat:

„Der hat durch die Scheidung kein leichtes Leben gehabt. Die Kinder tun mir besonders leid, weil ihnen nun keine Zeit mehr mit ihrem Vater vergönnt ist."

Mit diesen Worten will er das Büro verlassen, aber Stefan ruft ihn zurück:

„Hans, nimm dir das doch nicht so zu Herzen, lass es nicht so nah an dich ran – versuch mal, etwas Abstand zu bekommen, sonst machst du dich kaputt! Was meinst du, du könntest doch mit diesem Zeitungsbericht mal zu den ˋKieler Nachrichten´ fahren, vielleicht gelingt es dort, mehr über den Zeitpunkt dieser Notiz heraus zu bekommen. Mit deren Technik müsste das doch zu machen sein, oder?"

Hans nickt, verspricht, dass er das noch heute versuchen und Stefan sofort danach Bericht erstatten wird.

Nachdenklich schaut Stefan seinem Kollegen nach, als dieser die Tür schließt. Er weiß, dass auch Hans sein Päckchen zu tragen hat.

Seine Gedanken gehen zurück zu dem Zeitpunkt, als Hans damals wegen einer Frau Kiel in Richtung München verließ. Die beiden hatten schon eine Zeit lang unverheiratet zusammen gelebt und dann doch überraschend den Entschluss gefasst zu heiraten. Stefan, der den Kontakt zu seinem Freund und Kollegen auch über die Entfernung aufrechterhalten hatte, empfand damals Freude, dass Hans sein Glück gefunden hatte. Bevor er Kiel verließ, war er des Öfteren unausgeglichen und unwirsch gewesen. Trotzdem hatten sich Stefan und Hans auch nach dem Umzug nie ganz aus den Augen verloren. Zu den Geburtstagen hatten sie sich fast immer eine Karte geschrieben und auch aus einem Urlaub aus Portugal bekam Stefan einen Gruß. Später hatte er zufällig erfahren, dass Hans sich wieder um eine Stelle in Kiel bewarb. Durch einen Tausch gelang das tatsächlich, aber es war purer Zufall, dass Hans dem Dezernat von Stefan und Lena zugeordnet wurde. Als Hans dann persönlich vor ihm stand, war die Freude groß, obwohl er anfangs eine leichte Entfremdung konstatieren musste. Der Ordnung halber musste er sich jetzt aber eingestehen, dass dieses Gefühl nicht lange angehalten hatte.

Stefan glaubte jedoch oft eine leichte Trauer oder besser gesagt eine gewisse Wehmut in dem Blick von Hans zu erkennen. Bei einem Feierabendbier erfuhr er dann, dass die Ehe nur drei Jahre gehalten hatte. Die Verbindung zu seiner Frau war, so erzählte Hans, jedoch nie ganz gerissen. Stefan wusste, dass sie noch oft miteinander kommunizierten, und sie schienen trotz der Trennung ein tiefes Vertrauensverhältnis aufgebaut zu haben. Die Telefonate, die Stefan mitbekam, hörten sich durchaus liebevoll an. Stefan führte das nicht zuletzt darauf zurück, dass beide bisher wohl keinen neuen Partner gefunden hatten. Auf seine diskreten Nachfragen war Hans bisher aber nie eingegangen.

Jäh wird Stefan aus seinen Gedanken gerissen, als Lena zur Tür herein wirbelt: „Störe ich?"

„Nein, komm nur herein, ich war total in Gedanken." Lena berichtet aus Schönberg und Laboe und nennt die Namen der Personen, die Alfred Kuhnke ihnen auf dem Foto gezeigt hat.

„Fernando und ich wollen jetzt versuchen, deren Adressen ausfindig zu machen und sie dann aufsuchen, ist das in Ordnung?"

„Ja Lena, das ist gut. Ich bin momentan völlig ohne Plan. Ich finde einfach keinen Ansatz, es ist zum Verzweifeln. Da geht einer los und ballert einfach irgendwelche Leute ab", platzt es aus Stefan heraus.

Lena legt ihm die Hand auf die Schulter und beruhigt ihn leise:

„So ist es aber nicht, das weißt du doch auch. Alle müssen miteinander zu tun gehabt haben, allein schon durch den Sport."

„Du hast ja Recht, Lena, aber manchmal bin ich so unsicher und denke, wir haben etwas Entscheidendes übersehen!"

„Irgendwann finden wir die Lösung, daran glaube ich fest. So, und jetzt versuchen wir, über die neuen Kontakte etwas Licht ins Dunkel zu bringen. Ach, ehe ich es vergesse – wir haben von einem Freund der Deutschendorfs ein Foto mitgebracht, auf dem neben dem Freund und Sebastian Deutschendorf noch ein dritter Handballkamerad zu sehen ist. Von dem ist aber weder der Nachname noch der jetzige Wohnort bekannt. Da kommen wir also im Moment nicht weiter."

Donnerstag, 27. September 2012

Die Kollegen vom Erkennungsdienst haben inzwischen das Melderegister bemüht und werden zuerst bei der Adresse von Hans Seemann fündig. Dieser ist in Flensburg gemeldet.

Telefonisch werden Fernando und Lena avisiert und müssen sofort losfahren, da Herr Seemann nur noch heute Zeit hat. Die nächsten Tage wird er beruflich in Köln verbringen.

Beide atmen tief durch, bevor sie auf den Klingelknopf drücken. Ein kleiner, drahtiger Mann, offensichtlich ein sportlicher Typ, öffnet die Tür, begrüßt die beiden freundlich und etwas neugierig und bittet sie herein. Die Frau des Hauses ist, wie sie dann hören, in der Stadt zum Einkaufen. Fernando eröffnet das Gespräch:

„Herr Seemann, haben Sie früher einmal Handball gespielt?"

„Nicht nur früher", lächelt er und sagt stolz, „ ich spiele heute noch bei den alten Herren."

„Besitzen Sie zufällig noch alte Bilder von früher?"

„Ja, ich weiß ja, warum Sie kommen, das haben mir ihre Kollegen ja schon am Telefon erzählt. Hier, sehen Sie, hier liegt bereits alles, was ich finden konnte. Bedienen Sie sich gern."

Auf dem Tisch liegen Bilder, Urkunden und Zeitungsausschnitte. Lena fragt:

„In welchem Verein haben Sie damals gespielt?"

„Ich war bereits mit zehn Jahren Mitglied im THW. Als ich 24 Jahre alt war, bin ich dann aus beruflichen Gründen hierher gezogen, aber auch der Liebe wegen", fügt er schmunzelnd und doch etwas verlegen hinzu.

„Können Sie uns noch Namen ihrer damaligen Handballfreunde nennen?", hakt Fernando nach.

Herr Seemann studiert die Fotos, und dann bleibt sein Blick an einem hängen:

„Hier – das bin ich, ich war Kreisläufer. Und das hier ist Hans-Jürgen und der hier, das ist Sebastian."

„Können Sie uns auch die Nachnamen sagen?"

„Hans-Jürgen? Hm – weiß ich absolut nicht mehr. Aber Sebastian, der hatte einen langen Namen, warten Sie, den hab ich auf der Zunge, der fällt mir bestimmt gleich ein."

Er denkt angestrengt nach und platzt dann heraus:

„Das hat was mit Deutschland zu tun. Warten Sie. Meine Güte – es will mir nicht einfallen!"

„Sagt Ihnen der Name Deutschendorf etwas?", gibt Lena schmunzelnd Hilfestellung.

„Natürlich, Deutschendorf, ja, so hieß Sebastian."

„Überlegen Sie bitte bei Hans-Jürgen noch einmal genau? Vielleicht kommt ja doch noch eine Erinnerung?"

Er grübelt eine Weile, schüttelt dann aber den Kopf und sagt bedauernd:

„Beim besten Willen, nein, ich weiß es nicht mehr. Ich glaube, dass er damals Auswechselspieler gewesen ist und in der Abwehr gespielt hat. Aber er gehörte nicht zum harten Kern, soweit ich das noch weiß. Aber der hier", er zeigt mit dem Finger auf einen der Spieler, „das ist Andreas – ich meine, Kuhnke hieß der."

Dieses Foto nehmen sie mit und versprechen, es zurück zu geben, sobald es nicht mehr benötigt wird. Freundlich verabschieden sie sich und schlagen den Weg zum Auto ein. Dort angekommen fragt Lena:

„Wollen wir auch noch Otmar Pohl anrufen? Der wohnt doch in Kappeln, dann könnten wir, wenn er da ist, gleich auf der B199 über Kappeln nach Hause fahren."

Gut, versuchen können wir es ja", nickt Fernando und wählt die Telefonnummer, die Lena ihm vorliest. Otmar Pohl meldet sich sofort, erklärt aber, dass er gar nicht zu Hause sei. Das Telefon sei auf sein Handy umgestellt, weil er beruflich im Hamburger Raum zu tun habe. Er sei aber ab morgen wieder zu Hause. Schweren Herzens verabreden sie einen Termin für den nächsten Tag.

Auch Stefan beteiligt sich mittlerweile an der Zeugenbefragung und fährt gegen Nachmittag nach Bordesholm zu Gustav und Maria Runge, die im Fliederweg 1 wohnen. Er steigt aus dem Wagen, geht über den knirschenden Kiesweg zur Tür und betätigt entschlossen den Türklopfer.

„Guten Tag", grüßt er, zückt seinen Ausweis und stellt sich vor:

„Mein Name ist Stefan Kaiser. Ich komme von der Polizeidirektion Kiel und würde Ihnen gern einige Fragen stellen. Darf ich hereinkommen?"

„Natürlich, was ist los – ist etwas passiert?", fragt Frau Runge erschrocken.

„Ich hätte einige Fragen, die einen gewissen Sebastian Deutschendorf betreffen."

Sie lässt Stefan eintreten, wendet den Kopf und ruft:

„Gustav, komm doch mal her, der Herr ist von der Polizei, er hat Fragen zu Sebastian."

Herr Runge hat offensichtlich im Garten gearbeitet. Umständlich steigt er aus seinen erdverkrusteten Gartenschuhen, wäscht sich noch schnell die Hände und gesellt sich dann schwer atmend zu den beiden, die bereits am Küchentisch Platz genommen haben.

Stefan beginnt mit der traurigen Mitteilung:

„Ich muss Ihnen leider mitteilen, dass Sebastian Deutschendorf nicht mehr lebt. Er ist ermordet worden."

„Oh Gott, das ist ja schrecklich", entfährt es Frau Runge und Herr Runge starrt ihn mit offenem Mund an.

111

„Ihren Namen haben wir von Frau Deutschendorf, ich meine, von der ersten Frau Deutschendorf, erfahren. Dass Sie Herrn Deutschendorf kennen, haben wir ja jetzt festgestellt. Kennen Sie zufällig auch einen Andreas Kuhnke?"

„Ja", bestätigt Herr Runge, der sich inzwischen etwas gefasst hat, und fährt fort: „Mit Sebastian bin ich zusammen zur Schule gegangen. Und ja, Andreas Kuhnke hat mit mir zusammen Handball gespielt, aber Sebastian auch. Aber wieso fragen Sie nach Andreas?"

„Auch Andreas Kuhnke lebt nicht mehr. Auch er wurde ermordet", erwidert Stefan ernst.

Erschüttert bemüht sich Herr Runge, sich nur auf die Fragen von Hauptkommissar Kaiser zu konzentrieren, der wissen möchte, wie das Ehepaar Runge zu beiden Opfern gestanden hat.

„Andreas fand ich immer nett, aber seit der Handballzeit habe ich keinen Kontakt mehr zu ihm gehabt. Mit Sebastian verstand ich mich nicht so gut, da hatte ich immer meine Probleme."

„Darf ich fragen, welcher Art diese Schwierigkeiten gewesen sind?"

„Er war ein Aufschneider und immer hinter den Mädels her, allerdings in sehr unangenehmer Weise. Auch unser Doppelkopfclub ist letztlich daran zerbrochen."

Er sieht seine Frau an und diese wird auf der Stelle fahrig und hektisch. Stefan denkt sich sofort seinen Teil und setzt nach:

„Könnten Sie bitte noch etwas präziser auf ihn eingehen?"

„Na, zum Beispiel ist er einmal beinahe von der Schule geflogen. Er hatte ein Mädchen an die – ja, wie soll ich das sagen, ja – äh – an die Brust gefasst", bei diesen Worten schaut er erneut seine Frau an und wird nun ebenfalls etwas unsicher. Tapfer bemüht er sich, seine Verlegenheit zu überspielen und sachlich weiter zu erzählen:

„Wir standen auf dem Schulhof und da ist es dann auch passiert. Das Mädchen meldete es sofort dem Rektor und dann gab es richtig Stress."

„Und dann? Was war die Reaktion der Schule?"

„Näheres weiß ich nicht mehr, nur, dass er einen Tadel bekommen hat. Aber das war für ihn keine Strafe, im Gegenteil, er brüstete sich sogar noch damit. Er war einfach ein riesengroßer Angeber."

„Haben Sie zufällig noch Bilder von damals?"

Er überlegt kurz und schüttelt dann den Kopf:

„Nein, ich habe nichts mehr, das ist alles einer Aufräumaktion zum Opfer gefallen."

Jetzt schaltet sich Maria Runge ein:

„Gustav, du hast doch mal erzählt, dass ihr einmal alle zusammen bei einem Turnier in Dänemark gewesen seid. Waren die beiden auch dabei?"

Stefans Herz beginnt schneller zu schlagen. Sollte sich jetzt doch noch etwas Wichtiges ergeben?

„Ja natürlich, das war in Odense. Wir waren alle mit. Es war toll, aber den Abschiedsabend konnte ich nicht mehr mitmachen. Meine Eltern mussten mich vorher abholen, weil ich eine richtig dicke Mandelentzündung bekommen hatte. Ich weiß aber, dass auch der Abend super gewesen sein muss, denn sie haben alle noch viel davon geschwärmt."

„Es gibt noch einige Namen mehr, zu denen ich Sie gern befragen möchte. Sind Ihnen auch Siegfried Teuerkauf und Gunnar Schröder bekannt?"

Er denkt konzentriert nach und meint dann unsicher:

„Beide Vornamen sagen mir was, aber ich habe keine Gesichter vor Augen. Nein, zu denen kann ich Ihnen leider nichts sagen."

Stefan bedankt sich und verabschiedet sich mit der Bitte, eventuell noch einmal wiederkommen zu dürfen. Er überlässt ihnen seine Karte mit dem Hinweis, dass auch der allerkleinste Anhaltspunkt sehr wichtig sein könne.

Freitag, 28. September 2012

Es ist 9 Uhr. Die morgendliche Besprechung beginnt pünktlich, auch Dr. Schneider ist anwesend.

Stefan übernimmt die Leitung und fängt an zu berichten: „Wir haben jetzt immerhin eine Fülle von Informationen sammeln können. Ich habe eure Berichte bekommen und noch gestern Abend zu Hause alles gelesen. Eine besonders heiße Spur konnte ich leider immer noch nicht ausmachen. Hat einer von euch jetzt noch etwas Neues hinzuzufügen?"

Lena ergreift das Wort und kündigt an: „Ich habe mich entschlossen, alles noch einmal von vorn durchzugehen. Vielleicht haben wir ja etwas übersehen."

„Ok Lena, mach` das. Hans, du kannst bitte die beiden Fälle, die du auf deinem Tisch hast – Husum und Felde –, weiterverfolgen. Geht das klar?"

„Ok Stefan – äh, kann ich gleich noch mal zu dir `rüberkommen?"

„Natürlich, ich bin gleich für dich da."

Gerade erheben sich alle Mitarbeiter, um an die Arbeit zu gehen, als Fernando sich doch noch einmal zu Wort meldet:

„Darf ich euch noch kurz um eure Aufmerksamkeit bitten? Mir ist noch eine Kleinigkeit eingefallen, die wir bisher nicht weiter beachtet haben."

Na, was kommt jetzt, denkt Stefan und hört gespannt zu, was Fernando vorträgt:

„Das Dortmunder Opfer wollte möglicherweise von Odense sprechen, als ihm die Stimme versagte und auch Herr Runge aus Bordesholm hat laut Stefan von Odense gesprochen. Diese Spur sollten wir weiter verfolgen."

Stefan, schon halb aus der Tür, stimmt ihm zu:

„Ja, du hast Recht, auch Bäumler aus Preetz war doch in Dänemark, war das nicht so?", fragend sieht er zu Lena hinüber.

„Ja", bestätigt sie, „auch bei ihm war von Dänemark die Rede."

„Gut, du rufst bitte sofort bei den Bäumlers an und erkundigst dich, ob sie dir den Ort sagen können, in dem das Turnier stattgefunden hatte."

„Ok, das geht sofort los", mit diesen Worten verlässt Lena geschäftig den Raum.

Hans eilt hinter Stefan her und holt ihn kurz vor dessen Bürotür ein. Verlegen tritt er von einem Bein auf das andere, bis Stefan ihn ungeduldig fragt:

„Na Hans, was gibt es denn?"

„Stefan, ich habe ein kleines Problem. Ich – äh – ich habe mich entschlossen, mich operieren zu lassen."

„Mensch Hans, ist es was Schlimmes?"

„Wohl nicht, so sagt jedenfalls der Arzt. Ich muss mich an der Prostata operieren lassen. Ich habe in diesem Jahr schon viermal Harnverhalten gehabt. Ich kann dir sagen, dann ist Holland in Not, das kannst du mir glauben."

„Mann, das wusste ich ja gar nicht. Dann lass das bloß machen, damit es dir bald wieder besser geht."

„Ja, das will ich auch. Meistens kommt es ja nachts und dann geht gar nichts mehr. Danach muss ich dann so für zwei bis drei Tage einen Katheter tragen, und dann ist es erst mal wieder in Ordnung. Aber damit ist nicht zu spaßen und bei der kleinsten Aufregung geht es wieder los."

„Wo willst du es machen lassen?"

„Ich werde in die Uni gehen, das wurde mir von meinem Urologen empfohlen. Ich wollte dich fragen, wann es am besten passt. Noch kann ich mir ja einen Termin aussuchen."

„Hans, deine Gesundheit geht vor. Ich stehe hinter dir, mach das so, wie du meinst, dass es gut für dich ist."

„Danke Stefan, ich werde mich gleich mal um einen Termin bemühen."

„Alles Gute für dich, ich wünsche dir, dass du alles gut übersteht. Informierst du mich, wann es losgeht, damit ich besser planen kann?"

„Ja, danke noch mal, ich melde dir den Termin sofort."
Gerade will Hans gehen, da dreht er sich noch einmal um und sagt:

„Ach, fast hätte ich es vergessen – der Zeitungsausschnitt aus Husum ist ca. 25 Jahre alt. In dem Bericht ist von einem Turnier in Odense die Rede und dass gemutmaßt wird, dass es eventuell Verbindungen zu einem Verbrechen an einem Mädchen gibt, das missbraucht wurde und dann ertrunken ist. Ein abscheuliches Verbrechen. Der Archivar der KN kann aber leider nicht herausfinden, ob in dem Zusammenhang noch weitere Artikel existieren, die eventuell genauere Angaben zu bieten hätten."

Als Hans auf den Flur hinaus tritt, wirbelt Lena stürmisch an ihm vorbei in Stefans Büro:

„Stefan, die anderen waren auch in Odense! Der Bäumler hat es bestätigt! Wir müssen unbedingt wissen, wann das gewesen ist!"

„Das habe ich gerade von Hans erfahren. Er hat es bei den `Kieler Nachrichten´ recherchieren lassen – es ist ca. 25 Jahre her."

Lena schreit es fast heraus:
„Meine Güte, jetzt verdichtet es sich aber richtig! Ach, noch etwas, Stefan, Fernando und ich werden jetzt nach Kappeln fahren zu Otmar Pohl. Mal sehen, was der uns zu erzählen hat."

Dort angekommen erfahren sie:
Otmar Pohl ist ebenfalls in Kiel in der Lutherstraße groß geworden. Auch er hat die 3. KM besucht und beim KTV Handball gespielt.

Auf Dänemark angesprochen berichtet er, dass es damals tatsächlich in Odense ein Turnier gegeben habe. Er schwärmt noch jetzt, dass es dort sehr schön gewesen sei, und dass er viele Kontakte zu dänischen Mädchen gehabt hätte. Auf die Namen angesprochen, kann er sich erinnern, dass auch ein Siegfried dabei war. Auf den Nachnamen kann er sich zunächst nicht besinnen, aber als der von Lena genannt wird, fällt es ihm wieder ein und er kann ihn bestätigen. Auch an einen Hans-Jürgen scheint er sich zu erinnern, hat aber kein Gesicht vor Augen. Auch zu ihm fehlt der Nachname. Das sei nicht unnormal, erklärt er, denn einige Freundschaften wurden quer über die verschiedenen Vereinszugehörigkeiten gebildet, beschränkten sich jedoch nur auf den Sport. Auf ein bestimmtes Foto angesprochen, kann er sich sofort auch an einen Gunnar erinnern. Von ihm kennt er sogar den Nachnamen. „Gunnar Schröder", ruft er laut. Engere Kontakte hatte er jedoch zu keinem außer zu Andreas Kuhnke gehabt. An einen Sebastian Deutschendorf scheint er sich jedoch nicht zu erinnern.

Zwei Stunden später sitzen sie wieder in Stefans Büro, versuchen, die wenigen neuen Erkenntnisse zu den bisherigen hinzuzufügen, um so dem Täter näher zu kommen. Plötzlich erkundigt sich Stefan: „Sagt mal, was macht der Pohl überhaupt beruflich?"

„Stimmt, das haben wir ja noch gar nicht erwähnt. Er ist für eine große Fabrik, die Jagdbedarf herstellt, im Außendienst tätig und besucht Deutschland und die Benelux-Länder", antwortet Fernando.

Stefan pfeift durch die Zähne und entscheidet:

„Den sollten wir uns vielleicht doch mal etwas näher anschauen!"

Montag, 1. Oktober 2012

Gleich morgens sitzen sie zu viert in der Kantine, frühstücken und hören Fernando zu, der die Ereignisse noch einmal aus seiner Sicht zusammenfasst:

„Klar ist: Erstens handelt es sich um ein- und denselben Täter, der in allen vier Fällen zugeschlagen hat. Zweitens haben die Opfer alle Handball gespielt, auch wenn wir es von Andreas Kuhnke aus Husum noch nicht ganz genau wissen, denn die Unterlagen werden ja noch bearbeitet. Aber durch die Herren Pohl, Runge und Bäumler ist das quasi schon bestätigt. Drittens kommen alle vier aus dem Großraum Kiel, also wird es sich mit hoher Wahrscheinlichkeit auch um Kieler Vereine handeln, die in Odense teilgenommen haben könnten. Viertens scheinen sich einige der Opfer bereits aus der Schulzeit gekannt zu haben, also könnte es durchaus auch dort schon einen Ansatz geben.

Meine Vermutung ist aber, dass unser Täter ebenfalls in Odense gewesen sein muss. Hat eventuell das Verbrechen an dem dänischen Mädchen etwas mit unseren Morden zu tun? Warum sonst hat unser Opfer Andreas Kuhnke diesen Zeitungsartikel bei sich verwahrt? War der Täter eventuell ein Freund von ihr und weiß etwas über die Zusammenhänge? Wenn ja, stellen sich zwei Fragen:

1. Frage: Warum tötet er ganz offensichtlich ohne Vorwarnung? Wahrscheinlich hat er auch keine Forderungen gestellt, denn die Opfer schienen völlig ahnungslos in den Tod gelaufen zu sein. Also scheint er auch nichts zu bezwecken mit seinen Taten. Die Verbindungen werden wir somit also erkannt haben, das Motiv kennen wir dadurch leider immer noch nicht.

2. Frage: Ist der Täter überhaupt hier zu suchen? Falls es mit dem Verbrechen in Odense zu tun hat, könnte es auch ein dänischer Freund des Mädchens sein, der sich rächen will. Wenn das der Fall ist, müssen wir ganz von vorn anfangen und die Dänen um Schützenhilfe bitten."

Fernando wartet auf Reaktionen, und dann, als keine kommen, weil alle wie erstarrt dasitzen, fährt er fort:
„Was sagt ihr dazu, fällt euch noch etwas ein? Habe ich etwas vergessen?"
Hans schüttelt den Kopf und zuckt mit den Schultern. Ihm ist deutlich anzumerken, dass er Fernando nicht besonders mag, aber trotzdem huscht ein leichter Anflug von Anerkennung über sein Gesicht, als er sich seine Akten unter den Arm klemmt.
Lena sieht Stefan an und meint dann zögernd:
„Eigentlich müssten wir jetzt tatsächlich Kontakt zu den dänischen Behörden aufnehmen, oder?"
„Ja, das müssen wir wohl. Diese Schiene dürfen wir nicht außer Acht lassen – ich überdenke das mal."
Stefan schiebt energisch seinen Stuhl zurück und beendet damit die Runde.

Später, nach einem langen Tag voller ermüdender Routinearbeiten versucht Stefan, sich beim Abendbrot zu entspannen.
Er berät sich immer wieder gern mit seiner Frau. Sie hat einen klaren Blick, und als Außenstehende hat sie ihm schon des Öfteren mit logischen Bemerkungen oder Nachfragen eine andere Sichtweise auf Probleme aufgetan. Das schätzt er sehr an ihr.
Er berichtet und fasst noch einmal alles zusammen, auch die Vermutungen von Fernando. Nachdem sie ruhig zugehört hat, folgert sie:

„Ich glaube, Lena hat Recht, du musst nach Odense, dort könnte der Schlüssel liegen!"

Sie fasst ihn um, sieht ihn aufmunternd an und wiederholt: „Stefan, fahr` nach Odense, einen Versuch ist es wert."

Auch Lena und Fernando haben Feierabend gemacht und treffen sich in Lenas Wohnung. Er bemerkt, dass sie in Gedanken versunken dasitzt.

„ Liebling, was quält dich denn so?", fragt er behutsam.

„Ach Fernando, ich habe so ein ungutes Gefühl, so, als ob wir etwas ganz Wichtiges übersehen haben. Manchmal denke ich, dass wir ganz nah dran sind und es nur nicht wahrnehmen!"

Resigniert geht sie in die Küche und versucht sich abzulenken: „Ach was soll's, ich koche erstmal was für uns zwei."

Er antwortet erfreut:

„Ich lass' mich gern überraschen", geht hinter ihr her, fasst sie um und drückt sie an sich. Sofort bemerkt sie seine Absichten, macht sich sanft los und tadelt verschmitzt:

„Mein Lieber, alles zu seiner Zeit."

Obwohl sie den Abend und das Essen genießen, können sie der Versuchung nicht widerstehen, doch noch einmal alles zu überdenken, dann aber schiebt Fernando seinen Stuhl zurück, nimmt sie bei der Hand und flüstert:

„Du hast gesagt, alles zu seiner Zeit. Jetzt ist es Zeit."

Willig lässt sie sich ins Schlafzimmer führen, versucht, sich innerlich fallen zu lassen und alles Schöne auf sich zukommen zu lassen.

Mittwoch, 3. Oktober 2012

Punkt 9 Uhr steht Stefan vor der versammelten Mannschaft und berichtet:

„Wir wollen jetzt optimistisch in den neuen Monat gehen. Ich muss euch mitteilen, dass Hans Sommer leider für einige Zeit ausfallen wird. Er muss sich operieren lassen. Ich darf euch auch sagen, dass es sich um eine Prostata-Operation handelt. Operiert wird er in der Uni Kiel und wird voraussichtlich für zehn Tage im Krankenhaus bleiben müssen. Danach wird er dann noch einmal für ca. zwei Wochen in die Reha gehen. Wir werden also den gesamten Oktober auf ihn verzichten müssen. Seinen Fahrerfluchtfall übernimmt Rüdiger, und alle weiteren Fälle teilen wir anderen unter uns auf.

Ich selbst werde mich jetzt mit Odense in Verbindung setzen. Ich weiß, das ist auch kein Königsweg, aber wir müssen ja schließlich irgendwo ansetzen und auch ausschließen, dass wir mit unserer Suche hier in Deutschland nicht auf dem Holzweg sind. Und wer weiß, vielleicht hilft uns das doch weiter."

Mit großen Schritten geht Stefan in sein Büro zurück und lässt sich mit der Polizei in Odense verbinden.

Eine weibliche Stimme meldet sich und Stefan bringt sein Anliegen vor. Er wird mit einem Dezernatsleiter der Mordkommission verbunden. Dieser stellt sich vor:

„Hallo, mein Name ist Ole Jensen, ich leite die Mordkommission in Odense."

„Guten Tag Herr Jensen, ich freue mich, dass Sie so gut deutsch sprechen, das macht mir mein Anliegen etwas leichter."

„Danke für das Kompliment. Ich war für drei Jahre bei Europol in Wiesbaden. Dabei habe ich nicht nur Deutsch gelernt, sondern auch den deutschen Wein kennen und schätzen gelernt."

„Das ist mir sehr angenehm, denn ich kann kein Dänisch. Darf ich Sie etwas fragen?"

„Ja – natürlich, fragen Sie".

„Aus einem Zeitungsartikel, den wir bei einem unserer Mordopfer gefunden haben, geht hervor, dass es vor ca. 25 Jahren einen Zwischenfall in Odense gegeben haben muss. Damals ist wohl eine junge Frau umgekommen. Zur gleichen Zeit soll ein internationales Handballturnier stattgefunden haben. Wir haben hier zur Zeit vier Morde aufzuklären, deren Fäden alle bei diesem Handballturnier zusammen laufen könnten."

Ole Jensen holt tief Luft:

„Wir fassen alle zwei bis drei Jahre alte, unaufgeklärte Verbrechen wieder an. Ganz schwach kann ich mich erinnern, obwohl ich diesen Fall damals nicht bearbeitet habe. Für diese Sexualverbrechen ist eine Kollegin zuständig."

„Könnten Sie mich mit ihr verbinden?"

„Nein, das kann ich leider nicht, Inge Christensen hat eine Woche Urlaub. Sie ist aber zu Hause und ich darf ihre Privatnummer herausgeben."

Stefan ist sehr erleichtert und bedankt sich höflich:

„Das hört sich ja vielversprechend an, ich notiere gern die Nummer. Es ist sehr nett von Ihnen, vielen Dank."

Während Stefan die Nummer notiert, verabschiedet sich Ole Jensen mit einem freundlichen „Viel Erfolg."

Stefan überlegt kurz, ob er sofort anrufen soll. Er entscheidet sich dafür und beginnt zu wählen. Nach dem Freizeichen hört er:

„ Hallo, hier spricht Inge Christensen."

Stefan stellt sich mit seinem Namen und Dienstgrad vor, schildert sein Anliegen und fragt, ob sie sich an diesen Fall erinnern könne.

„Ja, diese Akte ist mir immer wieder vorgelegt worden. Den Fall kenne ich in- und auswendig. Die Unterlagen habe ich jetzt aber nicht bei mir."

„Ich würde gern einmal persönlich vorbei schauen, geht das? Wann würde es Ihnen denn passen?"

„Eigentlich schon ab morgen. Ich habe es nicht weit bis zur Dienststelle. Ich könnte die Unterlagen holen und wir treffen uns dann bei mir."

Stefan überlegt kurz und entscheidet dann:
„Ok, ich würde gern gleich morgen kommen, geht das in Ordnung?"

„Ja, kommen Sie, bitte aber erst so gegen Nachmittag."
Auf Stefans Bitte: „Würde es Ihnen etwas ausmachen, mir ein Hotelzimmer zu bestellen?", kommt die verbindliche Antwort: „Ja klar, das mache ich gern."

Er legt auf und denkt: Was ist das für eine zuvorkommende Frau, dass sie sogar auf einen Tag Urlaub verzichtet. Und was sie für eine sympathische Stimme hat.

Gut, beschließt er, auf nach Odense, fahren wir in den Nelkjevej 7.

Donnerstag, 4. Oktober 2012

Als Stefan auf der Rader Hochbrücke den Nord-Ostsee-Kanal überquert, überlegt er mit Spannung, was ihn wohl in Odense erwarten wird.

Wird es einen Durchbruch geben, fragt er sich.

Hinter Kolding verlässt er die E45 und spürt, wie die Neugier immer stärker von ihm Besitz ergreift, sogar richtiges Herzklopfen macht sich bemerkbar. Ist es nun der Fall oder ist es die ihm noch unbekannte Frau mit der sympathischen Stimme, die ihn erwartet?

In Odense angekommen zeigt ihm sein Navigationsgerät den Weg zum Nelkjevej. Vor einer kleinen Wohnanlage mit vier Wohnungen ist er am Ziel. In der Namensleiste für den 1. Stock findet er das Schild: *Inge Christensen.*

Er steigt die wenigen Stufen zum 1. Stock empor, drückt auf den Klingelknopf, und sofort ertönt von innen das Geräusch eines Schlüssels, der sich im Schloss dreht. Die Tür öffnet sich und vor ihm steht eine junge Frau mit langen, blonden Haaren, ca. Mitte 30 Jahre alt, und fragt mit der ihm schon bekannten Stimme:

„Herr Kaiser? Hallo und guten Tag, ich heiße Inge – bei uns Dänen sagt man immer gleich du – wollen wir es auch so halten?"

„Ja gern", antwortet Stefan völlig überrumpelt.

Unkompliziert bittet sie ihn herein, zeigt auf ein Sofa und fordert ihn auf:

„Gut, nun setz dich erst einmal entspannt hin, wir trinken einen Kaffee, und dabei kann ich dir schon mal etwas erzählen."

„Du sprichst ja ausgezeichnet Deutsch."

„Wie mein Kollege Ole Jensen habe auch ich eine Zeit

in Wiesbaden gearbeitet, deshalb. Ich habe hier schon einmal Akten für dich hingelegt, du wirst sie bestimmt durchsehen wollen."

Sie bemerkt sein Zögern und fügt hinzu:
„Bediene dich ruhig erst einmal, ich werde inzwischen alles erzählen, was ich weiß."

„Ja, das ist gut", sagt er und schämt sich etwas, weil er sie nicht beim Namen genannt hat. Verlegen greift er zu den Keksen und trinkt seinen Kaffee.

Sie beginnt:
„Im Sommer 1988 haben wir eine Tote aus dem Hafen gefischt. Es handelte sich um eine Jenny Larsson aus Kolding. Sie war 19 Jahre alt. Sie war Studentin und wohnte deshalb hier in Odense in einer WG. Die Obduktion hat ergeben, dass sie ertrunken ist. Wir vermuten allerdings, dass es sich um Fremdverschulden handelte, denn den Hämatomen nach zu urteilen, muss sie sich heftig gewehrt haben. Außerdem wurde festgestellt, dass auch Geschlechtsverkehr stattgefunden hatte. Wir haben damals fieberhaft nach Zeugen gesucht. Dadurch, dass hier zeitgleich ein Handballturnier mit fast 500 Sportlern stattgefunden hatte, wurde die Suche erheblich erschwert. Es dauerte aber nicht lange, bis sich zwei junge Frauen meldeten, die mit Jenny noch am Abend ihres Todes zusammen mit Handballern gefeiert hatten. Die letzten Stunden konnten wir aber leider immer noch nicht rekonstruieren, da beide Mädchen die Gruppe früher verlassen hatten. Laut ihrer Aussage hatte Jenny noch nicht mitgewollt. Obwohl mehrere Nationalitäten an dem Turnier teilgenommen hatten, muss die Gruppe wohl nur aus Deutschen bestanden haben, denn die beiden Mädchen haben übereinstimmend ausgesagt, dass es deutsche Männer gewesen seien, mit denen sie gefeiert hätten. Erschwerend kam noch hinzu, dass Mannschaften

aus beiden deutschen Staaten anwesend waren, auch zwei Mannschaften aus der DDR."

„Aus der DDR?", fragt Stefan verblüfft.

„Ja, es hat damals schon Kontakte zwischen Ostberlin und Odense gegeben."

„ Ach so. Gut Inge, erzähl bitte weiter."

„Jenny hatte kurz vorher mit einem Freund Schluss gemacht, erzählten die Mädchen. Das schien ja in unser Konzept zu passen. Wir haben den Freund, Boris Jacobsen, sogar für zwei Tage in Untersuchungshaft genommen. Es stellte sich jedoch dann heraus, dass sein Alibi ganz und gar wasserdicht war. Er kann es nicht gewesen sein."

Inge steht auf, schenkt noch einmal Kaffee nach und fragt dann:

„Ich habe noch ein kleines Abendessen vorbereitet. Ich hoffe, du bist einverstanden?"

„Bitte mach keine Umstände", protestiert Stefan schwach und sie erwidert lachend:

„Das lass mal meine Sorge sein. Du bist jetzt mein Gast. Ich decke den Tisch und du kannst währenddessen schon mal kurz einen Blick in die Unterlagen werfen."

Stefan gelingt es nicht, sich auf den Fall zu konzentrieren, immer wieder muss er zu Inge hinüber schauen und kann sich ihrem reizvollen Anblick nicht entziehen. Während er sie beobachtet, überschlagen sich seine Gedanken: Die ist ja nett. Und eine tolle Figur hat sie! Und wie gemütlich sie es uns jetzt macht. Erschrocken ruft er sich zur Ordnung: Du meine Güte, schäm dich! Sabine sitzt zu Hause und vertraut dir, sie hat dir sogar noch zugeredet, hierher zu fahren. Wenn sie deine Gedanken jetzt wüsste!

Er ist so in Gedanken, dass er nicht bemerkt, wie Inge zu ihm herüber kommt. Plötzlich steht sie vor ihm, drückt ihm ein Glas Rotwein in die Hand, erhebt ihr eigenes und sagt:

„Sei herzlich willkommen. Prost Stefan, so sagt man das doch bei euch, nicht wahr?"

„Prost Inge, ja, so sagt man bei uns. Danke, dass du mich so herzlich aufgenommen hast trotz deines Urlaubs."

Nach dem köstlichen, typisch dänischen Essen beginnt Inge erneut zu erzählen:

„Wo war ich stehen geblieben? Ach ja, bei der Haftentlassung von Boris Jacobsen. Heraus kam noch, dass den beiden Frauen, die gegangen waren, aufgefallen war, dass einer der Männer mit Jenny gewisse Zärtlichkeiten ausgetauscht hatte. Aber durchaus mit der Zustimmung von Jenny. Du kannst uns glauben und es auch im Protokoll nachlesen, es wurden alle erforderlichen Anstrengungen unternommen, hier Licht ins Dunkel zu bringen. Alle Vereine wurden angeschrieben, einige haben geantwortet, andere wiederum haben sich überhaupt nicht gemeldet. Erst Jahre später waren wir in der Lage, auch DNA-Spuren zu prüfen. Es ist unglaublich, aber vier verschiedene männliche DNA-Spuren wurden gefunden, es muss also eine Mehrfach-Vergewaltigung stattgefunden haben."

„Das ist ja schrecklich", presst Stefan hervor und bemerkt besorgt, dass er bereits das dritte Glas Rotwein geleert hat. Er will gerade fragen, in welchem Hotel Inge ihm ein Zimmer reserviert hat, als sie erneut spricht:

„Bestimmt war Alkohol im Spiel, denn auch bei Jenny war ein erhöhter Alkoholgehalt festgestellt worden, es war aber nicht sehr viel."

Stefan lauscht ihrer Stimme, räkelt sich und beginnt sich plötzlich wohlig und warm zu fühlen. Der Rotwein scheint langsam seine Wirkung zu tun, seine Anspannung ist gewichen und fast bedauernd fasst er sich ein Herz und fragt:

„Inge, in welchem Hotel hast du mir das Zimmer bestellt?"

„Ach Gott, Stefan, das habe ich total vergessen, bitte sei nicht böse. Aber du kannst doch auch hier bleiben. Mir macht das nichts aus, und außerdem ist es doch gerade ganz gemütlich mit uns, nicht wahr?"

„Das kann ich doch nicht annehmen", stottert Stefan.

„Aber natürlich! Du gehst jetzt runter und holst deine Sachen aus dem Auto. Wir sind doch beide erwachsene Menschen."

Stefans Herz hämmert so laut in seiner Brust, dass er Angst hat, Inge könnte etwas hören. Gehorsam erhebt er sich und geht seine Tasche holen. Wieder oben angekommen, zeigt Inge ihm, wo er seine Sachen im Badezimmer ablegen kann und meint dann:

„Komm Stefan, jetzt trinken wir noch einen schönen Schluck als Absacker."

Stefan hat Angst vor der Entscheidung, die jetzt unweigerlich bevorsteht. Aber Inge ergreift erneut das Wort:

„Übrigens haben wir die DNA-Spuren auch in Deutschland abgleichen lassen. Erfolgreich sind wir damit aber nicht gewesen. Offensichtlich haben wir nicht alle Spieler lückenlos erfassen können."

Nachdem ein weiteres Glas Wein geleert worden ist, gähnt Inge und verkündet dann:

„So Stefan, jetzt bin ich langsam Bett reif. Ich gehe zuerst ins Bad und du kannst dich dann ja danach bettfertig machen."

Sie bringt die leeren Gläser in die Küche und verschwindet im Badezimmer. Stefan schaut sich unruhig um. Wo ist denn nur das Gästezimmer? Ihm wird klar, dass es nur noch ein weiteres Zimmer gibt – das große Schlafzimmer. Die Tür steht halb offen und er kann ein breites Bett ausmachen. Vor Schreck wird ihm ganz heiß und er spürt, wie sich hektische Flecken in seinem Gesicht und am Hals ausbreiten.

Die Badezimmertür geht auf, Inge kommt heraus und ihm stockt der Atem! Er ist total geschockt von dem, was er sieht: Inge ist ganz und gar nackt! Stefan atmet tief ein, versucht sofort, seinen Blick zu senken und kann doch seine Augen nicht von ihr lassen. Als sei es das Natürlichste von der Welt, schlüpft sie unter die Decke und ruft:

„Stefan, mein Bett ist breit genug, du kannst gern kommen."

Stefan verschwindet im Bad und bemüht sich verzweifelt um Fassung. Er versucht, an Sabine zu denken. Sie hatte darauf gedrungen, dass er hierher müsse. Was würde sie sagen, wenn sie das jetzt wüsste?

Lange steht er unter der Dusche, zieht sich umständlich und langsam seinen Schlafanzug an, putzt sich endlos lange die Zähne, kämmt sich noch einmal akribisch das Haar und geht dann, als es nun rein gar nichts mehr zu tun gibt, zögernd ins Schlafzimmer. Auf der Stelle lacht Inge laut auf und prustet:

„Huch, was ist denn mit dir los? Du siehst ja so artig aus!" Sie klopft mit der Hand auf den Platz neben sich und ruft: „Na komm, hier ist Platz genug."

Was bleibt ihm anderes übrig – peinlich berührt schlüpft er auf der anderen Seite ins Bett und deckt sich bis zum Hals zu. Mit angehaltenem Atem und fest geschlossenen Augen muss er plötzlich vernehmen:

„Magst du mich denn so gar nicht leiden?"
Ehrlich antwortet er: „Doch, Inge, du bist wunderschön und ich finde dich sehr, sehr nett."

Verzweifelt überlegt er, wie er aus dieser Nummer herauskommen soll und liegt stocksteif da.

Inge beugt sich zu ihm herüber und berührt ihn leicht an der Schulter. Ganz langsam gleitet ihre Hand unter die Decke, tastet sich zart vor und neckt ihn leise:

„Hoppla, Stefan, was ist das denn?"

Seine Erektion ist ihm peinlich und er stottert etwas Unverständliches. Mit einer einzigen Bewegung hat sich Inge auf ihn gerollt und bemüht sich, ihm die Hose abzustreifen. Ihre Bewegungen sind eindeutig und Stefan beginnt zu stöhnen.

Er würde so gern genießen, aber sein schlechtes Gewissen gewinnt den Kampf und nach nur zwei Minuten ist beiden klar, dass es keine Erlösung geben wird. Sie gleitet zurück auf ihre Seite und flüstert leise:

„Sei nicht traurig, das macht doch gar nichts, das kann doch jedem mal passieren."

Am Boden zerstört kann er nur noch stammeln: „Inge, es tut mir so leid", und bemerkt sorgenvoll ihre Hand, die schon wieder auf seinem Bauch liegt.

Nach kurzer Zeit beruhigt sie ihn leise:

„Komm, wir schlafen jetzt, morgen ist ein neuer Tag."

Unglücklich und zugleich erleichtert dreht er sich zur Seite und schläft sofort ein.

Freitag, 5. Oktober 2012

Geräusche aus der Küche wecken ihn. Er hat tief und traumlos durchgeschlafen. Jetzt steigt ihm der Geruch von frisch aufgebrühtem Kaffee angenehm in die Nase. Zunächst kann er sich nicht so recht zurechtfinden, aber dann fällt ihm ein, wo er übernachtet hat und er bemerkt, dass Inge in der Tür steht und ihn fröhlich auffordert:

„Aufstehen, du Faulpelz, das Frühstück ist fertig."
Stefan sieht sich vorsichtig um und sucht verzweifelt seine Hose, aber er kann sie weder vor noch im Bett finden. Sie bemerkt sein Erschrecken und lacht mit spitzbübischem Gesicht:

„Deine Hose habe ich schon mitgenommen, sie liegt im Badezimmer."

Jetzt ist ihm klar: er muss ohne Hose an Inge vorbei!
Schnell huscht er an ihr vorbei und sie lästert hinter ihm her:

„Na du hast ja ein Tempo drauf, rutsch bloß nicht aus."
Er findet das ganz schön frech, aber vor allem schämt er sich wegen seiner Schwäche im Bett. Am Frühstückstisch ist er still und in sich gekehrt, bis Inge das Schweigen bricht:

„Stefan, sei mir nicht böse, ich mag dich leiden und bei uns in Dänemark ist man manchmal auch nur zusammen, wenn man sich sympathisch findet. Ohne Ansprüche hinterher, einfach nur wegen der Zärtlichkeit. Du musst auch nicht traurig sein, so etwas kann immer mal passieren."

„Inge, ich mag dich sehr gern, du bist eine schöne Frau und ich bewundere dich, dass du so nett und so frei sein kannst."

„Ach ja? Meinst du frei?"

Sie bemerkt seinen verständnislosen Blick und erklärt: „Weißt du denn, was bei uns `frei´ heißt?"

Er schüttelt fragend den Kopf.

„`Frei sein´ heißt in diesem Zusammenhang, frei sein für jeden, praktisch heißt es Prostitution."

„Oh Gott, Inge, entschuldige, das wollte ich damit nicht sagen. Glaube mir, so habe ich das wirklich nicht gemeint."

Sie lächelt, weil sie das auch nicht angenommen hatte und legt ihm noch etwas Rührei nach.

„Jetzt frühstückst du erst mal schön, du hast schließlich noch einen weiten Weg vor dir."

Nach dem nun doch entspannten Frühstück ist es an der Zeit, aufzubrechen.

„Ich bringe dich zum Auto", sagt Inge und schließt die Tür auf. Wortlos gehen beide zum Wagen, dann umarmt sie Stefan und flüstert leise:

„Wenn ich heute Abend in den Sternenhimmel schaue, werde ich an einen sehr, sehr netten Mann denken, vor dem ich große Achtung habe."

Stefan schluckt und beteuert unbeholfen:

„Ach Inge, ich werde dich nie vergessen. Danke für dein Verständnis, danke für deine Hilfe. Leb wohl, bleib gesund."

Sie küsst ihn auf beide Wangen und dreht sich dann schnell zur Haustür um.

Er startet den Wagen, schaut noch einmal zurück und will winken, aber Inge ist bereits nicht mehr zu sehen.

Zügig biegt er in die Ausfallstraße ein; er betet sich Normalität vor und muss wenig später dann aber doch in einer kleinen Parkbucht halten, um seine Gedanken zu sortieren. Ein tiefes Schamgefühl macht sich in ihm breit, sowohl für die Enttäuschung über sein Versagen als auch für den Betrug an seiner Frau.

Verlangen, Enttäuschung, Bedauern, Scham, Reue, all diese Gefühle toben in seiner Brust. Er schließt die Augen, atmet etliche Male tief durch und sucht nach seinem sonst so rational und vernünftig denkenden Ego.

Erst später auf der Autobahn gesellt sich erstaunlicherweise auch so etwas wie Stolz hinzu. Stolz darüber, dass ihn eine wesentlich jüngere Frau körperlich begehrt hatte. Die Scham über den Betrug an seiner Frau ist jedoch stärker. Immer wieder verteidigt er sich selbst, sagt sich, dass er das ja nicht gewollt hatte. Aber so richtig gewehrt hatte er sich eben auch nicht, muss er sich eingestehen, denn so ganz tief innen drin hatte er es sich ja sogar gewünscht.

Als Flensburg hinter ihm liegt, gewinnt in seinen Gedanken wieder der Fall die Oberhand und er ist froh, dass sie den dänischen Freund nun guten Gewissens ausschließen können.

Gerade, als er auf der Rader Hochbrücke ist, klingelt sein Handy. Sein Display zeigt ihm, dass es Lena ist:

„Hallo Stefan, wo bist du?"

„Ich bin gerade über dem Kanal und fahre in Richtung Kiel. Was ist los?"

„Frau Schröder aus Felde hat angerufen. Ein ehemaliger Freund ihres Mannes hat gerade versucht, Gunnar Schröder zu erreichen. Als der hörte, was geschehen ist, wollte er genauere Einzelheiten von ihr wissen. Sie hat ihm natürlich einiges erzählt, aber was genau, weiß ich nicht. Soll ich mich mal um den kümmern?"

„Ja, tu das. Muss ich heute noch ins Büro kommen?"

„Nein, mach du mal ruhig schon Wochenende, das hast du verdient. Den Rest können wir auch am Montag besprechen."

Mit diesen Worten ist das Gespräch beendet und Stefan quält sich sofort wieder mit der bohrenden Frage, ob er seiner

Frau etwas von Inge und der unglückseligen Episode erzählen soll oder nicht.

Zu Haus angekommen nimmt er seine Frau in den Arm und drückt sie fest an sich, so, als sei er lange fort gewesen. Sie wundert sich ein wenig über die innige Begrüßung, freut sich und flüstert ihm zu, wie sehr sie ihn liebe.

Nachdem er seine Sachen ausgepackt hat, geht er ins Badezimmer. Unter der Dusche beschleicht ihn das Gefühl, etwas abwaschen zu müssen. Er denkt an Inge und ist hin und her gerissen. Irgendwie findet er es etwas unfair, seine Gefühle für Inge abwaschen zu wollen.

Nachdenklich betrachtet er sein Gesicht im Spiegel, als seine Frau zur Tür hereinschaut. Dadurch findet er sich abrupt in der Gegenwart wieder.

„Stefan, ist was?"

„Nein, wieso? Alles klar, ich komme gleich."

Sie entschuldigt sich:

„Ich will dich nicht stören, mir kam das Duschen so lange vor. Ich wollte nur mal nach dir sehen."

Unten im Esszimmer findet er den bereits gedeckten Tisch vor. Jetzt freut er sich auf den Abend. Er ist mit seinen Gedanken ins Reine gekommen – er sieht seine Frau plötzlich mit völlig anderen Augen.

Erfreut bemerkt er, dass es nach Rouladen duftet, eines seiner Lieblingsgerichte. Eine Flasche Rotwein steht bereits geöffnet neben den Schüsseln. Sie nehmen Platz und er berichtet über den Odense-Besuch. Inge Christensen erwähnt er mit keinem Wort. Die Vertrautheit mit seiner Frau macht ihn glücklich und er empfindet jetzt eine tiefe innere Ruhe und Sicherheit.

Nachdem die Rouladen verspeist sind, wechseln sie ins Wohnzimmer. Die angebrochene Flasche nehmen sie mit und konzentrieren sich auf die Nachrichten aus aller Welt, die meistens nur Unangenehmes bringen.

Seine Gedanken schweifen ab und er konstatiert, wie schnell man doch in Umstände verwickelt werden kann, die man nicht vorausgesehen hat und vor denen man auch nicht weglaufen kann.

Wie geht es wohl dem Täter? Ist der auch einer, der durch die äußeren Umstände zu dem geworden ist, was jetzt aufzuklären seine Arbeit ist?

Montag, 8. Oktober 2012

Fernando wartet bereits in Stefans Büro und fragt Stefan, was er denn von diesem merkwürdigen Anruf bei Gunnar Schröder halte.

„Mit dem sollten wir uns unbedingt unterhalten, wie heißt der noch gleich?"

„Ein gewisser Meinhard Rolfes aus Iserlohn. Er ist Rechtsanwalt", antwortet Fernando.

Stefan überlegt kurz und betraut Fernando mit dem Besuch bei diesem Anwalt. Lena kommt gerade hinzu und erzählt, dass sie mit Hans telefoniert habe:

„Er hat die OP gut überstanden und lässt euch schön grüßen."

Erfreut reagiert Stefan: „Na Gott sei Dank, dann ist er ja hoffentlich auch bald wieder auf dem Damm. Lena, ich denke, wir beide fahren nachher mal hin, das gehört sich so, wir sind doch ein Team."

Lena nimmt das schweigend zur Kenntnis; sie wäre lieber mit Fernando nach Iserlohn gefahren.

Im Krankenhaus angekommen, wird ihnen mitgeteilt, dass Hans Sommer auf der Station 3 in Zimmer 12 liegt. Bewaffnet mit einem Blumenstrauß und einer großen Schachtel Pralinen klopfen sie an die Tür von Zimmer 12 und treten leise ein. Hans liegt, noch mit einem Katheter versorgt, lesend im Bett. Um die Nasenspitze ist er noch etwas blass, aber er schaut beide erwartungsvoll an und fragt sofort:

„Hallo, na, gibt es etwas Neues?"

„Ja, einiges gibt es schon zu berichten, Hans, aber jetzt geht es erst einmal um dich. Wie geht es dir denn so?"

„Na, es geht so, nur der Katheter nervt extrem. Ich hoffe, dass ich den bald loswerde. Aber sagt, ich bin neugierig, was gibt es denn nun Neues?"

„Naja", beginnt Stefan zu berichten: „Es verdichten sich einige Dinge. Ich war inzwischen in Odense und habe mich nach dem Zeitungsartikel erkundigt. Es hat damals eine Vergewaltigung mit Todesfolge gegeben. Und es scheint unstrittig, dass Handballer aus Deutschland beteiligt waren. Welche allerdings und aus welchen Vereinen, das ist leider nicht bekannt."

„Haben die denn auch schon DNA-Spuren ermitteln können? Und was ist mit der dänischen Spur?"

„Den dänischen Freund können wir getrost vergessen, das wurde damals zum Glück schon ausgeschlossen. Ja, DNA-Spuren gibt es, aber es war kein Treffer dabei. Es waren sogar vier verschiedene DNA-Spuren!"

„Wie, vier Stück?", fragt Hans überrascht.

„Ja, vier Stück", bekräftigt Stefan.

Hans schüttelt den Kopf und liegt dann in sich gekehrt da, er scheint nachzudenken. Lena und Stefan haben das Gefühl, dass sie Hans überfordern und wollen sich gerade rücksichtsvoll verabschieden, als er sie bittet:

„Sagt mal, könntet ihr mir einen Gefallen tun? Könntet ihr nicht meinen Wagen zu mir nach Hause bringen? Ich nehme lieber ein Taxi, wenn ich entlassen werde, so toll fühle ich mich noch nicht."

Stefan sagt sofort zu und bittet Lena:

„Na klar. Lena, du fährst den Wagen von Hans und ich komme hinterher und nehme dich dann wieder mit."

„Ok", nickt Lena.

Die beiden verabschieden sich herzlich mit den besten Genesungswünschen.

Beim Einsteigen in das Auto von Hans bemerkt Lena einige wirr durcheinander liegende Papiere auf dem Beifahrersitz. Sie stutzt kurz, schüttelt erstaunt den Kopf und denkt: Was ist denn das? Das sieht dem pedantischen Hans ja gar nicht ähnlich.

Vor der Wohnung von Hans angekommen, parkt sie den Wagen in dem Carport neben dem Haus und steigt dann in Stefans Dienstwagen um.

Auf dem Rückweg sehen sie gerade noch, dass Fernando nach Iserlohn aufbricht, aber für ein Umsteigen ist es für Lena zu spät, wie sie bedauernd bemerkt.

Dienstag, 9. Oktober 2012

Fernando ist trotz starken Verkehrs flott durchgekommen und biegt in den Friedenskamp ein. Er sucht die Nummer 15 und parkt direkt davor.

Eingebettet in sattes Grün und rotes Herbstlaub findet er ein großes, gepflegtes Einfamilienhaus vor, in dessen Scheiben sich die Herbstsonne spiegelt. An der Tür des angebauten Nebengebäudes, auf das er jetzt zusteuert, findet er das Schild `Büro`.

Aha, hier ist offensichtlich sein Büro, denkt Fernando.

Gerade will er auf den Klingelknopf drücken, als ihm eine ältere Dame die Tür öffnet und ihn freundlich bittet, näher zu treten. Da er angemeldet ist, führt sie ihn sofort direkt in das Besprechungszimmer.

Mit den Worten:

„Ihr Besuch, Herr Rolfes", informiert sie ihren Chef über Fernandos Erscheinen.

Über den gediegen eingerichteten Flur kommt ein gut aussehender, schlanker Mittvierziger in grauem Anzug selbstsicher auf Fernando zu.

„Guten Tag Herr Rolfes, mein Name ist Fernando Gonzales, ich bin forensischer Psychologe und komme von der Kripo Kiel. Wir sind mit einem mysteriösen Mehrfachmordfall betraut. Darf ich Ihnen einige Fragen stellen?"

„Ja bitte – natürlich. Nehmen Sie Platz, Herr Gonzales; mein Name ist Rolfes, aber das wissen Sie ja bereits. Was kann ich denn für Sie tun?"

„Ich habe einige Fragen, aber bevor ich die stelle, will ich Ihnen erzählen, worum es geht.

Es sind in den letzten Wochen vier Morde passiert. Alle Opfer wurden mit der gleichen Waffe getötet! Und alle Opfer müssen sich aus früheren Zeiten gekannt haben."

„Und was habe ich damit zu tun", fragt der Anwalt erstaunt.

„Sie haben Frau Schröder angerufen und deshalb wissen Sie ja bereits, dass Herr Schröder zu den Opfern gehört. Würden Sie mir bitte den Grund Ihres Anrufes mitteilen?"

„Dürfen Sie mir auch die Namen der anderen Opfer nennen?"

„Bitte beantworten Sie doch erst einmal meine Frage."

Der Anwalt wird etwas unruhig, dies bemerkt Fernando sofort. Etwas säuerlich beginnt er vorsichtig zu sprechen:

„Da Gunnar Schröder auch Jurist ist, habe ich seine Meinung zu einem bestimmten Fall hören wollen. Wir kennen uns von früher, daher weiß ich seine Meinung sehr zu schätzen."

„Worum ging es denn?"

„Ich unterliege, wie Ihnen bekannt sein dürfte, der Schweigepflicht."

Nach dieser Äußerung räuspert er sich kräftig und nun klingt seine Stimme wieder so gefestigt wie vorher.

„Leider muss ich darauf bestehen. Bitte schildern Sie mir, welcher Art dieses Problem gewesen sein soll. Sie müssen ja keine Namen nennen."

„Genaueres darf ich wirklich nicht sagen, aber es geht um eine Vergewaltigung."

„Das reicht mir nicht, Herr Rolfes, ich müsste schon gern zumindest etwas über Ort und Zeitpunkt erfahren."

Unbehaglich rutscht Meinhard Rolfes auf seinem Stuhl hin und her, räuspert sich noch einmal, starrt in das Blumenbeet vor dem Fenster und fängt dann doch an zu sprechen:

„Ich habe einfach seine Meinung hören wollen. Namen kann ich natürlich nicht nennen, aber es hat kurz vor der Wende in Dresden einen Vorfall gegeben, der sehr kompliziert ist. Es handelt sich noch um altes DDR Recht und deshalb ist der Aspekt der Verjährung von Bedeutung. Und da ich weiß, dass Gunnar viel mit alten Fällen aus der DDR betraut worden ist, hatte ich die Hoffnung, dass er mir hilfreiche Tipps zur Verteidigung geben könnte."

Enttäuscht merkt Fernando, dass dieser Besuch nicht lukrativ sein wird. Rundheraus fragt er:

„Sagen Ihnen die Namen Siegfried Teuerkauf, Andreas Kuhnke und Sebastian Deutschendorf irgendetwas?"

Meinhard Rolfes, als Rechtsanwalt ja immer sicher im Umgang mit Menschen und rhetorisch geschult, fällt förmlich in sich zusammen. Er wird blass, unruhig und fahrig. Seine Hände verkrampfen sich.

Na, der scheint ja total von der Rolle zu sein, denkt Fernando und hakt sofort nach:

„Ihr jetziges Verhalten beeindruckt mich doch sehr. Warum reagieren Sie so überrascht? Kennen Sie die Herren vielleicht?"

„Ja, ich kenne die Namen. Mit allen habe ich früher Handball gespielt. Wir waren allerdings nicht alle in ein und demselben Verein."

„Aha. Ich kann gut verstehen, dass Sie jetzt sehr erschrocken sind, denn wie Sie wohl ahnen, handelt es sich um die anderen Mordopfer. Fällt Ihnen denn irgendetwas ein, was früher einmal vorgefallen sein könnte?"

Der Anwalt bemüht sich, seine Gesten wieder unter Kontrolle zu bekommen und sagt dann:

„Nein, so gut kannten wir uns nun auch wieder nicht. Besonders über Details von früher weiß ich eigentlich gar nichts mehr."

Sein hochroter Kopf und die Stoßatmung strafen ihn allerdings Lügen.

Jetzt wird es Fernando zu bunt. Mit fester Stimme und unnachgiebiger Betonung droht er:

„Wenn Sie mir jetzt nicht mehr erzählen wollen, dann werde ich Sie offiziell vorladen und Ihnen Fragen stellen müssen wie zum Beispiel: Was geschah damals in Odense?"

Meinhard Rolfes schnappt nach Luft, lockert seinen Schlips und bedeutet Fernando, sich wieder zu setzen.

„Ja, dazu kann ich Ihnen etwas sagen."

Nachdem einige Minuten vergangen sind, fängt er zögernd an:

„Ja, wir haben früher Handball zusammen gespielt. Ja, wir sind alle in Odense gewesen. Es hat dort ein Turnier stattgefunden. Später hat man der Presse entnehmen können, dass dort eine junge Frau ertrunken aufgefunden wurde. Ich weiß auch, dass es sich vermutlich um eine Vergewaltigung gehandelt haben soll. Aber mehr weiß ich wirklich nicht."

„Ist das Ihr Ernst?", poltert Fernando: „Das glaube ich Ihnen nicht. Sie wissen doch ganz offensichtlich mehr!"

Mit zitternder Stimme wehrt sich der Anwalt:
„Ich möchte jetzt eigentlich nichts mehr sagen."

„Lieber Herr Rolfes", beginnt Fernando erneut, „haben Sie denn gar keine Angst, ebenfalls ermordet zu werden? Was wissen Sie noch? Denken Sie nach, alles ist wichtig und es könnte sogar Ihr Leben retten. Ich bitte Sie, gehen Sie in sich!"

„Ich kann mich nur noch an einige Vornamen erinnern. Gunnar, Sebastian, Bernd, Hans-Jürgen und ... ich weiß nicht mehr, es ist doch so lange her!"

„Hatten Sie denn später noch Kontakt zu einigen von ihnen?"

„Nur zu Gunnar, weil er ja auch Jura studiert hat. Früher, während der Kieler Zeit, haben wir uns noch ein paarmal getroffen, meist beim Sport."

„Nur so, einfach beim Sport? Das kann ich kaum glauben, aber wir werden das schon klären."

Und dann, beim Abschied, holt Fernando noch zu einem Paukenschlag aus:

„Ach übrigens – ich werde einen DNA-Test beantragen, deshalb bitte ich Sie, in den nächsten Tagen nicht zu verreisen."

Meinhard Rolfes bleibt die Luft weg, er kann nur noch flach atmen und hat sichtlich große Mühe, souverän zu bleiben.

„Ich habe doch damit nichts zu tun, was sollen denn diese Verdächtigungen?", presst er empört hervor.

„Dann kann ein Test ja eigentlich auch kein Problem für Sie darstellen", kontert Fernando und verabschiedet sich.

Der Anwalt kramt in seinem Gedächtnis und versucht sich zu erinnern, was nach 25 Jahren nicht gerade leicht fällt. Hatte er überhaupt an dem Gejohle teilgenommen? Er erinnert sich vage, dass alle wie von Sinnen gewesen waren. Aber an dem eigentlichen Akt der Vergewaltigung hatte er doch nicht teilgenommen, oder doch? Er denkt an seinen Ruf und an seine berufliche Karriere, die bisher reibungslos voran gegangen ist. Er hat sich seinen Platz in der privilegierten Schicht hart erarbeiten müssen. Angst macht sich augenblicklich in seiner Brust breit. Ist jetzt seine Kanzlei in Gefahr? Was soll dann aus seiner Tochter werden; sie steht kurz vor dem Examen und soll doch später seine Praxis übernehmen. Und nicht nur das sind seine Ängste, nein, auch seine Ehe kann daran zerbrechen. Oh Gott, wie wird das bloß enden?

Als Fernando im Auto sitzt, muss er erst einmal seine Gedanken sortieren. Er ruft Lena an und berichtet ihr in Kurzform. Interessiert hört sie ihm zu und beendet dann das Gespräch mit der Einladung zu einem gemütlichen Abend und der besorgten Bitte: „Fahr vorsichtig, ich warte auf dich."

Lächelnd startet Fernando den Wagen und begibt sich auf die Fahrt gen Norden. Nur unterbrochen durch einen Tankstopp fährt er sechs Stunden durch den Nachmittag und hält am frühen Abend vor Lenas Haus. Als sie ihm die Haustür öffnet, umweht ihn ein köstlicher mediterraner Duft, der sofort alle Gedanken an das Dienstliche überdeckt. Nun freut er sich nur noch auf einen angenehmen Abend.

Ich muss unbedingt eine neue, nicht registrierte Waffe auftreiben, aber im Moment kann ich unmöglich nach Belgien fahren.

In meinem Kopf hämmert es: Was habe ich getan? Ich wollte für Gerechtigkeit sorgen, aber damit habe ich mehreren Familien sehr wehgetan.

Ich spüre keine Genugtuung, keine Entlastung, und doch muss ich weitermachen!

Schluss jetzt mit diesen Gedanken, ich muss mich jetzt mehr konzentrieren, denn so etwas wie in Dortmund darf unter keinen Umständen noch einmal passieren. Als nächstes werde ich Meinhard aufsuchen, wie, weiß ich noch nicht. Vielleicht wird auch noch einige Zeit vergehen müssen, die Umstände zwingen mich dazu.

Immer wieder grüble ich über Wiedergutmachung, Schuld, Rache, Reue und über gerechte Strafen nach.

Mord ist die eine Sache; jeder weiß, welche Strafe man dafür zu erwarten hat. Aber was ist mit anderen Taten, die auch Menschen vernichten können?

Mobbing z.B. kann Menschen vernichten, Betrug kann Menschen vernichten. Wenn ich nur an die Vorkommnisse denke, die nach der Wende bekannt geworden sind. Da haben westdeutsche Halsabschneider einfach Firmen gegründet, um Menschen im Osten das Fell über die Ohren zu ziehen, nur um Profit zu machen! Da wurden z.B. alten, zumeist alleinstehenden Menschen auf dem Lande einfach Dachbeschichtungen und Haussanierungen oder ähnliches angedreht – meist natürlich gegen Vorkasse! Dann wurde da ohne Sachkompetenz etwas herum gepfuscht und sobald sie das Geld in Händen hatten, verschwanden sie auf Nimmerwiedersehen. Zurück blieben unvollständige Arbeiten, Schäden, die teilweise sogar noch größer als vorher waren und am Boden zerstörte Menschen, die alles Ersparte verloren hatten.

Sind das nicht auch Täter oder besser gesagt Lebensräuber? Ist das nicht auch so eine Art Mord?

Es gibt auf dieser Welt noch viele krasse Fälle von Ungerechtigkeit und Lebensbedrohung. Ich denke da an Finanzberater, die unsichere Geldanlagen verkauft haben, sie aber als absolut sicher deklariert hatten. Damit wurden doch auch viele Menschen ruiniert und in die Armut und manchmal sogar in den Selbstmord getrieben; ist das nicht auch genauso ein großes Unrecht wie Mord?

Was ist denn eigentlich Recht und Gerechtigkeit? Mir wird klar, dass die Antwort nicht so einfach ist – es ist natürlich abhängig von dem Land, von dem Staat, in dem man lebt. In vielen Ländern werden Moral, Recht und Gerechtigkeit durchaus unterschiedlich definiert. In einigen Staaten wird einem Dieb noch die Hand abgehackt und in einigen anderen wird sogar noch gesteinigt, und das gilt dort als Recht!

In wieder anderen Staaten oder Schichten wird bejubelt, was eigentlich ungesetzlich ist, wird vertuscht, was bestraft gehört.

Oft beneide ich die Astronauten in der ISS Raumstation, die die Erde als Ganzes sehen. Von oben gesehen können sie keine Grenzen wahrnehmen. Diese Einheit könnte so schön sein, aber wenn sie dann auf unsere Erde zurückkehren, gelten auch für sie wieder die festgelegten Wertvorstellungen ihrer eigenen Länder.

Ach, ich fange an, mich zu verzetteln – jetzt schiebe ich diese Gedanken mal ganz schnell weg und denke nur noch über meine Vorgehensweise nach, um zu richten, was schon längst hätte gerichtet werden müssen!

Montag, 15. Oktober 2012

Die morgendliche Besprechung findet wie immer Punkt 9.00 Uhr statt.

Als erstes werden die laufenden Fälle besprochen und den Mitarbeitern zugeteilt. Dann sind die aktuellen Mordfälle wieder Thema. Dr. Schneider macht Druck und gesteht, dass er langsam Angst hat, was die Presse betrifft. Die ersten kleinen Ansätze wie zum Beispiel `Unfähigkeit der Polizei´ sind schon gestern in einigen Ausgaben zu finden gewesen.

Fernando referiert noch einmal über alle neuen Erkenntnisse und versucht dabei, sich in die Psyche des Täters hinein zu versetzen. Mitten in seine Ausführungen platzt eine aufgeregte Lena, die, ohne auf die Worte Fernandos zu achten, fassungslos ruft:

„Wieso haben wir das übersehen?"

„Was denn", fragt Stefan verblüfft.

„Sind wir denn alle blöd? Die Dänen hatten doch damals unseren Behörden alle Testergebnisse mitgeteilt! Die müssen doch bei uns gespeichert sein!"

„Ja, aber Lena, das war vor 20 Jahren!"

„Natürlich, aber wir haben doch diese Daten noch nicht mit denen unserer Opfer verglichen!"

„Mensch Lena, du hast Recht, das haben wir übersehen, das gibt es doch gar nicht. Das müssen wir sofort nachholen, setz dich bitte sofort mit Dänemark in Verbindung und fordere die Daten an."

„Das müssen wir doch gar nicht, die sind doch bei uns gespeichert worden, die müssen doch noch auffindbar sein, auch wenn es lange her ist."

„Stimmt, ich bin total von der Rolle, entschuldigt, das ist ja ein Stockfehler erster Güte!"

Lena sieht Stefan schelmisch an und sagt neckend:

„Eigentlich könntest du ja doch in Dänemark anrufen. Ich habe den Eindruck, dass es dir dort gut gefallen hat."

Stefan ist sprachlos ob dieser Anspielung und Respektlosigkeit und brummt verlegen:

„Lena, jetzt ist es gut, mach dass du hier rauskommst, sonst werde ich zum Tiger."

„Entschuldige, mich hat der Teufel geritten", bittet sie zerknirscht.

„Das kann man wohl sagen", entfährt es Stefan. Mit ausgestrecktem Zeigefinger zeigt er zur Tür, durch die sie jetzt zu verschwinden hat.

Fernando folgt Lena in ihr Büro, sieht sie an und sagt grinsend:

„Meine liebe Lena, manchmal bist du ganz schön frech."

Stefan geht kopfschüttelnd in sein Büro und ringt mit sich. Dann greift er zum Telefon und wählt beherzt die dänische Nummer.

„Inge Christensen", hört er und meldet sich:
„Hallo Inge, Stefan hier – ich habe eine Frage an dich, aber vorher möchte ich noch wissen – wie geht es dir?"

„Stefan, das ist ja schön, dass du dich mal meldest. Mir geht es gut und dir?"

„Danke, mir geht es auch gut. Ich bin ein wenig durcheinander und weiß nicht so recht, wie ich anfangen soll."

„Was hast du denn auf dem Herzen?"
„Wir haben doch über die DNA-Tests gesprochen, die ihr damals veranlasst hattet. Die Ergebnisse hattet ihr ja den deutschen Behörden bereits mitgeteilt. Leider haben wir versäumt, die DNA Auswertungen unserer Opfer hier mit denen von damals zu vergleichen. Kannst du diese Tests noch einmal schicken? Unsere sind zwar beim Bundeskriminalamt gespeichert, aber meine Erfahrung sagt mir, dass es etwas

länger dauern kann, bis wir die bekommen. Du kennst ja die deutsche Gründlichkeit."

Inge antwortet zuvorkommend:

„Natürlich, ich schicke euch die Ergebnisse nach Kiel. Ich bin jetzt auch gespannt, wie das ausgeht. Sagst du mir Bescheid, wenn ihr den Fall geklärt habt?"

„Aber natürlich", verspricht Stefan und lauscht der sympathischen Stimme, die sich sanft von ihm verabschiedet:

„Gut, dann vielleicht bis bald. Auf Wiedersehen, Stefan." Dann ist die Verbindung getrennt.

Stefan stützt den Kopf in beide Hände und grübelt über das Verhältnis zu Inge nach. Durch seinen Beruf ist er mit vielen zwischenmenschlichen Problemen vertraut. Er kann auf einen großen Erfahrungsschatz zurückgreifen und weiß, wie schnell man von der Norm abgleiten kann. Fast immer sind es die Umstände, die zu nicht nachvollziehbaren Taten führen. Durch diese Erfahrungen ist er in der Lage, sich selbst und das, was er zugelassen hat in Odense, zu reflektieren.

Seine Frau könnte durchaus von Untreue sprechen, wenn sie es wüsste. Er kommt zu dem Schluss: Nicht nur die aktive Tat, auch die Wunschvorstellung und das passive Zulassen kann einem vorgeworfen werden. Der Mechanismus ist immer der gleiche. Die Bandbreite ist groß, erkennt er. Ob es sich nun um einen Beinahe-Seitensprung handelt oder um das Wegsehen in der U-Bahn, wenn Menschen nur wegen ihres `Andersseins´ bedrängt werden oder noch schlimmer, wenn es so wie früher in den Lagern der Nazis zuging. Genauso ist es auch bei kleineren Vergehen. Alles das ist nicht zu entschuldigen, aber psychologisch zu erklären.

Trotzdem, schon während seiner Ausbildung in der Hochschule Kiel-Altenholz hat er gelernt, dass Führung der moralischen Stärke bedarf und hohe Ansprüche an Gerechtigkeitssinn und Haltung zu stellen sind.

Und diesen Ansprüchen ist er wahrlich nicht gerecht geworden!

Er nimmt sich vor, diese Thematik unbedingt mit Fernando zu erörtern, wenn sie irgendwann einmal Zeit dazu haben.

Freitag, 19. Oktober 2012

Meinhard Rolfes sitzt tief in Gedanken versunken an seinem mit Akten überladenen Schreibtisch. Die ganze Woche über war nicht viel Zeit zum Reflektieren gewesen, aber heute, am Freitag, zwingt ihn seine innere Unruhe dazu, intensiv über die Zeit in Odense nachzudenken. Was war da bloß passiert, er kann sich kaum noch erinnern, sinniert er. Vieles hat er so erfolgreich verdrängt, dass es ihm Mühe macht, sich Bilder ins Gedächtnis zu rufen. Dass mehrere Jungs dabei gewesen waren, das weiß er noch. Alle Namen sind ihm nicht mehr geläufig, aber an Gunnar und Sebastian kann er sich noch erinnern.

Er versucht verzweifelt, sich die Geschehnisse von damals ins Gedächtnis zurück zu holen. Hatte er das Mädchen nur mit festgehalten oder hatte auch er sogar Kontakt gehabt? Ihm wird übel. Nicht so sehr wegen der schlimmen Tat, sondern vielmehr aus Angst vor der DNA-Probe, die er wird abgeben müssen, das ist ihm klar.

Seine Sekretärin klopft kurz an die Tür, verabschiedet sich und wünscht ihm ein schönes Wochenende.

Minuten später geht die Tür noch einmal auf und seine Frau schaut herein:

„Du siehst müde aus, Meinhard, bist du kaputt oder wirst du krank?"

„Nein nein, es ist alles in Ordnung. Ich bin nur etwas abgespannt, ich komme gleich rüber."

So recht kann sie ihm das nicht abnehmen, zu elend sieht er aus. Sorgenvoll schüttelt sie den Kopf, sagt aber nichts und beschließt, ihn später in aller Ruhe noch einmal zu fragen. Hoffentlich ist keine andere Frau im Spiel, denkt sie und lässt ihn allein.

Eine volle Stunde muss sie warten, bis er sich endlich zu ihr an den gedeckten Tisch setzt. Sie blickt in sein gequältes Gesicht und fragt nun rundheraus:

„Meinhard, muss ich mir Sorgen machen? Ich merke dir doch an, dass da was nicht stimmt! Ist eine andere Frau im Spiel?"

Erstaunt, aber doch mit zittriger Stimme, antwortet er:

„Nein, wie kommst du darauf? Es gibt keine andere Frau. Für mich gibt es nur dich."

Sie atmet erleichtert auf, wird dann jedoch durch seine weiteren Ausführungen unruhig:

„Ich hatte Besuch von der Polizei. Ehemalige Freunde von mir sind ermordet worden. Genauer gesagt, nicht direkt Freunde, es sind ehemalige Handballkollegen von früher."

Sie wird blass und fragt mit ängstlicher Stimme:

„Warum, was ist passiert, und was hat das mit dir zu tun?"

Er versucht jetzt, die richtigen Worte zu finden. Die Wahrheit kann er ihr natürlich auf keinen Fall sagen. Hektisch sucht er nach einer neutralen Berichterstattung und beginnt dann langsam:

„Wir haben vor ´zig Jahren mal an einem Handballturnier in Dänemark teilgenommen. Einige von uns sind mit Mädchen durchgebrannt, ich aber nicht!"

„Aber du sagtest doch, einige sind ermordet worden – wo ist da der Zusammenhang?"

„Ich weiß es nicht! Ich grüble und grüble und kann mir keinen Reim darauf machen. Und jetzt weiß ich nicht, was ich tun kann oder muss oder soll!"

„Aber Meinhard, wenn du nichts getan hast, warum fragt die Polizei dann dich?"

„Ja was weiß denn ich – ich weiß doch nichts."

„Meinhard, du bist doch Anwalt, dein Wort gilt doch etwas. Kannst du nicht Akteneinsicht verlangen und dann mit ihnen zusammenarbeiten?"

„Geli, bitte – lass mich bitte erst einmal zur Ruhe kommen. Ich muss nachdenken, ich kann keinen klaren Gedanken fassen."

Angelika Rolfes ist einerseits beruhigt, dass keine andere Frau im Spiel ist, andererseits macht sich ein leises Angstgefühl breit, ein Unbehagen, das sie sich nicht erklären kann. Sie beschließt, ihren Mann jetzt nicht weiter zu bedrängen und abzuwarten, was die nächsten Tage bringen werden.

Es wird nicht lange dauern, bis sie damit konfrontiert werden wird.

Montag, 22. Oktober 2012

Gleich morgens um 8 Uhr klingelt es an der Praxistür der Kanzlei Rolfes. Die Sekretärin öffnet und sieht einen Mann vor sich, der ihr seinen Dienstausweis vor die Nase hält:

„Guten Morgen, ich komme von der Kriminalpolizei Dortmund. Ich möchte zu Herrn Rolfes."

„Ja, bitte schön, kommen Sie herein", sagt sie und führt den Besucher in das Chefbüro.

Der Polizist ergreift sofort das Wort, stellt sich mit Namen und Dienstgrad vor und kommt dann zu seinem Anliegen:

„Herr Rolfes, ich bin beauftragt worden, einen Speicheltest bei Ihnen abzunehmen. Der richterliche Bescheid liegt bereits bei uns vor. Ich muss ihn allerdings nachreichen, jetzt habe ich ihn leider nicht dabei. Aber Sie als Rechtsanwalt kennen ja dieses Prozedere, geht das vorläufig auch ohne in Ordnung?"

Meinhard ist klar, dass er um die Abgabe nicht herum kommen wird und akzeptiert deshalb mit flauem Magen.

„Gut, dass wir das so unkompliziert hinter uns bringen können", sagt der Beamte dankbar, entnimmt mit dem Stäbchen eine Probe aus Meinhards Mund, steckt es in ein kleines Reagenzröhrchen und verabschiedet sich höflich:

„So Herr Rolfes, vielen Dank, das war es schon. Ich wünsche Ihnen noch einen schönen Tag und auf Wiedersehen."

Als er allein ist, wird Meinhard Rolfes übel vor Angst und er sinkt kraftlos auf seinen Stuhl. Jetzt erst realisiert er mit aller Deutlichkeit, dass ein Teil seiner Mundschleimhaut unterwegs ist zu einem Verfahren, dessen Auswirkung er in keiner Weise beeinflussen oder vorhersehen kann. Er ist einem Zusammenbruch nahe, aber er zwingt sich gewaltsam zur Ruhe.

Er schafft es, in einem einigermaßen sachlichen Ton seiner Sekretärin mitzuteilen, dass sie für heute frei machen könne.

„Alles nur Routine, aber heute muss ich einmal ungestört durcharbeiten – und bitte schalten Sie das Telefon um auf den AB", hört sie von ihm, wundert sich zwar ein wenig, aber freut sich über die unerwartete freie Zeit.

Seine Gedanken drehen sich im Kreis. Vergangenheit, Gegenwart und Zukunft, alles wirbelt wild durcheinander. Beim besten Willen kann er sich an Einzelheiten von damals nicht erinnern. War er denn überhaupt sexuell aktiv geworden? Es weiß es nicht mehr, spürt jedoch schuldbewusst, dass es nichts anderes als eine miese Vergewaltigung gewesen war! Der Schock saß tief, als er später gehört hatte, dass das Mädchen lebend ins Wasser geworfen worden war.

Noch heute packt ihn das Entsetzen, wenn er daran denkt. Bekomme ich jetzt die Strafe? Das fragt er sich nun wieder und wieder und denkt an die möglichen Konsequenzen, die es für ihn, für seine Familie und für seinen Beruf haben könnte. Und er weiß, dass auch seine Reue daran nichts ändern kann.

Verzweifelt hält er sich noch eine ganze Weile an seinem Schreibtisch fest und lässt seinen Tränen freien Lauf. Unter keinen Umständen will er seiner Frau so aufgelöst gegenüber treten, deshalb nimmt er sich noch lange Zeit, um zur Ruhe zu kommen und so die Kontrolle über seine Gefühle wiederzuerlangen.

Donnerstag, 25. Oktober 2012

Die Kieler Beamten fiebern den Ergebnissen aus den Untersuchungen entgegen.

„Hoffentlich kommt jetzt Licht ins Dunkel", seufzt Stefan.

Dr. Schneider meldet sich per Telefon und kündigt an, dass er jetzt gleich mit den Ergebnissen kommen wird.

„Na ja, dann haben wir endlich Klarheit", atmet Fernando auf und schaut beruhigend in Lenas angespanntes Gesicht.

Die Tür geht auf, Dr. Schneider betritt den Raum und beginnt sofort zu berichten:

„In der Tat, wir haben Volltreffer. Vier Stück! Alle vier waren dabei! Teuerkauf, Schröder, Kuhnke und Deutschendorf."

„Leider sind alle tot, was nützt uns das jetzt?", begehrt Lena auf.

„Was ist denn mit Meinhard Rolfes?", fragt Fernando.

„Tja, der Befund ist negativ, seine DNA ist nicht dabei gewesen", erläutert Dr. Schneider bedauernd.

„Scheiße", entfährt es Stefan, aber er entschuldigt sich sofort.

„Ich kann die Reaktion gut nachvollziehen", begütigt Dr. Schneider und setzt dann noch einmal nach:

„Was machen wir jetzt, wie gedenken Sie vorzugehen?"

Fernando überlegt und sagt nachdenklich:

„Rolfes war ziemlich nervös, ja – er ist beinahe zusammengebrochen. Wenn ich mich nicht ganz gewaltig täusche, war er fast reif für ein Geständnis. Ich bin mir sicher – der weiß etwas! Im Moment habe ich nur noch keine Idee, wie wir ihn aus der Reserve locken können."

„Müssen wir ihm das Ergebnis denn mitteilen?", fragt Lena.

„Trickserei kommt nicht in Frage, so geht das nicht! Wenn so etwas publik gemacht wird, dann können wir auf ganzer Linie einpacken!", fährt Dr. Schneider ungehalten dazwischen.

„Ja, Entschuldigung, das war nur so ein Gedanke, ich weiß das natürlich auch."

Mit diesen Worten will sie ihre Frage vergessen machen.

Bei hereinbrechender Dämmerung fährt Stefan nach Hause und wartet ungeduldig auf die Unterhaltung mit seiner Frau. Er schätzt ihre unvoreingenommenen und klaren Gedanken und Denkanstöße kann er im Moment gut brauchen.

Zur gleichen Zeit sitzen Lena und Fernando in einem gemütlichen Strandbistro in Strande bei einem ausgezeichnet angerichteten Fischteller für zwei Personen. Trotz des angenehmen Ambientes können auch sie ihre Gedanken nicht von dem Fall lösen:

„Wer übergibt dem Rolfes eigentlich das Ergebnis?" fragt Lena und Fernando meint daraufhin:

„Naja, die Form muss ja gewahrt werden. Wir schicken ihm das morgen per Einschreiben zu und dann sehen wir weiter."

Montag, 28. Oktober 2012

Gerade hat der Postbote einen ganzen Stapel Briefe in den Postkasten der Anwaltskanzlei Rolfes geworfen. Die Sekretärin sichtet die Briefe und übergibt Meinhard Rolfes dann ein amtlich aussehendes Schreiben, auf dem der Vermerk ‚persönlich‘ steht. Auf der Stelle wird er aschfahl im Gesicht. Diskret zieht seine Sekretärin sich ins Nebenzimmer zurück und überlegt, was das wohl für eine Mitteilung sein könne, die ihm offensichtlich so zusetzt. Sie hat ein sicheres Gespür für Spannungen und kann seiner Hektik und seiner Unausgeglichenheit in den letzten Tagen entnehmen, dass er wohl gerade einige Schwierigkeiten zu bewältigen hat.

Meinhard reißt den Umschlag auf, erfasst mit einem Blick den Befund und springt in die Luft. Augenblicklich wird er wieder der coole, selbstsichere Anwalt, so, wie ein Anwalt sein muss. Er greift zum Telefonhörer und ruft seine Frau auf der anderen Seite des Gebäudes an. Gut gelaunt brüllt er in den Hörer:

„Geli, lass uns heute Abend Essen gehen, der Befund ist negativ!"

„Welcher Befund denn?", fragt sie irritiert, denn von der Speichelprobe hatte er ihr bisher ja nichts erzählt. Das wird ihm jetzt auch gerade klar und mit ausweichenden Umschreibungen erklärt er ihr den Sachverhalt. Vorerst gibt sie sich verwundert damit zufrieden, nimmt sich aber vor, abends noch einmal ganz genau nachzufragen. Das kommt ihr alles etwas merkwürdig vor.

Abends, als sie sich in einem exklusiven Speiselokal gegenüber sitzen, fragt sie plötzlich:

„Meinhard, was ist eigentlich los? Es freut mich für dich, dass jetzt alles geklärt zu sein scheint, aber so ganz verstehe ich das alles nicht und außerdem – ich weiß nicht recht, wie ich das ausdrücken soll – so gänzlich, na sagen wir mal: entspannt bist du trotzdem nicht."

Er weiß natürlich, dass sie Recht hat, kann aber mit anwaltlichem Geschick den Sachverhalt so plausibel verpacken, dass sie sich beruhigt zurücklehnt.

Meinhard selbst ist in der Tat nicht entspannt!

Er denkt über die Morde und den Täter nach: Wer ist es, wer steckt dahinter? Kenne ich ihn etwa?

Erneut kriecht die Angst in ihm hoch und er fragt sich im Stillen: Bin ich vielleicht der Nächste auf seiner Liste?

Nach einer schlaflosen Nacht steht sein Entschluss fest! Er wird sich einen Gasrevolver zulegen! Er hofft, dass ihn dieses Ding beruhigen kann.

Dezember 2012

Der Mörder ist gerade in Brüssel angekommen. Die Adresse des Importeurs ist ihm noch von früher bekannt. Er weiß, dass er sich dort in einem schalldichten Kellerraum durch Schießübungen mit der Waffe seiner Wahl vertraut machen kann.

Dort angekommen, entscheidet er sich für einen Trommelrevolver der Marke ´Smith & Wesson` mit sechs Kammern, der sehr gut in der Hand liegt.

Zwei mal sechs Schuss darf er im Keller abgeben, bevor er sich für den Kauf entscheidet.

Beeindruckt kann er feststellen, dass die erprobte Durchschlagskraft den Zweck optimal erfüllen wird.

Endlich! Jetzt kann es weitergehen!

Ich überlege, ob ich nicht gleich über Iserlohn zurück fahren soll. Aber wie will ich denn dort vorgehen? Ich kenne ja die Örtlichkeiten überhaupt noch nicht.

Egal, das werde ich vor Ort entscheiden. Zunächst werde ich mal die Gegebenheiten ausbaldowern und dann sehe ich weiter.

Was ist nur los mit mir? Immer wieder habe ich mit Zweifeln zu kämpfen. Ist es richtig, was ich tue? Rechtlich gesehen natürlich nicht – und moralisch? Gibt es überhaupt so etwas wie Wiedergutmachung? Ich spüre, wie mich die Schuld niederdrückt und doch – etwas in mir zwingt mich, weiterzumachen!

Montag, 9. Dezember 2012

Den Entschluss, von Brüssel direkt nach Iserlohn zu fahren, hat der Mörder ganz spontan gefasst. Langsam fährt er durch die Straße, in der der Anwalt Rolfes wohnt und parkt seinen Wagen dann vorsichtshalber etwa 300 Meter vom Haus entfernt in einer Seitenstraße. Ein Blick in den Rückspiegel zeigt ihm: Seine Perücke sitzt perfekt. Er steigt vorsichtig aus, sieht sich nach allen Seiten um und prüft den Sitz des Holsters. Gut so! Die Waffe ist also griffbereit.

Er zwingt sich, langsam zu gehen, um keine Aufmerksamkeit zu erregen. Er nähert sich dem Haus auf der anderen Straßenseite. Er weiß immer noch nicht, wie er vorgehen soll, obwohl er während der gesamten Strecke versucht hat, sich darüber klar zu werden, was er überhaupt will.

Sein Fuß stockt. Der Audi A8 des Anwalts steht vor der Einfahrt und mit Entsetzen bemerkt er, dass Meinhard Rolfes gerade lachend aus der Haustür tritt und einen Rollkoffer in der Hand hält. Eine Frau, von der der Mörder annimmt, dass es Frau Rolfes ist, folgt ihm. Auch sie ist offensichtlich gut gelaunt und trägt eine größere Ledertasche zum Auto. Nun kommt auch noch ein junges Mädchen aus der Tür. Das ist wohl die Tochter des Hauses, überlegt er. Meinhard steigt in den Wagen, während seine Frau noch schnell das junge Mädchen umarmt, lacht und dann ebenfalls einsteigt.

Der Mörder beobachtet die Abschiedsszene ganz genau, muss sich jedoch dabei auch auf sein Schritttempo konzentrieren, um nicht stehen zu bleiben.

Der Audi fährt langsam an und rollt direkt an ihm vorbei. Erschrocken bemerkt der Mörder, dass Meinhard zu ihm herüber sieht. Mit einem erleichterten Seufzer registriert er: Gott sei Dank, er erkennt mich nicht!

Der schwere Wagen beschleunigt ein wenig, blinkt und biegt in die Hauptstraße ein. Die Tochter winkt hinterher und verschwindet dann im Haus.

Jetzt weiß er endgültig, dass er vergebens gekommen ist. Enttäuscht und zugleich erleichtert tritt er den Rückzug an und bemerkt in dem Moment, dass an seinem Wagen eine Politesse steht. Blitzschnell reißt er die Perücke vom Kopf und steckt sie in seine Manteltasche. Gerade noch rechtzeitig gewinnt er die Kontrolle über sich zurück und geht nun selbstsicher auf die Politesse zu. Sie sieht ihn fragend an: „Ist das Ihr Wagen?"

Er nickt und sagt gespielt zerknirscht: „Oha, das sehe ich jetzt erst, ich habe ja im Halteverbot geparkt."

„Darf ich Ihre Papiere sehen?"

„Ja natürlich." Umständlich kramt er seinen Ausweis und die Zulassung hervor und zeigt ihr die Dokumente.

Ihr Verhalten ändert sich schlagartig. Sie gibt ihm die Ausweise zurück und sagt verbindlich:

„Na ja, Sie kommen ja von weit her, dann wünsch` ich Ihnen noch eine gute Heimfahrt."

„Danke", lacht er, steigt ein und atmet tief durch.

Jetzt nichts wie ab nach Hause, denkt er und steuert die nächste Autobahnauffahrt gen Norden an.

Freitag, 20. Dezember 2012

Zur morgendlichen Lagebesprechung sind alle versammelt, lassen die Begrüßungsworte von Dr. Schneider über sich ergehen und lauschen dann gespannt dessen weiteren Ausführungen zu den Fällen, die alle schon so lange in Atem halten:

„Ich fasse noch einmal zusammen:
1. Wir wissen jetzt so ziemlich genau, was damals in Odense passierte. Alle Fakten zusammen genommen ergeben ein klares Bild von dem Ablauf des Geschehens.
2. Wir kennen sicher die vier beteiligten Männer, die allerdings nichts mehr sagen können.
3. Der Rechtsanwalt Meinhard Rolfes aus Iserlohn war wahrscheinlich auch dabei – beweisen lässt sich das bisher allerdings nicht.
Soweit sehen wir klar und können in der Richtung weiter recherchieren, aber die Staatsanwaltschaft macht leider enormen Druck, weil uns die Presse im Nacken sitzt und Stimmung gegen uns macht – und das finde ich äußerst uncharmant, wenn ich das mal so salopp sagen darf!“

Spontan ergreift Lena das Wort:
„Herr Doktor, ich hatte intern schon einmal vorsichtig geäußert, dass wir davon ausgehen können, dass die Klärung der Fälle unmittelbar bevorzustehen scheint. Wir haben schon so viele Fakten, aber ganz offensichtlich haben wir eine kleine Nebensächlichkeit übersehen oder nicht richtig bewertet.“

Stefan fährt aufgebracht dazwischen:
„Lena, woher nimmst du diese Weisheit? Natürlich kann es angehen, dass wir etwas übersehen haben, aber worauf gründest du denn dann deinen Optimismus?“

Lena wendet sich hilfesuchend an Fernando:

„Fernando, sag du doch auch mal deine Meinung dazu."

Fernando räuspert sich, wartet, bis sich die Wogen geglättet haben und beginnt dann bedächtig:

„Es ist richtig, dass wir schon vieles herausgefunden haben, das Entscheidende allerdings noch nicht. Alle Befragungen sind zwar aufschlussreich, haben das Gesamtbild aber nur abrunden können. Jetzt fehlt uns allerdings noch die Familie Schreiber, die wir noch nicht befragt haben. Vielleicht können die uns etwas Entscheidendes berichten."

„Wieso ist das noch nicht geschehen?", poltert Stefan dazwischen.

„Weil ich ein Kreuzfahrtschiff in der Karibik nicht anhalten kann. Ich musste das auf Wiedervorlage legen. Übrigens müssen die gerade heute ankommen."

„Schön, dass wir das auch noch mal wissen dürfen", zischt Lena spitz und sieht Fernando vorwurfsvoll an.

„Lena, fang nicht an komisch zu werden, das mag ich nicht haben! Und es bringt uns auch nicht weiter, wenn wir uns jetzt zerfleischen! Natürlich liegen die Nerven bei uns allen blank, aber wir dürfen jetzt nicht von der professionellen Richtlinie abweichen!"

Als sie nach der Besprechung in Lenas Büro sitzen, sagt Lena kleinlaut:

„Fernando, ich möchte mich entschuldigen, das war blöd von mir, aber dieser Fall quält mich dermaßen, dass ich manchmal nicht mehr klar denken kann. Gehst du heute trotzdem mit mir aus?"

Er grinst und kontert:

„Das muss ich mir erst noch einmal genau überlegen."

Sein Gesichtsausdruck verrät ihn aber; Lena fasst ihn erleichtert um und küsst ihn.

Abends, kurz vor dem Schlafengehen, kommt Lena noch einmal auf das Dienstliche zurück:

„Fernando, ich denke gerade noch mal über alles nach. Mir schoss neulich ein Gedanke wie ein Blitz durch den Kopf, aber ich konnte ihn nicht festmachen. Es ist aber so etwas wie ein ´Aha–Gefühl` nachgeblieben, deshalb habe ich das vorhin auch so spontan geäußert. Ich begreife einfach nicht, wieso ich nicht in der Lage bin, diesen Gedanken oder besser gesagt, diese Erkenntnis zu rekapitulieren."

Fernando nimmt sie in den Arm und tröstet:

„Jetzt entspann dich mal, irgendwann kommt der Gedanke wieder. Mir geht es ja genauso – ich habe ja auch schon einmal ganz fürchterlich gestutzt, aber auch ich kann mich nicht mehr erinnern, wann und was das war. Es muss entweder bei einer Befragung oder bei einer Besprechung gewesen sein. Aber glaub mir, ganz sicher macht der Mörder irgendwann doch noch einen entscheidenden Fehler und dann haben wir ihn. Wir können nur beten, dass es nicht mehr allzu lange dauert und vor allem, dass er nicht erneut zuschlägt, denn die Presse trommelt ja schon mächtig gegen uns. Unter so einem Zeitdruck zu arbeiten ist alles andere als hilfreich!"

Freitag, 4. Januar 2013

Das neue Jahr 2013 ist angebrochen.

Stefan, Fernando und Lena sitzen in der Kantine und versuchen zum wiederholten Male, die vier Mordfälle von vorn nach hinten aufzurollen und abzugleichen. Sie stecken fest. Mit den bekannten Fakten kommen sie einfach nicht weiter. Fernando sinniert:

„Mich wundert es, dass der zeitliche Abstand größer geworden ist. Lange ist nichts passiert. Das sieht doch nach einer begrenzten Zahl der zu erwartenden Opfer aus, oder nicht? Es stellt sich jetzt die Frage: Ist die Serie vielleicht schon zu Ende? Oder kommt noch etwas?"

Stefan antwortet nachdenklich:
„Na hoffentlich nicht! Mich nervt der heutige Bericht in der Zeitung."

'Vier Morde und nichts passiert`, so heißt heute die Hauptmeldung der Kieler Nachrichten. Es wird mehr oder minder zart angedeutet, dass wir wegen Unfähigkeit nicht weiter kommen! Die stellen uns in den Senkel, das ist doch nicht in Ordnung!", regt er sich auf.

Lena bemerkt, dass Fernando unglücklich aussieht und fragt ihn rundheraus:

„Fernando, du hast doch was, was ist los? Haben wir etwas falsch gemacht? Läuft etwas nicht so wie es sollte?"

„Nein, nein, ich habe ein ganz anderes Problem; Wiesbaden hat nachgefragt, wann das hier beendet sein wird. Ich soll einen Bericht abgeben. Von der Seite kommt jetzt also auch noch Druck."

Lena sieht enttäuscht von einem zum anderen und schluckt mühsam die aufsteigenden Tränen herunter. Daraufhin beruhigt Fernando sie:

„Nicht traurig sein, ich will versuchen, mich versetzen zu lassen. Ich habe sogar schon meine Fühler ausgestreckt, denn ich wusste ja, dass diese Anfrage irgendwann einmal kommen würde. So schnell hatte ich allerdings nicht damit gerechnet. Ich habe erfahren, dass als mögliche Standorte Lübeck und Kiel zur Debatte stehen."

„Das wäre ja prima", ruft Lena erleichtert und lacht erfreut auf.

Stefan sieht beide warmherzig an:

„Ich würde mich freuen für euch beide, aber bitte jubelt nicht zu früh. Bei uns mahlen die Mühlen langsam, wie ihr wisst. So etwas kann manchmal noch lange dauern. Aber nun müssen wir erst recht mit Volldampf zu unserer Arbeit zurückkehren Ich werde jetzt erst einmal zu Hans Kontakt aufnehmen. Ich will wissen, wie es mit seiner Kur aussieht und ab wann wir wieder voll mit ihm rechnen können. Wir brauchen jetzt jede Hand!"

Hans brütet über Bildern und Schriftstücken, die sortiert vor ihm auf dem Schreibtisch liegen, als Stefan sein Büro betritt, sich über seine Schulter beugt und fragt:

„Na Hans, gibt's Schwierigkeiten?"

„Ja, wie du siehst, ist mein Fall umfangreich und verworren. Immer wieder muss ich von vorn anfangen, um den Faden nicht zu verlieren."

Stefan nickt, zieht sich einen Stuhl heran und fragt:

„Hans, ich wollte nach deiner Kur fragen. Weißt du schon das Datum? Ich muss ja auch planen können."

„Gut dass du fragst. Gerade wurde mir die dritte und vierte Kalenderwoche jetzt im Januar angeboten."

„Uff – so schnell schon? Ok, das muss mir erst einmal reichen – was sein muss, muss sein!", erwidert Stefan und verlässt mit schnellen Schritten das Büro.

Montag, 7. Januar 2013

In dem Vorzimmer der Kanzlei Rolfes klingelt das Telefon. Eine männliche Stimme meldet sich:

„Guten Tag, mein Name ist Wagner, kann ich Herrn Rolfes sprechen?"

Die Sekretärin schüttelt bedauernd den Kopf und erklärt:

„Nein, das geht leider nicht, Herr Rolfes befindet sich auf einer Fortbildung und kommt erst am nächsten Wochenende zurück. Kann ich ihm etwas ausrichten?"

„Ja, ich möchte gern einen Termin haben. Ich brauche einen juristischen Rat. Es muss nicht über Tag sein, mir würde ein Termin so gegen Abend sehr gut passen."

„Gut ich schau mal nach, welche Termine er bisher notiert hat. Warten Sie, ja, ich sehe gerade, am Freitag, den 18. Januar ist um 17 Uhr noch etwas frei."

„Am 18. Januar?", wiederholt der Anrufer, überlegt kurz und bestätigt dann:

„Ja, das passt! Gut, ich werde pünktlich um 17 Uhr da sein, haben Sie vielen Dank."

Die Sekretärin notiert den Namen ´Wagner` und die Uhrzeit im Kalender und wendet sich wieder ihrer Arbeit zu.

Mein Herz rast. Mühsam zwinge ich mich zur Ruhe und trockne mir die schweißfeuchten Hände. Nun heißt es wieder: Warten! Noch fast zwei Wochen! Halte ich das aus?

Nur Ruhe – erst will ich ja nur mit ihm sprechen. Ich muss wissen, ob er Reue zeigt. Erkennen wird er mich nicht, dafür werde ich schon sorgen.

Eigentlich ist es doch gut, dass ich jetzt noch etwas Luft habe. Das Gespräch muss optimal vorbereitet und durchdacht werden. Ich darf keinen einzigen Fehler mehr machen!

Und was mache ich, wenn es doch eskalieren sollte? Dann muss ich spontan entscheiden, ob ich meinen Plan entweder durchsetze oder verwerfe.

Ich muss jetzt Schritt für Schritt genau durchdenken und planen; ich muss alle Eventualitäten mit einbeziehen und für alles eine Antwort parat haben, damit ich nicht in Erklärungsnot komme und mich zu etwas hinreißen lasse, was ich eigentlich noch gar nicht vorhatte.

Mittwoch, 8. Januar 2013

Lena macht sich auf den Weg zu dem Ehepaar Schreiber, um die noch ausstehende Befragung durchzuführen.

Als sie vor dem Mehrfamilienhaus im Schützenwall hält, denkt sie noch einmal nach. Ihr fällt ein, dass zwei Namen immer noch ungeklärt herumgeistern. Bernd und Hans-Jürgen. Nach diesen beiden Namen will sie auch hier unbedingt fragen. Ihr ist durchaus bewusst, dass bei der Befragung nicht unbedingt etwas herauskommen wird.

Zögernd drückt sie den Klingelknopf. Durch die Rufanlage vernimmt sie eine forsche Stimme:
„Ja bitte, wer ist denn da?"
Lena nennt ihren Namen und ihren Dienstgrad und bittet um Einlass. Sofort ertönt der Summer und gibt Lena den Weg in den 1. Stock frei. Die Wohnungstür der Schreibers wird vorsichtig geöffnet und neugierig erscheinen zwei Köpfe in dem Türspalt. Nachdem Lena sich ausgewiesen hat, wird sie ins Wohnzimmer gebeten. Auf dem Sofa im Biedermeierstil sitzend schildert sie den Fall in groben Einzelheiten, sieht dann Werner Schreiber an und fragt:
„Haben Sie früher auch Handball gespielt?"
„Ja, ich war im KTV und später auch noch im THW."
„Sagen Ihnen Namen wie Siegfried, Andreas, Hans-Jürgen, Bernd oder Sebastian etwas?"
Er denkt nach, steht auf, geht zu einem Sideboard, zieht eine Schublade auf und entnimmt ein Album. Langsam sucht er nach einer bestimmten Seite und sagt dann triumphierend:
„So, ja, hier, danach habe ich gesucht! Schauen Sie, ich habe hier ein Gruppenbild, das bei einem Turnier in Dänemark geschossen wurde. Warten Sie, ich will mal sehen, ob ich noch Gesichter zuordnen kann."

Lena sieht, dass es sich um ein Foto mit ca. 50 Sportlern handelt. Die Gestalten sind leider klein und etwas unscharf, aber bei einem der Gesichter bleibt er hängen, zeigt darauf und sagt:

„Der hier, schauen Sie mal, das ist Sebastian. Wie er weiter heißt, kann ich nicht sagen. Ich weiß nur, dass er beinah nach Hause geschickt worden wäre."

„Warum das denn?", will Lena wissen.

„Er wurde aus einem Mädchenzelt herausgeholt. Eine Betreuerin hatte das bemerkt und wollte ihn auf der Stelle nach Hause schicken. Aber einige der Trainer wollten ihm noch einmal eine Chance geben, weil er für die Mannschaft enorm wichtig war."

Lena registriert für sich, dass sich diese Aussage über Sebastian Deutschendorf exakt mit andern Aussagen deckt. Sie hakt nach:

„Und Hans-Jürgen, wer kann das sein?"

Er schaut noch einmal alle genau an und sein Blick bleibt an einem anderen Sportler hängen:

„Das hier, ja, das könnte Hans-Jürgen sein. Ich bin mir aber nicht hundertprozentig sicher."

Er wird nachdenklich und meint dann:

„Der Nachname liegt mir auf der Zunge, mit S fängt er an, glaube ich wenigstens."

„Meinen Sie Seemann?"

„Nein, Seemann nicht, aber mit S war es!"

„Und Bernd, können Sie den auch finden?"

„Bernd? Nein, der Name ist mir nicht geläufig, den kenne ich gar nicht. Ich glaube nicht, dass der hier auf dem Foto ist."

„In welcher Mannschaft haben Sie denn dort gespielt?" fragt Lena weiter:

173

„Ich habe leider gar nicht gespielt. Ich bin nur mitgefahren; ich war verletzt, ich hatte einen Muskelfaserriss und durfte nur zusehen."

Lena fragt, ob sie das Bild mitnehmen dürfe. Nickend gibt er es ihr, bittet aber um Rückgabe. Sie bedankt sich für seine Hilfe und verspricht, das Bild sobald wie möglich zurück zu geben.

Niedergeschlagen besteigt sie ihr Dienstfahrzeug und berichtet Stefan telefonisch, dass auch bei den Schreibers keine neuen Erkenntnisse zu verbuchen sind.

Freitag, 18. Januar 2013

Pünktlich um 17 Uhr klingelt es an der Tür des Anwalts Meinhard Rolfes. Herr Rolfes öffnet persönlich, denn seine Sekretärin ist bereits ins Wochenende gegangen.

„Guten Abend. Bitte, kommen Sie herein, nehmen Sie Platz", begrüßt er den neuen Mandanten.

Nachdem sich der Besucher mit dem Namen Moritz Wagner vorgestellt hat, fragt Meinhard Rolfes:

„Was kann ich für Sie tun, Herr Wagner?"

„Ich würde gern Ihre Meinung zu einem etwas pikanten Fall hören. Es ist mir etwas peinlich und ich weiß nicht so recht, wie ich anfangen soll", beginnt der Gast stockend.

„Versuchen Sie es doch einfach", schlägt der Anwalt verständnisvoll vor und fügt hinzu:

„Ihnen braucht nichts peinlich zu sein. Ich unterliege der Schweigepflicht. Aber verraten Sie mir doch zunächst, wie Sie auf mich gekommen sind?"

Mit dieser Frage hat der Gast offensichtlich nicht gerechnet. Er benötigt eine kleine Bedenkzeit, sammelt seine Gedanken und berichtet dann:

„Ich komme aus Dortmund und habe mich rein zufällig für Iserlohn entschieden, weil ich geschäftlich oft hier durchfahre. Ihre Adresse habe ich aus dem Telefonbuch herausgesucht."

„Aha. Gut, dann fangen Sie doch mal an zu erzählen!"

„Ich hätte gern Ihre Einschätzung zu einer Sache, die mich nicht loslässt. Vor vielen Jahren habe ich an einem Verbrechen teilgenommen. Allerdings nicht aktiv, aber doch passiv! Die Tat wurde zwar nicht aufgeklärt, aber ich kann nachts nicht mehr schlafen. Ich möchte wissen, was mich erwartet, wenn man uns auf die Spur kommt."

Meinhard Rolfes sieht den Gast nachdenklich an, fragt dann langsam:

„Darf ich fragen, um was für ein Verbrechen es sich gehandelt hat?"

Der Gast rutscht unruhig auf seinem Sessel hin und her. Er weiß, dass jetzt ein entscheidender Hinweis kommen muss:

„Wir waren mit einer Sportmannschaft unterwegs und einige von uns haben ein Mädchen vergewaltigt."

Meinhard bricht der Schweiß aus. Sein Herz beginnt zu hämmern. Er muss sich gewaltsam zur Ruhe zwingen. Er versucht abzuschätzen, ob das wohl ein Zufall sein könne. So etwas gibt es doch nicht, denkt er erschrocken. Wer ist sein neuer Mandant? Er nimmt allen Mut zusammen und fragt:

„Wo hat denn diese Tat stattgefunden?"

„In Österreich", erklärt der Gast.

Langsam egalisiert sich der Blutdruck des Anwalts. Er gewinnt seine alte Form zurück und wird nun ganz geschäftsmäßig:

„Wie viele waren denn dabei, und wie hängt das mit Ihnen zusammen? Ach, und was ist aus dem Mädchen geworden?"

Jetzt muss der Gast auf der Hut sein und seine Worte vorsichtig wählen:

„Wir waren sechs, zwei sind verstorben, aber mit mir leben noch vier. Und jetzt will sich einer offenbaren, weil er mit der Schuld nicht mehr leben kann. Das Mädchen hat die Tat leider nicht überlebt. Deshalb habe ich ja solche Angst."

Das kann Meinhard sehr gut nachvollziehen. Er strafft die Schultern und fragt:

„Was genau wollen Sie von mir wissen?"

„Ich würde gern die strafrechtlichen Konsequenzen erfahren. Ich habe mir natürlich auch die Frage der Moral gestellt. Die Tat kann nicht wieder gutgemacht werden, das ist klar. Aber kann man nicht auch durch andere gute Taten Reue zeigen und Buße tun?"

Meinhard ist sich durchaus der Parallele zu Odense bewusst. Er gewinnt vollends seine Sicherheit wieder mit den Worten:
„Naja, erst einmal müsste man Ihnen die Teilnahme nachweisen können. Selbst wenn jetzt einer von Ihnen umkippt, muss das nicht ein sicherer Beweis dafür sein, dass Sie dabei waren. Offensichtlich ist die Polizei damals nicht gerade erfolgreich gewesen. Gut, den Kameraden müssten Sie jetzt überzeugen, dass eine Offenbarung nach so vielen Jahren total unsinnig wäre."
Diese Worte kommen so glatt und cool aus dem Mund des Anwalts, dass der Gast glaubt, dessen Einstellung richtig einschätzen zu können. Moral und Gerechtigkeit scheinen für den Anwalt nichts als abstrakte Begriffe zu sein. Mit juristischen Spitzfindigkeiten, besser gesagt, mit juristischer Intelligenz, scheint für ihn alles lösbar zu sein.

Er ist also auch nicht besser als alle anderen!
Man hat ja schon des Öfteren erleben müssen, dass sogenannte Staranwälte sogar die übelsten Mörder durch Spitzfindigkeiten, Schlitzohrigkeit oder Wortklauberei herausgehauen haben.
Wie oft werden Recht und Gerechtigkeit durch Haarspalterei geopfert, und trotzdem wird Recht im Namen des Volkes gesprochen; irrsinnigerweise!

Nach diesen bitteren Gedanken stellt der Gast jetzt eine Frage, die er sich vorher genau überlegt hat. Zunächst hatte er diesen Gedanken verworfen, aber im Verlauf des Gesprächs verdichtet sich seine Meinung in Bezug auf die Wichtigkeit dieser einen Frage:

„Was würden Sie denn tun in meiner Situation?"

Erneut beginnt Meinhards Herz zu rasen. Hektische Flecken breiten sich an seinem Hals aus. Irgendetwas kommt ihm unheimlich vor.

Eine Eiseskälte kriecht in ihm hoch und ergreift Besitz von seinem Inneren. Er ringt um eine richtige, plausible Erklärung, steht auf, um Zeit zu gewinnen und geht ans Fenster, blickt in den dunklen Garten und findet schließlich folgende Erklärung:

„Mord und Vergewaltigung sind durch nichts zu rechtfertigen! Sie sprachen davon, dass zwei Männer bereits verstorben sind. Waren es natürliche Umstände?"

Jetzt hat er Angst, denkt der Gast, *jetzt ist er verunsichert.*

„Beide konnten mit der Last nicht leben und haben sich das Leben genommen."

„Das ist ja tragisch", bedauert der Anwalt und fährt fort: „Und was ist mit dem, der sich jetzt offenbaren will?"

„Tja, was der jetzt machen wird, weiß ich ja auch nicht so genau. Deshalb brauche ich ja Ihren Rat", seufzt der Gast.

„Könnte man das nicht mit Geld lösen? Oder kann man ihn irgendwie anders überzeugen? Im Notfall mit etwas härteren Maßnahmen?"

„Raten Sie mir etwa zu einem Mord?", entfährt es dem Gast entgeistert.

„Um Gotteswillen, nein, natürlich nicht, das haben Sie falsch interpretiert! Ich meinte nur andere Maßnahmen, welche, weiß ich natürlich auch nicht."

Der Gast verspürt plötzlichen Harndrang und fragt, ob er die Toilette benutzen dürfe. Dort lässt er kaltes Wasser über seine Handgelenke laufen und denkt fieberhaft nach. Seinen Revolver trägt er bei sich, den Schalldämpfer auch ...

Er fühlt sich jedoch nicht in der Lage, eine endgültige Entscheidung zu treffen. Er genießt es sogar ein wenig, den Anwalt zappeln zu sehen. Er kann sich gut in dessen Gefühlswelt hinein versetzen.

Einerseits glaubte er im Laufe des Gesprächs zu der richtigen Einschätzung gelangt zu sein, wie die moralische Grundeinstellung des Anwalts wohl sein mochte. Andererseits bemerkt er jetzt allerdings, dass er selbst so etwas wie Verbundenheit mit ihm fühlt. Er weiß nicht, warum und wieso, aber dieses Gefühl gewinnt mit einem Mal die Überhand in ihm:

Nein, so gefühlskalt und roh, wie er tut, ist der nicht, das merke ich!

Er verlässt das Badezimmer und bittet um die Rechnung für diese Unterhaltung.

„Für die erste Stunde bekomme ich 120 Euro und für jede weitere angefangene Stunde 80 Euro."

Der Gast zückt seine Brieftasche und fragt, ob er wohl noch einmal wiederkommen dürfe. Er wolle noch einmal alles genau überdenken. Der Anwalt nickt zustimmend und schlägt ihm für einen weiteren Termin Montag, den 21. Januar – 17 Uhr vor.

Montag, 21. Januar 2013

Während der letzten Tage hat Fernando sich bemüht, alle Fakten noch einmal genau unter die Lupe zu nehmen und alle Einzelheiten mit Stefan und Lena zu besprechen. Unstrittig ist, was damals in Odense geschehen war; vier der laut DNA beteiligten Täter sind inzwischen ermordet worden, der vermutlich Fünfte wohnt in Iserlohn und geht seinem Beruf nach. Trotz des Negativ-Befundes nach der DNA-Analyse bleibt der Verdacht, dass der Anwalt an dem damaligen Verbrechen beteiligt war. Die bisherigen Erkenntnisse verdichten sich jedoch dahin gehend, dass der Anwalt auf keinen Fall der Mörder der vier Männer sein kann.

Als Täter scheidet Nummer 5 eindeutig aus; es muss also noch einen sechsten Mittäter geben, sind sich die Beamten sicher. Dadurch wird ihnen klar, dass der Anwalt in großer Gefahr schweben könnte!

Die drei Ermittler kommen zu dem übereinstimmenden Entschluss, dass eine Überwachung von Meinhard Rolfes dringend geboten ist und sie dadurch möglicherweise sogar den Mörder überführen könnten.

„Das ist es. Der Anwalt muss rund um die Uhr überwacht werden", ruft Fernando aufgeregt.

„Das bekommen wir, wenn überhaupt, nur für eine begrenzte Zeit genehmigt, das weißt du ganz genau", dämpft Stefan seinen Optimismus.

„Das ist richtig, aber der Mörder kann doch jeden Augenblick wieder zuschlagen und wir sind verpflichtet, Herrn Rolfes zu schützen!", begehrt Lena heftig auf.

Fernando weiß durch seine Ausbildung zum Profiler: „Alle Mörder tragen eine schwere Last. Manchmal sind ihre Taten Hilferufe an die Gesellschaft. Sie wollen sprechen, sich rechtfertigen oder, in ganz extremen Fällen, sich mit den

Taten brüsten. Auf Dauer können Geheimnisse in Kombination mit Schuldgefühlen sehr zerstörerisch wirken."

Eine Weile herrscht Schweigen nach diesen Erklärungen. Stefan und Lena lassen die Worte auf sich einwirken, bevor sie die weitere Vorgehensweise abstimmen.

Einig sind sie sich, dass sie Meinhard Rolfes überwachen müssen, aber uneinig, ob er davon Kenntnis haben soll. Lena ist dafür, die beiden Männer sind dagegen. Sie befürworten die verdeckte Überwachung.

Was liegt nun näher, als sich mit Leo Kretzer aus Dortmund abzustimmen? Fernando ruft ihn sofort an:

„Hallo Leo, hier spricht Fernando!"

„Na das ist ja eine Überraschung", freut sich Leo, „wie geht es dir, wie geht es Lena?"

„Uns beiden geht es gut, danke der Nachfrage. Mein Anruf ist dienstlicher Natur, wir möchten dich gern um etwas bitten."

„Na dann schieß mal los, ich bin ganz Ohr."

„Wir brauchen mal wieder eure Hilfe! Wir denken gerade über eine ´24-Stunden-Überwachung` für Meinhard Rolfes in Iserlohn nach."

„Mensch Fernando, weißt du, wie schwer das durchzubekommen ist? Natürlich werde ich mich gleich bemühen, aber versprechen kann ich nichts!"

„Ja Leo, das weiß ich. Kannst du das trotzdem einmal ausloten?"

„Ok, ich werde es versuchen! Sag, wie geht es Lena, seid ihr noch zusammen?"

Lena hört mit, wartet gespannt auf Fernandos Antwort und sieht ihn aufmunternd an.

„Natürlich Leo, wir sind zusammen, und wenn Lena nicht frech wird, frage ich sie demnächst etwas Wichtiges."

„Ich kann mir schon denken, was", lacht Leo ins Telefon und verabschiedet sich mit besten Wünschen und der Zuversicht auf eine positive Antwort von der dortigen Staatsanwaltschaft.

Lena lächelt verzagt und verspricht gespielt reumütig:

„Gut, dann werde ich mich jetzt zusammenreißen und möglichst nichts mehr sagen!"

Stefan lacht und prophezeit:

„Lena, das brauchst du gar nicht erst zu versuchen, das schaffst du niemals – bei deinem Temperament!"

Fernando geht um den Schreibtisch herum, nimmt sie in den Arm und ruft theatralisch:

„Ich liebe temperamentvolle Frauen!"

Lena, die fast immer das letzte Wort hat, schimpft jetzt fast ein wenig wütend:

„Auf eine Frage kann es zwei Antworten geben – Ja oder Nein. Und wenn du noch einmal so einen Machospruch loslässt, ist meine Antwort Nein!"

Jetzt ist es an Fernando, verlegen zu werden und er sieht Stefan hilfesuchend an:

„Was soll ich bloß mit dieser Frau machen?"

Stefan schüttelt lachend den Kopf und sagt jetzt sehr bestimmt:

„So, Schluss jetzt mit der Turtelei, jetzt geht´s wieder an die Arbeit. Eine Überwachung muss schließlich gut vorbereitet werden."

Stefan will gewohnheitsmäßig noch schnell zu Hans ins Büro gehen, biegt aber dann in sein Büro ab, weil ihm einfällt, dass Hans noch nicht von seiner Kur zurück ist.

Er hatte telefonisch um etwas zusätzliche Zeit zum Relaxen gebeten, weil ihm die Nachwirkungen seiner Operation immer noch zu schaffen machen.

In Iserlohn sind bereits die Straßenlaternen an, als es pünktlich um 17 Uhr an der Tür der Anwaltskanzlei klingelt. Wie schon bei dem ersten Besuch öffnet Meinhard Rolfes persönlich.

„Hallo, kommen Sie herein, wollen wir gleich loslegen?"
„Ich denke, ja", ist die kurze Antwort.

„Möchten Sie wieder mit dem Erzählen beginnen?", fragt der Anwalt.

„Ja, ich versuche, den Faden wiederzufinden, um an den letzten Besuch anknüpfen zu können. Wenn ich mich nicht irre, war meine letzte Frage am Freitag ja die, dass ich von Ihnen wissen wollte, wie Sie sich entscheiden würden, sollten Sie sich in meiner Situation befinden, oder?"

„Ja, das war Ihre letzte Überlegung. Ich habe mir inzwischen Gedanken gemacht und versucht, mich in den Täter, der sich stellen möchte, hinein zu versetzen. Moral hin, Moral her, ich kann das so nicht nachvollziehen. Es ist doch offensichtlich schon viel Zeit vergangen. Dieses Vorhaben halte ich schlicht für abwegig."

Der Gast sieht Meinhard durchdringend an, räuspert sich und fragt nachdenklich: „Wenn man jetzt nur mal an das Opfer denkt – ist es da nicht auch legitim, einen Mord als Vergeltung zu begehen?"

„Nein, natürlich nicht! Vor dem Gesetz ist es natürlich nicht legitim! Moralisch gesehen kann man tatsächlich ins Grübeln kommen, das gebe ich zu. Grenzsituationen kann es immer geben. Zum Beispiel, wenn das eigene Kind ermordet würde. Ich wüsste nicht, wie ich handeln würde, wenn ich des Täters habhaft werden könnte!"

Der Gast spricht wie zu sich selbst:

„Naja, es kommt doch auch darauf an, wo man lebt."

Meinhard schaut ihn verständnislos an. Er versteht dieses Argument nicht.

„Wie bitte? Wie meinen Sie das denn?", entfährt es ihm.

„Denken Sie an die Blutrache, an Vergeltung und Rache im Allgemeinen. Wenn Sie in Saudi Arabien leben würden, wäre ein Mord aus diesen Gründen sehr wohl legitim. Oder zum Beispiel im Iran, dort ist es doch auch gang und gäbe."

Jetzt versteht der Anwalt, überlegt und sucht nach den richtigen Worten:

„Sie haben natürlich Recht, aber wir hier unterliegen glücklicherweise unseren Wertvorstellungen und Gesetzen. Solche Strafen sind bei uns nicht vorgesehen und auch nicht gutzuheißen!"

„Gut", fährt der Gast fort: „Was ist mit der Vernichtung von Menschen durch Menschen? Denken Sie nur an Mobbing. Physische und psychische Gewalttaten, die nie durch Gesetze geahndet werden können. Auf diesen Gebieten werden doch auch Menschen vernichtet und manchmal sogar in den Tod getrieben. Denken Sie an Manager, die in der Regel sehr viel Geld verdienen und trotzdem durch Unfähigkeit, Überheblichkeit oder Ignoranz oft sehr viele Menschen unglücklich machen, indem sie gewissenlos ihrer Gier nachgeben, durch überzogenes Risiko Geld verbrennen und dadurch Existenzen vernichten – und was geschieht denen? Es geschieht ihnen nichts – auch bei uns nicht! Im Gegenteil – diese ´Macher` sind trotzdem zweihundert Mal mehr wert als ein redlicher Facharbeiter. Ist das gerecht?!

Denken Sie an Afrikaner, die nur ihr Leben retten möchten und deshalb nach Europa kommen. Diese Menschen möchten doch einfach nur leben und das ist doch ihr gutes Recht, oder? Und trotzdem werden sie von uns Europäern nur ungern geduldet und häufig sogar übelst angefeindet. Und noch eines: denken Sie mal an die Gesetze unserer jüngsten Vergangenheit! Damals wurde ja Recht gebeugt, indem man es zu Recht erklärte! Das ist nach unseren heutigen Moralvorstellungen doch weder rechtens noch gerecht!"

Fasziniert hat Meinhard zugehört. Dieser Redeschwall beeindruckt ihn sehr. Aber er fragt sich im Stillen: Warum erzählt er mir das alles? Was hat das mit seinem Problem zu tun? Welche Antwort erwartet er von mir? Schließlich sagt er:

„Sie haben natürlich Recht mit den Missständen, die überall und auf jedem Gebiet existieren. Aber was erwarten Sie von mir? Worauf wollen Sie hinaus, was soll ich Ihnen raten?"

„Ich dachte, dass Sie Erfahrung in solchen Fällen haben oder ähnliches schon einmal erlebt haben könnten."

Meinhard Rolfes stockt der Atem, abermals spürt er, wie sich Eiseskälte in ihm ausbreitet. Die Angst in ihm nimmt Überhand, Stirn und Hände sind schweißfeucht. Verzweifelt fasst er sich ein Herz und fragt mit rauer Stimme:

„Was meinen Sie denn mit Erfahrungen, die ich gemacht haben könnte?"

„Naja", erwidert der Gast, „als Rechtsanwalt bekommt man doch so einiges zu hören, denke ich."

Meinhards Gefühlschaos lässt sich nicht mehr verheimlichen. Er weiß nicht, wie er sich verhalten soll. Der Verdacht, dass der Gast einer der Handballer von früher sein könnte, nimmt jetzt immer mehr Raum in seinen Gedanken ein.

Er grübelt, ob er ihn dann nicht kennen müsste, kommt jedoch zu keinem Ergebnis. Er bemüht sich, den Gast seine Unsicherheit nicht merken zu lassen und sagt kurz angebunden:

„Zu meinen Erfahrungen aus anderen Fällen will und darf ich nichts sagen! Ich muss alles, was Sie mir erzählt haben, noch einmal überdenken und bitte darum, dass wir für heute Schluss machen."

Der Gast zögert. Er ist uneins mit sich, ob er nun zur Tat schreiten soll oder nicht.

Ohne es zu wollen, hat er zu seinem Gegenüber ein beinahe vertrautes Gefühl aufgebaut. Er spürt fast dankbar, dass Meinhard Rolfes viele seiner Gedanken zu Recht und Gerechtigkeit teilt.

Hin- und hergerissen willigt er ein und sie verabreden, dass sie einen neuen Termin telefonisch fixieren wollen.

Ich weiß nicht, ob ich die Kraft finde, ihn zu töten.

Wieso bin ich jetzt so unsicher, ob mein Handeln richtig ist?

Bei ihm ist alles so anders als bei den anderen.

Die Nähe und das intensive Gespräch mit ihm haben mir irgendwie sogar gut getan.

Ich muss noch einmal über alles nachdenken.

Mittwoch, 23. Januar 2013

Auf Fernandos Schreibtisch schrillt das Telefon und reißt ihn aus seinen Gedanken, die sich natürlich wieder um den ungelösten Fall drehen. Auf dem Display erkennt er die Nummer von Leo Kretzer aus Dortmund.

„Hallo Fernando", ruft Leo in den Hörer, kaum dass Fernando sich gemeldet hat, „es hat geklappt! Ich habe die Überwachung durchbekommen. Allerdings können wir erst ab dem 25. Januar starten, so lange wird die Vorbereitung in Anspruch nehmen."

„Prima Leo, ich dank` dir dafür. Freitag ist ok. So lange müssen wir eben Geduld haben. Hoffentlich passiert in der Zwischenzeit nichts! Bekommen wir einen Bericht, wenn es losgeht?"

„Na klar. Du weißt aber, dass ich das nicht selbst mache, nicht wahr? Die Kollegen in Iserlohn werden alles in die Wege leiten. Aber wie lange diese Aktion genehmigt werden wird, ist heute noch völlig offen."

„Na, wir werden sehen. Hauptsache, die nächste Zeit ist erstmal abgedeckt. Ok, bis demnächst – und: Danke nochmal, Leo."

Fernando legt auf und eilt sofort hinüber in Stefans Büro, um ihm den neuesten Stand der Dinge mitzuteilen.

Trotz der Anspannung und der Angst, es könnte sich in den kommenden zwei Tagen ohne Überwachung schon etwas ereignen, breitet sich ein zuversichtliches Lächeln auf seinem Gesicht aus.

Freitag, 25. Januar 2013

Völlig unerwartet klingelt es abends gegen 18 Uhr an der Praxistür der Kanzlei Rolfes.

Fragend blinzelt Meinhard Rolfes höchstpersönlich in das Dunkel des kalten Januarabends und erblickt entsetzt den unangemeldeten Gast. Augenblicklich überfällt ihn Todesangst und ihm versagt die Stimme, so dass der Gast als erster spricht:

„Hallo, ich bin mal wieder auf der Durchreise, deshalb kann ich ja gleich persönlich nachfragen. Ich brauche noch etwas Bedenkzeit, können wir den nächsten Termin noch etwas aufschieben?"

Erleichtert atmet Meinhard Rolfes auf, gewinnt seine Geschäftsmäßigkeit zurück und schlägt verbindlich vor:

„Natürlich, Sie können jederzeit anrufen, wenn Sie so weit sind und dann mit meiner Sekretärin einen Termin vereinbaren."

Der Gast nickt, dankt und verschwindet in der Dunkelheit. Meinhard lehnt für einen kurzen Moment erschöpft die Stirn an die kühle Scheibe der Außentür und dreht dann entschlossen den Schlüssel zweimal herum.

Er räuspert sich, drückt den Rücken durch und betritt tief durchatmend seine privaten Wohnräume.

Nach längerem Nachdenken gibt er sich einen Ruck und erzählt seiner Frau beim Abendessen von den Gesprächen mit dem seltsamen Mandanten.

Aufmerksam hört sie zu und rät ihm dann sehr besorgt, unbedingt die Polizei einzuschalten. Meinhard, der zu diesem Zeitpunkt noch nichts von der gerade gestarteten Überwachung weiß, kann sich für den Vorschlag seiner Frau überhaupt nicht erwärmen und versucht, sie mit allen möglichen Argumenten vom Gegenteil zu überzeugen.

Sie wundert sich, warum er sich so sträubt, ahnt aber, dass er ihr immer noch nicht die ganze Wahrheit gesagt hat.

Währenddessen hat der Mandant bereits das Grundstück verlassen und schreitet zügig die Straße hinab.

Als er ca. 100 Meter vom Haus entfernt ist, entdeckt er ein gerade in die Straße einbiegendes Fahrzeug, das langsam an ihm vorbei fährt und auf der gegenüber liegenden Seite direkt vor dem Haus der Kanzlei stoppt. Alarmiert blickt er sich vorsichtig um und registriert, dass die Scheinwerfer zwar erloschen sind, jedoch niemand ausgestiegen ist.

Trotz der aufsteigenden Panik bemüht er sich um einen gleichmäßigen Schritt. Er spürt, wie ihm eine einzige Frage den Schweiß auf die Stirn treibt:

Werde ich womöglich überwacht?

Aufgewühlt erreicht er sein Fahrzeug, lässt sich schwer in den Sitz fallen und steuert in entgegengesetzter Richtung den nächsten öffentlichen Parkplatz an.

Hier kauert er eine ganze Weile regungslos auf dem Fahrersitz, unfähig, einen einzigen klaren Gedanken fassen zu können.

Montag, 28. Januar 2013

Im Dezernat Kiel findet routinemäßig die morgendliche Dienstbesprechung statt. Alle neu hinzugekommenen Fälle werden kurz besprochen und dann an die jeweilig Zuständigen weitergegeben.

Lena hat sich mit einem Tötungsdelikt zu beschäftigen, bei dem sich der mutmaßliche Täter bereits in Untersuchungshaft befindet. Ihre Aufgabe ist es jetzt, die Unterlagen lückenlos für die Staatsanwaltschaft vorzubereiten, wobei es um Vernehmungsprotokolle, festgestellte Indizien und nicht zuletzt auch um die Glaubwürdigkeit der Zeugen geht.

Auch Stefan hat sich mit allerlei Verwaltungsarbeit herumzuschlagen, obwohl der nun schon so lange schwelende, immer noch unaufgeklärte Vierfach-Mord schwer auf seinen Schultern lastet.

Fernando ist der einzige, der sich die Zeit nehmen kann, sich voll und ganz mit diesem rätselhaften Fall zu beschäftigen.

Er lotet akribisch zum wiederholten Mal alle Richtungen aus, prüft bzw. hinterfragt ihre gesamte Vorgehensweise und sucht nach neuen Anknüpfungspunkten. Die Protokolle sämtlicher Befragungen werden wieder und wieder durchleuchtet, und er stellt sich erneut die Frage, ob es nicht doch einer dieser bereits vernommenen Handballkollegen sein könne. Einzig und allein bei Meinhard Rolfes ist er sich eigentlich sicher, dass der nicht der Täter sein kann – oder sollte ihn sein Bauchgefühl doch in die Irre geführt haben?

Vielleicht handelt es sich aber auch um eine ganz andere Person, die bisher noch nicht in ihren Focus gelangt ist, die einfach nur einen abgrundtiefen Hass auf Sportler haben könnte?

Erschrocken atmet er tief durch – das würde ja bedeuten, dass die Kette endlos werden könnte!

Das Schrillen des Telefons unterbricht seine schlimmsten Befürchtungen und in der Erwartung, dass Leo Kretzer sich endlich meldet, hebt er ab.

Aber – es ist nicht Leo, sondern das BKA Wiesbaden. Es wird angefragt, wie es um den Kieler Fall steht, da man Fernando inzwischen von einer anderen Dienststelle angefordert habe. Fieberhaft sucht er nach einer plausiblen Erklärung, warum seine Anwesenheit hier vor Ort unbedingt noch erforderlich ist und bringt doch nur fadenscheinige Gründe hervor.

Unglücklich denkt er daran, dass Lena und er für den heutigen Abend einen Kinobesuch geplant haben, und er entschließt sich, ihr heute noch nichts von dem Anruf aus Wiesbaden zu erzählen.

Währenddessen stürmt Lena aufgeregt in Stefans Büro. Sie ist so mit ihren Gedanken beschäftigt, dass sie nicht bemerkt, wie konzentriert Stefan arbeitet.

„Stefan", platzt sie heraus, „du, ich bin mir sicher, dass wir blind herumlaufen. Der Täter muss sich in unserem Radius bewegen. Es ist bestimmt einer von denen, die wir schon befragt haben!"

Stefan zuckt erschrocken zusammen und fragt ärgerlich: „Meine Güte, Lena, das hast du schon mal behauptet. Woher nimmst du diese Weisheit?"

„Ich weiß es ja auch nicht genau, es ist nur so ein Gefühl. Ich krame in meinem Gedächtnis. Ich weiß, dass ich etwas übersehen habe, da bin ich mir ganz sicher!

Für einen kurzen Augenblick hatte ich einen Gedanken, dem ich aber nicht nachgehen konnte. Er schoss wie ein Blitz durch meinen Kopf, aber ich kann mich einfach nicht mehr erinnern, was und wann das war!"

Nachdenklich schaut Stefan aus dem Fenster und antwortet dann bedächtig:

„Bisher haben wir alles mehrfach umgedreht. Wir sind allen Spuren nachgegangen. Wir wissen zumindest sehr viel über den Ursprung, wie es möglicherweise alles angefangen haben könnte. Ich bin mir fast sicher, dass es einer der Handballer von früher sein muss. In welchem Verein er gespielt hat, entzieht sich leider unserer Kenntnis, sonst könnte man da den Hebel ansetzen. Genau an dieser Stelle fängt die Ungewissheit an, da sind zu viele dunkle Lücken, es ist zum Verrücktwerden!

Aber wir können zumindest darauf hoffen, dass die Zahl der Opfer begrenzt ist, denn eigentlich, wenn man das Gesetzt der Serie bedenkt, müsste die nächste Tat längst wieder passiert sein. Erfahrungsgemäß müsste unser Täter inzwischen eigentlich längst unruhig geworden sein, also kann die längere Pause doch eigentlich nur bedeuten, dass er seinen Plan bereits erfüllt hat!

Wenn das aber stimmt – wenn die Serie jetzt schon beendet ist – dann haben wir allerdings ein Problem!"

Lena greift gereizt ein:

„Willst du damit etwa zum Ausdruck bringen, dass es für unsere Ermittlungen ganz gut wäre, wenn er erneut zuschlägt?"

„Nein Lena, so meine ich es nicht. Wir sind nur mit unseren Erkenntnissen oder besser gesagt, mit den Indizien im Hintertreffen. Natürlich möchte ich ihn gern fassen, bevor er wieder zuschlägt! Und ich bin überzeugt davon, dass der Schlüssel bei diesem Anwalt Rolfes aus Iserlohn liegt. Ich bin ziemlich sicher, dass der mehr weiß, als er sagt!

192

Und genau das macht ihn meiner Meinung nach zu einem potentiellen Opfer!

Das wiederum könnte uns allerdings in die Karten spielen. Deshalb setze ich voller Hoffnung auf die Überwachungsaktion. Es hilft nichts – uns bleibt nichts anderes übrig, als Geduld zu haben, Lena."

Donnerstag, 7. Februar 2013

Nach einem arbeitsreichen Tag, an dem es Meinhard Rolfes zunehmend schwerer fällt, sich auf seine Mandanten zu konzentrieren, diskutiert er beim Abendessen zum wiederholten Male mit seiner Frau über die Gespräche mit diesem merkwürdigen Mandanten und dessen Andeutungen.

Frau Rolfes bemerkt, dass ihr Mann sich immer noch nicht ihrer Auffassung, dass die Polizei eingeschaltet werden müsse, anschließen kann. Ihr fällt auf, dass er sich geradezu windet und vor einer klaren Entscheidung drückt. Mittlerweile hat sie den starken Verdacht, dass da früher etwas gewesen sein muss, was er ihr bisher verschweigt. Sollte da etwa ein dunkler Fleck auf der Weste ihres sonst so vorbildlichen Mannes sein? Sie kann sich des Eindrucks nicht erwehren, dass nicht nur der unheimliche Mandant, sondern auch ihr Mann eine schwere Schuld auf sich geladen haben müsse. Sie spürt, dass seine Unbekümmertheit wie weggeblasen ist. Er ist blass und sein Gesicht zeigt sorgenvolle Falten. Entschlossen gibt sie sich einen Ruck und fragt mutig:

„Meinhard, was ist los mit dir? Was hast du mit diesem Mandanten gemein? Mir kommt es so vor, als ob du ein Geheimnis bewahrst, das du unbedingt schützen musst. Hast du etwa mit den Vorkommnissen, von denen dieser Mandant berichtet, etwas zu tun? Hast du auch Schuld auf dich geladen?"

Mit all diesen direkten Fragen hat er nicht gerechnet – völlig überrascht beginnt er stockend zu beichten:

„Ja, es stimmt. Es ist schon lange her, wir waren damals noch sehr jung. Wir waren zu einem Handballturnier in Dänemark und unseren letzten Abend feierten wir zusammen mit dänischen Mädchen. Einer von uns hatte Sex mit einem dieser Mädchen. Wir waren alle etwas angetrunken, und die anderen wollten plötzlich auch Sex mit ihr. Sie wollte aber nicht, und – wie es eigentlich kam, konnte hinterher keiner mehr sagen – einige fielen über sie her und leider endete es in einer brutalen Vergewaltigung."

Er wagte nicht, präzise die Wahrheit zu sagen und fuhr fort: „Es war nicht nur einer – mehrere hatten Kontakt mit dem Mädchen – ich aber nicht! Das hat ja auch der DNA-Test bewiesen, der jetzt durchgeführt worden ist!"

„Und die anderen", bohrte sie logischerweise nach, „was ist mit denen?"

„Vier sind tot, sie sind ermordet worden."

„Um Gotteswillen, Meinhard, du bist in Gefahr! Du musst sofort die Polizei einschalten! Wenn das so war, dann hast du doch nichts zu befürchten, du hast doch nichts verbrochen! Bitte, bitte, geh zur Polizei!"

Nach einer angespannten Schweigeminute versucht sie erneut, ihn zu überzeugen:

„Meinhard, du bist Anwalt, du bist doch nicht dumm. Es ist doch kein Zufall, dass dieser Herr Wagner oder wie der heißt, fast exakt Gleiches erlebt haben will und dann zufälligerweise gerade dich um Rat fragt. Es ist doch sonnenklar, dass hier etwas nicht stimmt!"

Meinhard gesteht sich ein, dass sie Recht hat. Ja, er ist in Gefahr. Seine Gedanken überschlagen sich. Der seltsame Mandant will schließlich wiederkommen, da braucht er doch eigentlich nur mit der Polizei zu sprechen und darum zu bitten, dass sie zu dem bewussten Termin einen Beamten hier bei ihm warten lassen. Erleichtert nickt er und greift entschlossen zum Telefon, wählt die Nummer der Mordkommission und wird, nachdem er sein Anliegen vorgebracht hat, sofort zu Hauptkommissar Kretzer durchgestellt.

Leo Kretzer, der die Überwachung aus Personalmangel gerade wieder hat abblasen müssen, reagiert überrascht, als er den

Namen des Anrufers hört. Entgegen ihrer ursprünglichen Abstimmung hatte man sich auf sein Anraten aus Sicherheitsgründen doch zu einer verdeckten Überwachung entschlossen.

Meinhard erzählt ihm den gesamten Vorgang und erklärt ihm die Zuspitzung der Angelegenheit.

Leo, der ja längst über alles informiert ist, reagiert gelassen: „Ah ja, das ist interessant. Gut, Herr Rolfes, ich werde einen Aktenvermerk machen und dann warten wir auf Ihren Anruf. Machen Sie sich mal keine Sorgen, wir werden versuchen, möglichst schon vor dem Termin vor Ort zu sein."

Freitag, 22. Februar 2013

Den mit äußerster Anspannung erwarteten Anruf erhält Meinhard Rolfes am letzten Tag der Arbeitswoche gleich morgens um 9 Uhr. Der rätselhafte Mandant erklärt, dass er gern am gleichen Tag wie gehabt so gegen 18 Uhr kommen möchte.

Meinhard sagt zu und benachrichtigt umgehend Hauptkommissar Leo Kretzer. Dieser gerät nun durch die Kurzfristigkeit arg in die Klemme, hat er doch gerade alle Beamten für andere Aufgaben eingeteilt. Spontan entscheidet er sich, diesen Termin selbst zu übernehmen und beschließt, aus Sicherheitsgründen bereits ab 15 Uhr in einem Nebenraum der Anwaltskanzlei zu warten.

Er greift zum Hörer, um Fernando von der Entwicklung zu berichten:

„Hallo Fernando, hier ist Leo. Halt` dich fest, wir können den mutmaßlichen Mörder vielleicht schon heute dingfest machen!"

„Wieso das denn?", fragt Fernando atemlos.

Leo erklärt ihm die Einzelheiten und berichtet ihm auch, dass er persönlich vor Ort sein wird.

„Pass bloß auf, der Kerl ist bewaffnet und kennt offensichtlich kein Erbarmen."

„Ok, danke. Versprochen, ich werde vorsichtig sein."

Fernando wirft den Apparat auf die Station, eilt zu Lena und zieht sie aufgeregt mit in Stefans Büro. Alle drei sind jetzt hellwach und warten gespannt auf das, was heute passieren könnte.

Die Zeit bis zu dem vereinbarten Termin zieht sich zäh wie Gummi, an ein vernünftiges Arbeiten ist für keinen der Beteiligten zu denken.

Heute werde ich entscheiden müssen, was ich will!
Soll er weiterleben oder soll er sterben? ...

Irgendwie scheinen wir seelenverwandt zu sein. Sein Schuld-
gefühl konnte ich deutlich spüren. Auch so etwas wie Reue
schien in ihm zu wachsen und seine Angst kann ich gut nach-
vollziehen.
Außerdem scheint er ja genau wie ich nicht mitgemacht zu
haben.
Es fällt mir schwer, mich gegen ihn zu entscheiden!
Aber vor Ort werde ich mich entscheiden müssen! ...

Meinen Wagen werde ich vorsichtshalber wieder etwas wei-
ter von seinem Haus entfernt parken. Ich muss mir Zeit las-
sen, damit ich die Lage sondieren kann. Das bedeutet, dass
ich viel früher in der Nähe sein muss, um auch eine mögliche
Überwachung erkennen zu können. Ich werde mich jetzt lie-
ber sofort auf den Weg machen.

Halt, jetzt bin ich schon fast da und sehe, dass gerade ein
Privatwagen auf dem Seitenstreifen einparkt. Es steigt je-
mand aus, schaut sich nach allen Seiten um und steuert ziel-
sicher auf das Haus zu.
Was mache ich jetzt? Ist das nur ein Mandant, der seinen
Termin wahrnimmt oder gilt das womöglich schon mir?

Schluss, ich blase den Besuch ab, das steht fest, es ist zu ge-
fährlich. Was tue ich jetzt als nächstes? ...
Natürlich, ich muss mich bei Meinhard abmelden. Ich
sage ihm einfach, dass mir etwas Wichtiges dazwischen ge-
kommen ist und dass ich mich später wieder melden werde.

Entgeistert hört Leo Kretzer, kaum dass er die Kanzlei betreten hat, wie Meinhard Rolfes in sein Telefon spricht: „Oh, das ist ja schade, aber bitte warten Sie nicht zu lange und rufen Sie bitte rechtzeitig vorher an, mein Terminkalender ist ziemlich voll."

Ratlos schaut der Anwalt den Kommissar an und zuckt mit den Schultern.

„Vielleicht hat der doch etwas bemerkt?", fragt er nachdenklich.

Nun ist es an Leo, mit den Schultern zu zucken:
„Tja, da kann ich ja gleich wieder gehen."

Er verabschiedet sich und beginnt schon in Gedanken, sich eine andere Strategie für die Überwachung zurechtzulegen.

Als erfahrener Kriminalist hat Leo aber damit gerechnet, dass der unheimliche Gast nicht einfach so vorfahren würde. In letzter Minute ist es ihm noch gelungen, zwei Kollegen einsetzen zu können und hat diese an zwei Straßenecken als Handwerker getarnt postiert. Er setzt sich in seinen Wagen, gibt den beiden Kollegen ein Zeichen und beendet die Überwachung. Er bittet sie, die aufgenommenen Videos sofort auszuwerten und ihm die Ergebnisse umgehend vorzulegen.

In der Tat sind einige Auffälligkeiten festzustellen. Drei Wagen sind aufgezeichnet worden, die in der fraglichen Zeit die Straße passiert hatten. Ein Mercedes mit Frankfurter Kennzeichen, ein Nissan X-Trail mit Dortmunder Kennzeichen und ein Volvo mit einem stark verschmutzten Kennzeichen, das deshalb nicht zu identifizieren ist. Es handelt sich um einen Volvo der 740er Klasse in dunkelblau oder schwarz, die Farbe ist nicht genau auszumachen. Auf einer Vergrößerung ist allerdings trotz der Verschmutzung der erste Buchstabe des Kennzeichens zu erahnen. Es ist entweder ein B oder ein K! Aber ganz sicher ist es nicht.

Leo benachrichtigt noch am selben Abend Stefan, der diese Nachricht enttäuscht und niedergeschlagen mit ins Wochenende nehmen muss.

Montag, 25. Februar 2013

Für Fernando fängt der Morgen der neuen Woche nicht gut an – er soll definitiv zurück nach Wiesbaden.

Lena kann nur mühsam ihre Tränen unterdrücken, als er ihr diese schlechte Nachricht bringt. Fernando legt den Arm um sie und tröstet zärtlich:

„Lena, sei nicht traurig, wir werden eine Lösung finden. Ich liebe dich! Deine Wärme schenkt mir Ruhe und Geborgenheit. Dein Blick verzaubert mich und gibt mir gleichzeitig Sicherheit. Ich bewundere deine Schönheit und deine Klugheit. Ich werde alles dafür tun, dass wir beide eine gemeinsame Zukunft aufbauen können."

Unter Tränen lächelt Lena:

„Danke Fernando, ich möchte auch für immer mit dir zusammen bleiben. Nicht nur, dass ich sehr gern mit dir zusammen arbeite, ich mag deinen Humor und deine Art zu leben. Außerdem – das ist zwar nebensächlich und doch wichtig für mich – scheinst du ein Herz für Tiere zu haben."

Fernando fragt überrascht:

„Wie kommst du jetzt darauf?"

„Bei den Besuchen bei Frau Deutschendorf und den Bäumlers habe ich bemerkt, wie gut du mit den Hunden umgegangen bist und das fand ich sehr schön. Tiere haben ein feines Gespür und beide haben sich sofort an dich gekuschelt und sich wohlgefühlt, das hat mich sehr beeindruckt."

Schweigend umarmen sie sich noch einmal fest, und dann hat das Dienstliche wieder absoluten Vorrang.

Dienstag, 26. Februar 2013

Die Zeiger der Uhr rücken auf 9 Uhr und zeigen damit an: Beginn der Dienstbesprechung

Alle außer Hans sind anwesend. Die ungeklärten Mordfälle fordern mal wieder ihre volle Konzentration. Der Chef des Dezernats, Dr. Schneider, beginnt mit einer kurzen Zusammenfassung und endet mit der Überlegung, um welche der Städte, die mit K beginnen, es sich denn handeln könne: Köln, Kassel, aber vielleicht ja auch um Kiel? Vorausgesetzt, dass es sich um ein K handelt, denn ein B wäre ja auch möglich!

Fernando bittet um Gehör: „Ja, bitte Herr Gonzales", erteilt Dr. Schneider ihm das Wort.

Vorsichtig beginnt Fernando seinen Faden zu spinnen: „Irgendwo müssen wir ja ansetzen und um kostbare Zeit zu sparen, schlage ich vor, dass wir zunächst mal davon ausgehen, dass es sich um ein Kieler Kennzeichen handeln könnte. Der alte Typ Volvo 740 mit dunkler Farbe ist möglicherweise selten, das sollten wir prüfen. Außerdem sollten wir in Flensburg nachfragen, ob und wie viele Autos dieser Art auf einen Hans-Jürgen zugelassen sind, denn das ist der einzige der sechs Handballer, den wir noch nicht kennen. Sehr viele dürften es eigentlich nicht sein. Wenn wir Glück haben, werden wir fündig, wenn nicht, haben wir Pech gehabt."

Eifriges Kopfnicken rundherum und umgehend wird die Anfrage an das Kraftfahrzeugbundesamt weitergeleitet.

Nach dieser Besprechung warten die drei Ermittler gespannt auf eine Nachricht aus Flensburg. Inzwischen kommt Hans Sommer zur Tür herein und meldet sich vorzeitig aus seinem Erholungsurlaub zurück. Stefan schaut ihn freudig überrascht an, da er ihn erst für den kommenden Tag erwartet hat.

Gerade berichtet er Hans in Kurzform den Sachverhalt, als die Sekretärin mit dem Fax aus Flensburg in der Hand herein kommt und ihm die Liste mit den Halterdaten reicht.

Ein kurzer Blick darauf zeigt ihnen, dass es drei Besitzer mit dem Vornamen Hans-Jürgen gibt. Die Nachnamen lauten Brandt, Neubauer und Sander. Hans übernimmt freiwillig die Überprüfung der Adressen. Im Hinausgehen hört er noch Stefans Bitte:

„Hans, meldest du dich dann sofort bei mir, wenn du fertig bist?"

„Natürlich, ich mach` mich sofort an die Arbeit und versuche, das alles noch heute zu erledigen."

In Iserlohn hat man inzwischen drei Beamte eingesetzt, die das Haus lückenlos überwachen sollen.

Leo unterrichtet Lena davon und hadert:
„Es ist verrückt, dass wir das Kennzeichen nicht ermitteln konnten. Aber ein verdrecktes Schild an einem sauberen Wagen, das spricht doch eigentlich schon für sich!"

Lena stimmt ihm zu und erzählt:
„Wir sind jetzt erst einmal davon ausgegangen, dass der Buchstabe ein K war. Und was liegt näher, als bei uns in Kiel anzufangen. Wir haben drei Halter ermitteln können, deren Wagen auf eure Beschreibung passen könnten, wir sind schon unterwegs zu denen, um sie zu überprüfen."

„Es wäre schön, wenn ihr euch meldet, sobald ihr Genaueres wisst", bittet Leo und wünscht ihr abschließend: „Viel Glück euch da oben im Norden."

Hans schaut sich die Halterliste an und beschließt, seine Recherche mit Hans-Jürgen Sander zu starten. Dieser wohnt in Kiel-Suchsdorf, ist 88 Jahre alt und hat, wie sich schnell herausstellt, seinen Volvo schon lange nicht mehr bewegt. Es ist also klar, dass dieser Hans-Jürgen nicht der Mörder sein kann.

Hans-Jürgen Neubauer wohnt in der Holtenauer Straße und ist Besitzer eines Floristikladens. Auch hier kann man davon ausgehen, dass er nicht der Gesuchte sein kann, da er während der fraglichen Zeit nachweislich mit seinem Wagen Aufträge ausgeliefert hat.

Bei Hans-Jürgen Brandt sieht die Sache etwas anders aus. Er wohnt in Kiel-Gaarden und ist offensichtlich drogenabhängig. Hans hat Mühe, eine vernünftige Auskunft aus ihm heraus zu bekommen, aber nachdem er mehrmals eindringlich nach dem Volvo gefragt hat, wird ihm mit viel Genuschel eine Autowerkstatt genannt, in der der Wagen stehen soll. Als er dort nachfragt, erfährt er, dass der Volvo schon seit mehreren Tagen hier steht, einen Ersatzmotor erhalten hat und nun nicht heraus gegeben wird, weil der Besitzer nicht über genügend Barmittel verfügt, um die Reparatur bezahlen zu können.

Also wieder nichts! Hans kann sich die enttäuschten Gesichter der Kollegen schon vorher ausmalen, bevor er ihnen die niederschmetternden Nachrichten mitteilt.

Alle drei haben insgeheim mit einem Durchbruch gerechnet!

Lena findet als Erste ihre Worte wieder:

„Das ist doch alles Scheiße, ich werde noch verrückt. Ich dreh` bald durch! Wir müssen doch irgendetwas übersehen haben – aber was ist es denn nur?"

Hans redet beruhigend auf sie ein:

„Lena, reg dich nicht so auf. Wir müssen einsehen, dass wir auf dem Holzweg sind.

Wir suchen nur nach Übereinstimmungen, die mit Handball, Autos oder Namen zu tun haben. So kommen wir nicht weiter."

„Und was schlägst du vor?", raunzt sie ihn an.

„Tja, einen Königsweg habe ich leider auch nicht."

Jetzt geht Stefan entschlossen dazwischen:

„So nun mal langsam. Wir müssen noch einmal alles umdrehen und ganz von vorn anfangen, so schwer es uns auch fällt. Wir müssen ganz an den Anfang zurück und das heißt, wir beginnen noch einmal in Dänemark."

Im Stillen gesteht Stefan sich ein, dass er sich freut, noch einmal mit Inge, mit der Frau, die mit ihm schlafen wollte, telefonieren darf.

Aber in die Freude mischt sich sogleich Scham, gepaart mit leisem Bedauern, denn schlagartig denkt er an sein Versagen.

Er zwingt sich, diese Gedanken sofort zu verjagen und greift betont forsch nach dem Hörer.

„Moin moin Inge, hier spricht Stefan. Es gibt leider immer noch nichts Neues in unserem Fall, deshalb müssen wir noch einmal ganz von vorn anfangen."

In Kurzform informiert er sie über das Wichtigste und beendet das Telefonat mit der Ankündigung:

„Am Telefon kann ich dir das alles nicht so genau erzählen. Das Beste wäre, ich könnte noch einmal nach Odense kommen und mit dir gemeinsam die Akten durchsehen. Ginge das?"

„Ja klar, komm ruhig noch mal nach Odense. Ich kann ja schon mal vorarbeiten und schauen, ob wir etwas übersehen haben könnten."

„Ok, ich melde mich, sobald wir hier so weit sind. Ein bisschen kann es allerdings noch dauern", mit diesen Worten legt Stefan erleichtert das Telefon aus der Hand.

Ich merke, dass ich mir Zeit lassen muss, obwohl ich eigentlich keine Zeit mehr habe!

Ich spüre, dass sie mir auf den Fersen sind. Bisher ist es mir gut gelungen, mich immer wieder unsichtbar zu machen. Aber lange kann das nicht mehr gutgehen. Und nun weiß ich nicht einmal mehr, wie ich mit Meinhard umgehen soll. Ich bin total verunsichert.

Einerseits war er – genauso wie ich – auch dabei und hat auch nicht eingegriffen. Andererseits scheinen ihn fast die gleichen Gedanken zu quälen, die auch mich quälen. Entlastend kommt noch hinzu, dass er sich seitdem um die Opfer von Verbrechen kümmert, wie ich erfahren konnte. Ist das seine Art von Wiedergutmachung?

Und ich? Wie sieht meine Wiedergutmachung aus? Wem nützt denn mein Tun etwas? Gut, ich wollte Gerechtigkeit herstellen, aber ich habe nur Trauer und Verzweiflung ausgelöst, habe vielen Menschen sehr wehgetan damit. Und wozu? Haben die vier Vergewaltiger denn überhaupt Zeit gehabt zu bereuen? Habe ich ihnen denn die Chance gegeben, sich noch einmal mit der Tat auseinander zu setzen?

Wer weiß, vielleicht hat der eine oder andere ja doch genau solche Gedanken wie Meinhard und ich gehabt. Sicher, nicht alle, nein – da bin ich sicher, aber so richtig geprüft habe ich es nicht!

Und welche Befriedigung spüre ich jetzt, wo vier Menschen tot sind? Geht es mir jetzt besser dadurch? Ist irgendjemandem geholfen dadurch? Jenny ganz sicher nicht mehr, den Angehörigen nicht und mir auch nicht!

Hier stellt sich mir erneut die Frage nach dem Sinn der To-
desstrafe. Können die Opfer von Gewaltverbrechen oder de-
ren Angehörige Befriedigung empfinden, wenn die Todesstra-
fe vollstreckt worden ist?

Tritt dann nicht immer eine gewisse Leere ein? Kann man
dann überhaupt noch hassen? Kommt man dadurch zur Ru-
he?

Schluss jetzt! Statt mich zu entscheiden, wie es weitergehen
soll, beginne ich, mich in Gedanken rein akademischer Natur
zu verwickeln und das bringt mich überhaupt nicht weiter!
Ich muss jetzt der Wirklichkeit ins Auge sehen und für mich
klären, ob ich so weitermachen will.

Ich muss alles noch einmal genau überdenken!

Freitag, 15. März 2013

Lena sitzt verträumt in ihrem Büro und denkt an Fernando, der gestern seine Rückreise nach Wiesbaden angetreten hat.

Das Schrillen ihres Telefonapparates reißt sie aus ihrer Gedankenwelt.

„Lena Gutzeit, Mordkommission Kiel", meldet sie sich. Am anderen Ende ist ein tiefer Atemzug zu hören, bevor sich eine ihr bekannt vorkommende Stimme meldet:

„Hier spricht Frau Teuerkauf aus Schilksee, erinnern Sie sich noch an mich?"

„Ja natürlich, Frau Teuerkauf, wie geht es Ihnen, darf ich das so direkt fragen?"

„Ja, das dürfen Sie. Es geht mir den Umständen entsprechend, aber verkraftet habe ich das alles noch nicht. An das Alleinsein kann ich mich so gar nicht gewöhnen, aber ich habe ja glücklicherweise noch die Kinder."

„Ja, das glaube ich Ihnen. Es ist halt eine Umstellung des gesamten Lebens, nicht wahr? Was kann ich für Sie tun?"

„Ich habe beim Aufräumen ein geheimes Tagebuch meines Mannes gefunden. Er hat offensichtlich schon vor Jahren viele Aufzeichnungen gemacht, von denen er mir nie erzählt hat."

Lena ist sofort hellwach. Sollte jetzt Licht ins Dunkel kommen? Schnell hakt sie nach:

„Haben Sie es gelesen? Was sind das für Aufzeichnungen?"

„Sie glauben gar nicht, wieviel Angst ich hatte es zu lesen. Aber dann habe ich es doch gewagt."

Lene bohrt weiter:
„Mögen Sie mir davon erzählen?"

„Ja, deshalb rufe ich ja an. Mein Mann hat praktisch eine Beichte niedergeschrieben."

„Was hat er?", ruft Lena aufgeregt.

„Ja, es ist eine Beichte! Er hat etwas aus seinem Leben erzählt, das so schlimm war, dass er sich nie getraut hat, darüber zu sprechen. Er schreibt, dass er als junger Mann bei einer Vergewaltigung dabei war. Er berichtet von mehreren Freunden, die ebenfalls dabei gewesen sind. Er hat auch Namen aufgelistet, allerdings nur die Vornamen."

„Frau Teuerkauf, das ist unheimlich wichtig für uns. Darf ich vorbeikommen?"

„Ja, jetzt würde es passen, ich habe gerade etwas Zeit", bestätigt Frau Teuerkauf.

Lena macht sich sofort auf den Weg, nicht ohne vorher noch schnell Stefan zu informieren.

Auch er ist von dieser Wendung total überrascht und ruft ihr nach: „Hoffentlich kommt da jetzt etwas Brauchbares bei raus!"

Wenig später sitzen die beiden Frauen am Wohnzimmertisch in Schilksee, die wichtigen Aufzeichnungen vor sich. Herr Teuerkauf schildert darin das Verbrechen an Jenny Larsson und nennt einige Namen: Sebastian, Gunnar, Hans-Jürgen, Meinhard und Andreas. Dann erzählt er von ihrem Treffen sechs Wochen nach der Tat, bei dem sich alle in die Hand versprochen hatten, niemandem irgendetwas zu erzählen.

Aus seinem Bericht geht hervor, dass sich alle noch in der Ausbildung befanden, dass einer von ihnen sogar Jura studierte und ein anderer gerade die Aufnahmeprüfung bei der Polizei bestanden hatte. Das alles wusste er durch die Gespräche am Lagerfeuer, als alles noch in Ordnung gewesen war. Aus seinem Bericht geht weiter hervor, dass er bei dem nachträglichen Treffen festgestellt hatte, dass zwei der jungen

Männer offensichtlich erhebliche Probleme mit der Tat hatten und inständig bereuten. Wohl als Wiedergutmachung war einer der beiden Mitglied im Weißen Ring geworden; wer es war, wurde nicht klar. Im letzten Satz betonte er, dass auch er selbst, Siegfried, die Tat zutiefst bereue.

Lena fragt vorsichtig, ob sie das Buch mitnehmen dürfe. Frau Teuerkauf nickt zustimmend und schluchzt:

„Ich bin sehr unglücklich, seit ich das lesen musste. Mein Mann war immer ein guter, einfühlsamer Ehemann und den Kindern ein liebevoller Vater. Was er da gebeichtet hat, will so gar nicht zu ihm passen!"

Mitfühlend legt Lena zum Abschied nur still den Arm um sie, Worte des Trostes gibt es in so einer Situation nicht. Sie bedankt sich für den Vertrauensbeweis und macht sich auf den Weg zurück ins Büro. Als Lena auf der Hochbrücke ein Unwetter mit Sturm und Regen heraufziehen sieht, fragt sie sich unwillkürlich, ob das ein Wink des Schicksals sein könne. Kommt jetzt auch in den ungeklärten Fällen der Sturm auf?

Stefan überfliegt die Niederschrift und stellt dann fest:

„Alle Fäden laufen übereinstimmend auf den Namen Hans-Jürgen zu. Den kennen wir noch nicht und doch taucht er überall in den Berichten auf! Und der muss es sein, der die Ausbildung bei der Polizei begonnen hatte. Sollte der etwa immer noch im Dienst sein?"

„Können wir nicht alle in der fraglichen Zeit neu eingestellten Polizisten mit dem Vornamen Hans-Jürgen herausfiltern?", überlegt Lena.

„Ja Mensch, das weiß ich nicht! Es könnte sein, aber ich

glaube, ein großes Problem dabei werden wohl die vielen vergangenen Jahre sein; damals gab es noch keine EDV mit den heutigen Möglichkeiten!"

Dienstag, 2. April 2013

Über Nacht ist das Frühjahr angebrochen, die Tage werden spürbar länger.

Die Mitarbeiter der Mordkommission haben alle Hände voll zu tun. Neben den vier immer noch ungeklärten Morden müssen natürlich auch die anderen laufenden Ermittlungen erledigt werden. Aber die ungeklärten Fälle werden parallel zu den aktuellen bearbeitet und nie ausgeblendet.

Gegen Mittag steht Hans plötzlich in der Tür zu Stefans Büro. Er setzt gerade zu einer Frage an, als sein Handy klingelt. Zu Stefan gewandt hebt er die Hand, sagt schnell: „Entschuldigung", und meldet sich dann mit einem fragenden „Ja?"

Hans spricht leise und gedämpft, bleibt aber in der Tür stehen, so dass Stefan, der von Natur aus neugierig ist, Bruchstücke mithören kann.

„Hallo Erika, wie geht es dir? ... Ja mir auch, danke ... Was macht die Hüfte? ... Das ist ja schön ... Ja, ich war schon da ... ... Nein, da muss ich noch mal nachfragen ... Ja, ich weiß, aber es ist mir etwas peinlich ... Ja, es ist witzig, es ist der gleiche, du kannst ihn abholen, wenn du kommst ... Ja Erika, ich verspreche es, ich will es versuchen. Tschüss und pass gut auf dich auf."

Aus all diesen Satzfetzen glaubt Stefan sich zusammenreimen zu können, dass Hans wohl mit Erika, seiner von ihm getrennt lebenden Frau, telefoniert hat und fragt deshalb:

„War das Erika? Wie geht es ihr? Hat sie immer noch Hüftprobleme?"

„Ja, sie ist schon lange in Behandlung, aber es wird wohl doch auf eine OP hinauslaufen. Noch will sie nichts davon wissen; der Leidensdruck ist wohl noch nicht groß genug."

„Na wenn du mal wieder mit ihr sprichst, grüß sie schön von mir. Was führt dich zu mir, du wolltest doch eben etwas fragen, oder?"

„Ich wollte eigentlich nur mal fragen, ob ich die beiden Kollegen wieder einsetzen kann, du weißt ja, der Taximord."

„Selbstverständlich. Hast du wieder an Rüdiger und Günther gedacht?"

„Ja, die beiden stecken ja schon in der Sache drin, das ist dann einfacher."

„Ok Hans, mach das so. Gibt's noch was? Entschuldige, dass ich so kurz angebunden bin, aber ich habe den Kopf voll, hier liegen noch so viele unerledigte Sachen."

„Na dann mal viel Spaß, ich melde mich wieder", mit diesen Worten verabschiedet sich Hans.

Stefan schaut Hans nachdenklich hinterher. Er ist offensichtlich einsam und wirkt nicht gerade glücklich. Wahrscheinlich leidet er mehr unter der Trennung, als er zugeben will, denn es scheint ihm sehr wichtig zu sein, dass der Kontakt zu seiner Frau bestehen bleibt, was aber wohl auch von ihr gewünscht wird.

Im Büro nebenan erhält Lena zur gleichen Zeit einen Anruf von Fernando, der sie völlig verwirrt.

„Hallo Liebling, ich muss für fünf bis sechs Monate in die USA!"

Lena wird schwindlig, ihr Herz klopft und Tränen tropfen auf ihre Aufzeichnungen. Sie stammelt entsetzt:

„In die USA? Warum, Fernando?"

„Ich soll an einem Spezial-Seminar über forensische Psychologie teilnehmen. Diese Fortbildung ist wichtig für mich. Es geht um neue Diagnostiken und neue medizinische Erkenntnisse im Zusammenspiel mit der Psyche. Und weißt du, was das Beste daran ist? Durch diese Zusatzausbildung bekomme ich eventuell die Chance, entweder nach Hamburg, Lübeck oder sogar nach Kiel versetzt zu werden. Aber das ist noch nicht alles, ich hoffe ja, dass du in dieser Zeit Urlaub nehmen kannst und dass du mich dann in New York besuchen kommst. Kann ich damit rechnen?"

Diesen Redeschwall muss Lena erst einmal verdauen. Sie schließt die Augen, ordnet ihre Gedanken und ist dann in der Lage, mit relativ fester Stimme zu antworten:

„Natürlich, ich werde alles daran setzen, dass das klappt! Und ich freu` mich natürlich besonders für dich und wünsche dir viel Erfolg in den Staaten."

„Und meine Frage von neulich? Die hast du immer noch nicht mit Ja oder Nein beantwortet!"

„Entschuldige, ja, ja, ja, ist das genug?"

„Na Gottseidank! Also, mein Schatz, ich muss jetzt Schluss machen, ich melde mich, bevor ich abfahre."

Lena legt auf und weiß nicht so recht, ob sie weinen oder lachen soll. Gern hätte sie ihn jetzt bei sich gehabt. Aber, so geht es ihr durch den Kopf, die Zukunftsaussichten sind ja eigentlich gar nicht so schlecht.

Gewaltsam reißt sie sich zusammen, löst sich von ihren Träumereien und widmet sich wieder der Akte, die ihnen allen schwer auf dem Magen liegt.

Wie schon so oft kommt ihr der vage Verdacht, dass die Lösung des Falles gar nicht so weit weg sein kann. Irgendetwas hat sie ganz kurz wahrgenommen oder gelesen und dann wieder vergessen. Was war es bloß? Sie grübelt und grübelt und ... da – jetzt blitzt wieder ein Erinnerungsfetzen auf: Das Krankenhaus – Hans lag im Krankenhaus – Die Zulassung – was war damit?

Jetzt kommt die Erinnerung hoch. Aus der Zulassung ging hervor, dass es nicht sein Auto war. Sie hatte einen Frauennamen gelesen – aber welchen? Leider weiß sie das nicht mehr.

Sofort springt sie auf und stürmt in Stefans Büro.

Der sitzt vertieft am Schreibtisch und schaut genervt auf:

„Na, was gibt es denn?", fragt er missmutig.

„Ich möchte dich etwas fragen. Erinnerst du dich an den Krankenhausbesuch bei Hans?"

„Ja natürlich, was ist damit?"

„Ich sollte doch sein Auto zurückfahren. Als ich einstieg, lag die Zulassung auf dem Sitz. Die habe ich dann ins Handschuhfach gelegt. Und diese Zulassung war nicht auf Hans, sondern auf eine Frau ausgestellt, das weiß ich genau. Den Namen erinnere ich allerdings nicht mehr."

Stefan erinnert sich an das soeben mitgehörte Gespräch von Hans und mutmaßt:

„Hans hat eben mit Erika, seiner Frau, gesprochen. Ich habe ja nur Bruchstücke mitbekommen, aber es könnte sich da unter anderem auch um ein Auto gehandelt haben, das sie demnächst abholen soll. Vielleicht gehört das Auto ihr?"

Lena erinnert Stefan daran, dass man in Iserlohn auch einen Volvo gefilmt hatte: „Du weißt doch, der mit dem verdreckten Kennzeichen. Und Hans fährt zurzeit einen Volvo!"

„Sag mal, Lena, bist du jetzt vollkommen übergeschnappt? Was soll denn diese Querverbindung? Wie kommst du denn auf so eine absurde Idee?", poltert Stefan wütend los.

Lena atmet tief ein und sagt ganz ruhig:

„Entschuldige Stefan, aber überleg mal. Einer der Vergewaltigungstäter soll bei der Polizei sein und wir haben die Vermutung, dass genau dieser Mann unser Mörder ist. Und wir wissen zusätzlich, dass er einen Volvo fahren könnte! Was ist daran absurd?"

Stefan sieht Lena strafend an und fragt empört, was solche Verdächtigungen sollen. Allein so etwas in Erwägung zu ziehen, ist seines Erachtens schon schlimm genug.

Lena lässt nicht locker:

„Kannst du mir den Namen seiner Frau verraten?"

„Ja natürlich, sie heißt Erika Witte. Sie hat ihren Namen bei der Eheschließung behalten. Ich kenne sie gut, meine Frau und ich waren sogar zur Hochzeit eingeladen."

Lena geht auf diese Bemerkung nicht ein und beschließt:

„Ich werde die Zulassung in Flensburg überprüfen lassen und den Werdegang von Hans auch!"

Stefan begehrt auf:

„Lena, das darfst du gar nicht! Aber wenn schon, dann lass mich das machen, damit hier ein für alle Mal Ruhe ist! Ich werde als Dienststellenleiter bei der Pensionsstelle anrufen, und das mache ich jetzt sofort! Aber, Lena, Hans darf um Gotteswillen nichts davon erfahren, ist das klar?"

„Ja natürlich, ich schweige wie ein Grab. Aber, bitte Stefan, sieh es ein – wir müssen dieser Frage nachgehen, wir müssen es ausschließen können! Mir geht es auch nicht gut damit, das kannst du mir glauben!"

Stefan sucht sich die Nummer der Personalabteilung heraus und wählt. Mehrfach wird er weiterverbunden und endlich hat er die richtige Sachbearbeiterin an der Strippe. Er trägt sein Anliegen vor. Mit der Frage nach dem Grund hat er schon gerechnet und sich deshalb eine plausible Ausrede zurechtgelegt. Er erklärt, dass es sich um eine Rede bei einer sehr persönlichen Feier handelt und es ihm peinlich wäre, wenn er dabei falsche Daten oder Namen verwenden würde. Dieser Argumentation kann sich die Sachbearbeiterin anschließen und gibt die Personalien preis:

„Hans Sommer ist mit Erika Witte verheiratet. Er ist am 1.September 1988 in Eutin bei der Polizei angefangen und hat die Ausbildung zum Kommissar 1991 erfolgreich beendet. Möchten Sie noch mehr wissen, Beförderungen zum Beispiel?"

„Nein, eigentlich nicht, aber jetzt fällt mir ein, dass er während der Ausbildung eng mit einem gewissen Hans-Jürgen befreundet war, den Nachnamen weiß ich leider nicht. Der hat zur gleichen Zeit seine Ausbildung in Eutin gemacht. Es wäre doch schön, wenn ich den ausfindig machen könnte oder jedenfalls etwas von ihm erzählen könnte. Können Sie mir da vielleicht weiter helfen?"

Sie bittet um einen Moment Geduld, fragt dann nach: „Hans Jürgen mit oder ohne Bindestrich? Das ist hier im Computerregister entscheidend."

Stefan zögert, überlegt kurz und meint dann: „Ehm, ich denke mit Bindestrich, so werden doch wohl die meisten Doppelnamen geschrieben, oder?"

Er wartet mit angehaltenem Atem und erfährt dann:

„Treffer, ich sehe gerade – im Sommer 1988 ist tatsächlich auch ein Hans-Jürgen angefangen. Aber – warten Sie mal, ach, dieser Hans-Jürgen Krämer ist schon 2010 verstorben."

„Ach schade, das ist ja traurig. Haben Sie vielen Dank, Sie haben mir sehr weitergeholfen", bedankt Stefan sich mit belegter Stimme und legt auf. Triumphierend dreht er sich zu seiner Kollegin um und schaut sie strafend an.

Die senkt schuldbewusst den Kopf und bittet um Nachsicht, dass sie diese Möglichkeit überhaupt in Erwägung gezogen hat.

Aufatmend lenkt Stefan ein:

„Lena, lass gut sein. Natürlich müssen wir jedem Verdacht nachgehen, aber wir haben uns verrannt, weil wir so unter Druck stehen. Ich will ja auch den Mörder dingfest machen, aber wir dürfen unsere Gedanken nicht ins Kraut schießen lassen! Gut dass das jetzt vom Tisch ist, das wäre einfach zu viel für mich gewesen!"

„Ja ich bin auch sehr froh", sagt Lena zerknirscht und geht mit hängendem Kopf zurück in ihr Zimmer.

Freitag, 5. April 2013

Erika Witte hat für dieses Wochenende ihren Besuch bei Hans Sommer angekündigt.

Freudig holt er sie vom Bahnhof ab. Sogar ein paar Tulpen hat er für sie besorgt. Nach einer sehr innigen Begrüßung lädt er sie zu sich nach Hause ein. Der Nachmittag vergeht wie im Flug und nach einem rustikalen Abendessen in einem Restaurant ganz in der Nähe seiner Wohnung beschließen sie, den Abend bei einem guten Glas Wein bei ihm zu Hause zu verbringen.

Ganz wie von selbst lassen sie vergangene Zeiten noch einmal aufleben. Gleiche Interessen hatten sie damals schon gehabt, und jetzt stellt sich schnell heraus, dass sich nichts geändert hat. Beide spüren immer noch die gleiche Vertrautheit, die gleiche Zuneigung. Und doch gibt es Probleme, die sich schon bald nach ihrer Eheschließung gezeigt und letztendlich zu einer räumlichen Trennung geführt hatten. Eine Scheidung hatten allerdings beide niemals in Betracht gezogen. Vorsichtig fragt Erika nach:

„Sag mal, Hans, hast du eigentlich schon mal etwas unternommen?"

„Ja, ich habe eine Therapie gemacht, aber es war nicht von Erfolg gekrönt", erwidert er traurig.

Erika schaut ihn mitleidig an. Sie liebt ihn immer noch und er tut ihr so unendlich leid. Aber sie vermutet auch ein kleines bisschen Schuld bei ihm, denn sie ahnt, dass er sich auch dem Therapeuten gegenüber bestimmt nicht richtig hat öffnen können. Ganz vorsichtig und behutsam tastet sie sich an den Kern dieses Dilemmas heran:

„Du hast dir also nicht richtig helfen lassen?"
„Nein, ich hatte noch nicht den Mut dazu, es ist mir zu peinlich", kommt es leise und zögerlich aus seinem Mund.

„Aber Hans, du bist doch noch nicht zu alt dafür, bestimmt kann dir doch irgendjemand helfen. Du musst nur ein wenig dazu beitragen. Vor allen Dingen musst du offen sein und natürlich Geduld haben."

„Erika, ich weiß es ja – vielleicht klappt es ja irgendwann doch noch."

Nach einer kurzen Pause, in der beide ihren Gedanken nachhängen, schütteln sie die wehmütigen Erinnerungen ab, kehren in die Gegenwart zurück und haben sich nun viel zu erzählen, denn sie haben sich seit langer Zeit nicht gesehen.

Samstag, 6. April 2013

Stefan sitzt angespannt in seinem Lieblingssessel und grübelt über Lenas Verdächtigungen nach. Er ist bitter enttäuscht, dass Lena überhaupt einen Gedanken in dieser Richtung hat zulassen können.

Aber dank seiner spontanen Reaktion weiß er glücklicherweise jetzt sicher, dass sie diese Richtung getrost vernachlässigen können.

Insofern war es doch gut, überlegt er, dass sie diesen Verdacht überhaupt geäußert hat. Mittlerweile fühlt er sich wie ein Versager auf allen Gebieten und sucht genau wie Lena verzweifelt nach irgendwelchen Kleinigkeiten, die sie übersehen haben könnten.

Auch abends, als er mit seiner Frau darüber spricht und ihr sein Herz ausschüttet, wird seine Hoffnung auf einen bahnbrechenden Gedanken nicht erfüllt.

Sie diskutieren bis spät in die Nacht über diese verzwickten und miteinander verstrickten Fälle und kommen doch zu keinen neuen Erkenntnissen.

Lenas Samstag sieht ähnlich wie der Stefans aus. Auch sie kann ihre Gedanken einfach nicht von dem Fall lösen. Einzige Lichtblicke sind die Telefonate mit Fernando, der sich bereits in New York befindet.

Neben vielem anderen erzählt sie ihm beschämt von dem Verdacht, der sie nicht mehr losgelassen hatte und der sich glücklicherweise nicht bestätigt hat.

Fernando stutzt und erklärt ihr dann, dass auch ein noch so unsinniger oder verworfener Verdacht manchmal zur Klärung beitragen könne, wenn sich dadurch bisher angenommene Zusammenhänge verändern würden. Er betont, dass in der Kriminal–Historie immer wieder Fehleinschätzungen vorkommen, die dann plötzlich bahnbrechend für eine andere Sichtweise werden können.

Bevor das Gespräch endet, stellt Fernando noch eine für Lena vollkommen überraschende Frage:

„Weißt du, Lena, mir steht ein Heimflug zu und ich würde auch gern kommen, aber....?"
Lena stockt der Atem, warum das ‚Aber'?
Nach einer kurzen Pause fährt er fort:

„Ich habe mich erkundigt, ob dieser Flug auch umgekehrt gelten kann. Die Antwort ist JA"!
Lena begreift nicht sofort, was er damit andeuten will und schweigt unsicher. Fernando, der diese Unsicherheit richtig einzuschätzen weiß, neckt sie leise:

„Meine Liebe, wenn du nicht kommen willst, dann komme ich!"
Jetzt endlich versteht sie und kann kaum fassen, was er damit andeutet.

„Ja", jubelt sie glücklich, „ja, natürlich möchte ich kommen. Ich werde sofort mit Stefan reden und meinen Urlaub beantragen. Hoffentlich lässt er mich weg, aber vor Juli oder August wird es wohl nichts werden können!"

„Gut, das wäre auch ok. Ich rufe in zwei Tagen wieder an und dann bekomme ich hoffentlich eine positive Antwort. Es wäre so schön, wenn du kommen könntest."

Freitag, 14. Juni 2013

Wochen voller Ermittlungsarbeit liegen hinter den Kriminalbeamten und doch sind sie in ihrem speziellen Fall noch keinen Schritt weitergekommen.

Inzwischen ist der Sommer mit wunderschönem Wetter ins Land gezogen, aber die Ungewissheit und die Sorge, die Angst vor einem erneuten Zuschlagen des Mörders lässt kein leichtes, sommerliches Gefühl zu.

Hans hat inzwischen einen schwierigen, verzwickten Fall abschließen können und wird von Stefan und dem Dezernatsleiter Dr. Schneider für seine umsichtige und penible Fleißarbeit belobigt. Durch seine akribischen Recherchen ist es für den Hauptverdächtigen glücklich ausgegangen. Viele Pressestimmen hatten den Mann schon fast verurteilt gehabt, und tatsächlich sprachen auch viele Indizien für seine Schuld. Aber ein klitzekleiner Hinweis, der zuvor keine Beachtung gefunden hatte, ließ Hans nicht los. Beharrlich ermittelte er in dieser Richtung weiter und konnte damit den Blick auf einen weiteren Verdächtigen lenken, der – damit konfrontiert – zusammenbrach und gestand.

Als Anerkennung für seine Leistungen wird Hans für eine Planstelle als Hauptkommissar vorgeschlagen, die zum 1. Oktober frei wird. Hans freut sich in der für ihn typischen introvertierten Haltung darüber und gibt für alle Kaffee und Kuchen aus.

Es gibt Schulferien und damit bricht auch die Urlaubszeit an. Stefan, der ja noch schulpflichtige Kinder hat, beginnt und legt zwei Wochen Urlaub ein, währenddessen Lena und Hans die Stellung halten sollen. Danach wird Hans für zwei

Wochen entspannen und dann endlich wird Lena für drei Wochen zu ihrem Fernando in die USA fliegen können.

Aus Zeitmangel muss der ungeklärte Fall nun erst einmal ruhen und ihre Hoffnung, dass sich in der Zwischenzeit nichts Dramatisches ereignen möge, erfüllt sich.

Mittwoch, 3. Juli 2013

Stefans Sommerurlaub ist beendet und er erscheint mit frischem Schwung im Büro. Braungebrannt und gut erholt lässt er sich von den Vorkommnissen der letzten zwei Wochen unterrichten und entlässt dann Hans in den wohlverdienten Urlaub. Lena, die ihrem Flug zu Fernando entgegen fiebert, kann sich kaum noch auf die laufenden Fälle konzentrieren.

Während der Urlaubszeit ist die Mordkommission insgesamt nur sehr schwach besetzt, aber zum Glück scheinen sich Verbrecher und Mörder ebenso im Urlaub zu befinden, so dass die Notbesetzung keine größeren Probleme bekommt und Stefan sogar wieder Zeit findet, den schon so lange schmorenden Fall noch einmal in aller Ruhe aufzurollen.

Während er zum x-ten Mal alle Fakten an die große Pinnwand heftet, muss er sich eingestehen, dass Lenas Verdächtigungen nicht so unbedingt aus der Luft gegriffen waren. Hätte es sich nicht um Hans, einen so engen Mitarbeiter und guten Freund, gehandelt, sondern um einen anonymen Verdächtigen, hätte natürlich auch er sofort diese Querverbindung in Erwägung gezogen.

Jetzt ist er heilfroh, dass sich durch das sofortige Nachhaken jegliche weiteren Nachforschungen in dieser Richtung erübrigen!

Aber, beim besten Willen, so oft er sich auch alle bekannten Daten und Details anschaut, etwas Neues kann er bis jetzt nicht konstruieren!

Was haben wir nur übersehen? Irgendwo muss doch ein Fingerzeig versteckt sein, zum Donnerwetter noch mal, grübelt Stefan und lässt seine Blicke wieder und wieder die möglichen Verbindungsrouten auf- und abfahren.

Jetzt scheint Gras über die Sache gewachsen zu sein!

Mehr und mehr quäle ich mich mit der Frage, ob mein Handeln richtig war.

Vier Morde habe ich begangen, vier Menschenleben einfach ausgelöscht und dadurch vier Familien unglücklich gemacht. Und wie geht es mir jetzt? Spüre ich Erleichterung, habe ich das Gefühl, ich hätte etwas wiedergutgemacht? Nein, mir geht es schlecht! Schlechter noch als vorher! Ich weiß nicht mehr, ob ich richtig oder falsch gehandelt habe und ich weiß vor allem nicht weiter!

Was mache ich jetzt? Meinhard Rolfes ist der letzte aus unserer Gruppe, soll auch er sterben?

Ich bin so uneins mit mir – ich muss wissen, ob er wirklich bereut oder ob mich mein Gefühl trügt.

Eines steht fest: einer der Haupttäter war er nicht, genau wie ich. Aber wir beide haben trotzdem Schuld auf uns geladen, weil wir nicht eingegriffen haben, weil wir zu schwach und zu feige waren! Hätten wir eingegriffen, hätten wir beide das Leben von Jenny retten können!

Somit sind auch wir, ohne es zu wollen, zu Mördern geworden!

Es nützt nichts, ich muss mich unbedingt noch einmal mit ihm unterhalten, bevor ich entscheide, wie ich weiter verfahren will.

Ich werde jetzt gleich zu ihm gehen; anmelden werde ich mich nicht wieder, ich habe Angst, dass ich dann in die Falle laufe.

Langsam, ich muss langsam gehen, ganz langsam!

Mist, die Sekretärin ist noch da, ihr Wagen steht noch im Carport.

Vorsicht, ich gehe jetzt einfach vorbei und kehre oben an der Kreuzung langsam wieder um.

Aha, da fährt ihr Wagen – jetzt werde ich allen Mut zusam-
men nehmen und klingeln!
Puh – der schrille Klingelton geht mir durch Mark und Bein,
aber es hilft nichts – jetzt gibt es kein Zurück mehr.

Meinhard erkennt sofort die Gefahr und will schnell die Tür
schließen, aber der Blick auf den Revolver lässt allen Wider-
stand brechen. Er ist aschfahl geworden und kann keinen Ton
hervorbringen. Wortlos gibt er den Weg in das Besprechungszimmer frei.

Was er dann hört, kann er kaum glauben. Der Mörder gibt
sich in aller Offenheit zu erkennen und beruhigt ihn:

„Meinhard, keine Angst, ich will dich nicht umbringen!
Erkennst du mich denn nicht?"

„Hans-Jürgen?", stammelt Meinhard verwirrt.

„Ja, ich bin Hans-Jürgen und ich habe die anderen ihrer ge-
rechten Strafe zugeführt."

Meinhard zittert am ganzen Leib, bemüht sich um Fassung
und versucht, sich mit brüchiger Stimme reinzuwaschen:

„Hans-Jürgen, ja, ich war dabei. Aber ich habe nicht mitgemacht. Ich habe sie nicht angerührt!"

„Ich weiß, ich weiß, und deshalb bin ich hier. Ich komme
mit meinem Gewissen nicht mehr zurecht und möchte dir
eine Frage stellen. Wie hast du die vergangenen Jahre überstanden? Bist du klar gekommen mit der Schuld oder hast du
Reue empfunden?"

„Ja, Scham und Reue, das kannst du mir glauben! Immer
wieder habe ich das Mädchen vor mir gesehen. Als ich dann
meine Anwaltskanzlei eröffnete, habe ich mich stets für Ver-
brechensopfer eingesetzt. Um ein kleines bisschen Wiedergutmachung zu erreichen, bin ich dann Mitglied im Weißen
Ring geworden. Verdrängen konnte ich es zeitweise, aber so
richtig zur Ruhe gekommen bin ich nie. Und als dann die

Kripo bei mir war und meine DNA haben wollte, war ich mir nicht einmal mehr sicher, ob ich mitgemacht hatte oder nicht. Deshalb bin ich jetzt sehr erleichtert, dass ich Gewissheit habe, denn meine DNA war nicht dabei! "

Er räuspert sich und hat seine Stimme jetzt wieder so einigermaßen unter Kontrolle:

„Hans-Jürgen, du weißt natürlich, dass du dich strafbar gemacht hast? Wenn du willst, werde ich dich verteidigen, denn irgendwann werden sie dich finden. Darf ich fragen, was du beruflich machst?"

„Ich bin mir nicht sicher, ob ich dir das jetzt schon sagen möchte. Aber mein Gefühl hat mich nicht getrogen, als ich meinte, in dir einen reuigen Mittäter gefunden zu haben, der unter seiner Unterlassungssünde genauso leidet wie ich. Was machst du, wenn ich nachher das Haus verlasse? Rufst du die Polizei?"

Meinhard überlegt kurz und erklärt mit fester Stimme: „Nein, ich werde es nicht tun, ich fühle mich an die Schweigepflicht gebunden."

Es folgt eine nachdenkliche Pause, dann ergreift er erneut das Wort:

„Warum sagst du mir nicht, was du beruflich machst?" Der Mörder ringt mit sich und kann sich doch gegen sein Verlangen, sich zu offenbaren, nicht wehren.

Ja, er muss es ihm jetzt sagen: „Ich bin bei der Polizei."

Meinhard reißt die Augen auf; ungläubig ruft er:

„Wie bitte? Bei der Polizei? Mein lieber Mann, das hätte ich nicht gedacht! Wie kommst du denn mit dem Doppelleben zurecht?"

„Glaub mir, ich habe mir alles lange und genau überlegt. Das Verlangen nach Gerechtigkeit hat mich getrieben.

Natürlich weiß ich, was ich getan habe und natürlich kenne ich auch die Konsequenzen!"

Der Revolver liegt auf dem Tisch, aber er spielt keine Rolle mehr.

Der Mörder fühlt sich mit Meinhard irgendwie verbunden und hofft, dass auch Meinhard so empfinden kann. Er wünscht sich, dass er zumindest ein bisschen Verständnis für seine Gefühlswelt aufbringen kann.

Beim Abschied geben sie sich fest die Hand. Sie schauen sich ernst an und versprechen sich, dass sie sich nicht aus den Augen verlieren wollen.

Meinhard sichert ihm noch einmal seine Verschwiegenheit und auch seine Hilfe zu, sollte er sie benötigen.

In der Haustür dreht der Mörder sich noch einmal um: „Meinhard, ich danke dir für das faire Gespräch. Du hast mir damit sehr geholfen."

Mit schnellen Schritten entfernt er sich. Er fragt sich, ob seine Offenheit jetzt ein Fehler war, spürt aber erstaunt, dass es ihm nach diesem Gespräch, anders als nach den vier Morden, viel besser geht. Dieses Mal verspürt er eine große Erleichterung.

Mittwoch, 10. Juli 2013

Stefan versucht, seinen Feierabend zu genießen und schaut zusammen mit seiner Frau die Tagesschau.

Plötzlich drückt er auf die Aus-Taste, sieht seine Frau entgeistert an, steht auf und läuft ruhelos hin und her.
„Was ist denn mit dir los?", fragt sie erstaunt.
„Sabine, ich bin nicht verrückt geworden, sei mir bitte nicht böse. Aber bei dem Thema von eben fällt mir gerade ein Gespräch ein, das Hans mit seiner Frau geführt hat."
„Ja und, was ist daran so wichtig?"
„Es drehte sich da möglicherweise um ein Auto, das er wohl geliehen hatte. Es schien sich nicht um seines zu handeln, aber um das seiner Frau wohl auch nicht. Genau weiß ich es nicht, aber demnach müsste auf der Halterliste, die wir haben überprüfen lassen, ja zwangsläufig gar kein Hans-Jürgen verzeichnet sein."
Verständnislos fragt seine Frau nach:
„Irgendwie kapiere ich das jetzt nicht. Denkst du denn jetzt doch wieder an Hans? Ich denke, das war vom Tisch?"
Erschrocken fährt Stefan herum, denn erst jetzt wird ihm klar, welche Konsequenzen seine Gedanken haben können. Wieder und wieder schüttelt er den Kopf, aber der böse Verdacht sitzt fest!

Es hilft nichts – er weiß jetzt, was er am nächsten Morgen zu tun hat.

Donnerstag, 11. Juli 2013

Lena hört sich Stefans Ausführungen ernst an und wird sehr nachdenklich. Wenn Hans tatsächlich etwas mit den Morden zu tun haben sollte, dann würde in der gesamten Kieler Polizeidirektion ein Orkan losbrechen. Zurückhaltend schlägt sie vor:

„Stefan, natürlich müssen wir dem nachgehen, aber wir müssen vorsichtig sein. Solange keine Klarheit herrscht, darf nichts durchsickern. Ich schlage vor, dass wir Hans so peu á peu in unsere Erkenntnisse Einblick gewähren lassen. Wenn er es war, wird er das nicht aushalten! Dann wird er irgendetwas tun, was uns Klarheit gibt."

„Mein Gott, ich muss gestehen – ich habe erbärmliche Angst davor."

„Ich auch, Stefan, ja, ich auch."

Stefan sitzt völlig verzweifelt am Schreibtisch und starrt Lena mit weit aufgerissenen Augen an. Dann bricht es aus ihm heraus:

„Du bist bald weg und Hans kommt wieder. Ich bin dann mit ihm allein! Ich weiß heute nicht, wie ich mich verhalten werde und ob ich das überhaupt durchstehen kann. Und wenn das alles ein großes Missverständnis ist? Was dann? Kannst du mir das sagen? Wie soll es dann weitergehen? Das Vertrauensverhältnis zu Hans und die Freundschaft zu ihm sind dann für immer zerstört. Außerdem kann ich meinen Abschied nehmen, das ist doch wohl klar, nicht wahr?"

Lena hört sich diesen Ausbruch an und versucht ihn zu beruhigen:

„Nun mal langsam, Stefan, ich versteh dich ja. Mein Vorschlag ist: beobachte Hans erst einmal genau, wenn er wieder zurück ist. Schau, wie er sich verhält und ob er überhaupt Interesse an dem Fall zeigt. Wenn ja, gewährst du ihm scheibchenweise Einblick, ohne dass er merken muss, dass wir dabei an ihn denken. Vielleicht kannst du an seiner Reaktion erkennen, ob wir uns verrannt haben oder nicht. So oder so, egal in welche Richtung es geht, wir müssen mit aller gebotenen Vorsicht da dran bleiben."

Montag, 22. Juli 2013

Wachwechsel!

Lena hat ihren heißersehnten Urlaub angetreten und Hans meldet sich pünktlich aus seinem Urlaub zurück.

Stefan begrüßt ihn und fragt:

„Na Hans, wie war dein Urlaub?"

„Gut", antwortet er und berichtet in seiner gewohnten Einsilbigkeit:

„Ich habe mal eine kleine Deutschlandtour gemacht. Hauptsächlich war ich am Rhein und an der Mosel unterwegs."

„Mit dem Auto oder mit dem Zug?"

„Mit dem Auto, mit dem Zug wäre es ja viel zu umständlich gewesen. Auf vier Rädern ist man doch viel flexibler."

Stefan überlegt angestrengt, wie er das Gespräch weiter führen soll und erzählt dann mit Herzklopfen:

„Sabine und ich waren auch schon oft in der Gegend. Wir haben meist in Cochem gewohnt und haben von dort aus schöne Wandertouren gemacht. Auf der Rücktour sind wir dann häufig noch bei Sabines Schulfreundin in Iserlohn gelandet."

Stefan wartet auf eine Reaktion von Hans; der Name Iserlohn sollte ihn doch eigentlich unruhig machen. Nichts geschieht. Hans zeigt keine Regung.

Im Gegenteil, er fragt interessiert nach:

„Iserlohn? Wohnt da nicht einer der Verdächtigen in eurem Mordfall?"

Nun muss Stefan sich gewaltig zusammenreißen. Erleichterung und Misstrauen streiten sich heftig in seiner Brust! Es kostet ihn ungeheure Mühe, die Ruhe zu bewahren. Betont beiläufig antwortet er:

„Ja, stimmt, dort wohnt dieser Rechtsanwalt Rolfes. Aber der ist ja, soweit wir wissen, aus dem Schneider. Seine DNA war ja nicht dabei. Ihm kann wohl doch nichts nachgewiesen werden."

Jetzt ist es Stefan doch, als sei eine schwache Reaktion bei Hans zu bemerken. Er glaubt eine leichte Gesichtsrötung zu erkennen und schließt daraus, dass das vegetative Nervenkostüm von Hans reagiert. Aufmerksam beobachtet er seinen Kollegen, der inzwischen energisch zu seiner Akte greift, die er beim Eintreten auf dem Schreibtisch abgelegt hat.

„Ok, Stefan, auf geht's, ich stürz' mich jetzt mal wieder mit neuer Kraft in die Arbeit", mit diesen Worten wendet er sich ab und verlässt das Büro.

Nachdenklich sitzt Stefan am Schreibtisch und kann keinen klaren Gedanken fassen. Zweifel nagen an ihm! Wie soll er bloß weiter verfahren? Seine Gefühle fahren Achterbahn und er quält sich mit Gedanken wie:

Was soll dieses Misstrauen? Hätte ich mir das nicht sparen können? Aber ist er nicht doch unruhig geworden, als ich Iserlohn und Rolfes erwähnte? Oder bilde ich mir das alles jetzt nur ein? Ich werde noch verrückt – so kann ich doch nicht weitermachen. Bin ich überhaupt noch objektiv?

Er schließt die Augen, atmet ein paarmal tief ein und aus und gewinnt so ganz langsam seine innere Sicherheit zurück. Er versucht, sich eine Strategie zurechtzulegen und entscheidet sich für eine flexible Taktik.

Er wird abwarten und die Augen offen halten, mehr nicht! Resigniert seufzend wendet er sich wieder den aktuellen Verwaltungsarbeiten zu und arbeitet mehr oder weniger konzentriert bis zum Feierabend!

Erleichtert schließt er sein Büro ab und bummelt gedankenverloren zu seinem Wagen. Auf dem Weg dorthin bemerkt er plötzlich den Volvo auf dem für Hans reservierten Parkplatz.

Wie von unsichtbarer Hand angezogen geht er prüfend einmal um den Wagen herum.

Schuldbewusst wandert sein Blick an der Hauswand empor. Erschrocken fährt er zusammen. Er sieht, dass Hans am Fenster steht und ihn beobachtet.

Dienstag, 23.Juli 2013

Gleich morgens, noch vor Beginn der großen Dienstversammlung, steuert Stefan direkt das Büro von Hans an.

„Moin Hans, sag mal, wem gehört der dunkle Volvo, der mir gestern Abend auf deinem Parkplatz auffiel? Du fährst doch das gleiche Modell in rot, oder hast du einen neuen inzwischen?"

„Der gehört Erikas Freundin. Meinen roten habe ich vor kurzem verkauft. Erikas Freundin wohnt hier in Kiel und hat Erika den Wagen für längere Zeit überlassen, weil sie für ein Jahr als Austausch-Lehrerin nach Namibia gegangen ist. Und Erika hat ihn zurzeit mir überlassen, bis ich einen neuen habe. Warum fragst du?"

Stefan atmet erleichtert auf und sagt:
„Nur so. Ich hab mich gewundert, weil der auf deinem Parkplatz stand."

In seinem Büro angekommen sackt er förmlich in sich zusammen. Auch mit diesen Fragen kommt er also nicht weiter. Unzufrieden geht er in sich und wägt ab:

Einerseits ist er wirklich misstrauisch geworden, andererseits wünscht er sich verzweifelt, dass Hans frei von jeglichem Verdacht ist. Aber eigentlich ist es doch sowieso eine verrückte Idee gewesen, Hans zu verdächtigen. Schließlich muss doch nach einem Hans-Jürgen gesucht werden. Wie konnten sie dann überhaupt in Erwägung ziehen, dass Hans der Täter sein könnte? Nur, weil er auch einen Volvo fährt?!

Das Klingeln seines Telefons reißt ihn aus seinen Gedanken. Auf dem Display erscheint eine dänische Nummer und er weiß sofort, wer ihn da zu sprechen wünscht.

Schnell meldet er sich und erkennt Inges Stimme:

„Hallo Stefan, hier spricht Inge. Ich wollte nur mal nachfragen: gibt es etwas Neues?"

„Nein Inge, es gibt nichts Neues, leider. Ich verspreche dir, dass ich dich sofort informiere, sobald es etwas Wichtiges gibt."

Inge beendet das Gespräch mit den besten Wünschen. Stefan hört ihre leise Stimme:

„Auf Wiedersehen Stefan, pass gut auf dich auf."

Er legt auf, denkt an Inge und an die Nacht mit ihr. Immer noch hadert er mit seinem Versagen. Er sehnt sich nach ihrer Wärme, ihrer sexuellen Unbekümmertheit und gesteht sich ein, dass ihn das sehr beeindruckt, ohne dass er seine Liebe und die Vertrautheit zu seiner Frau in Frage stellt.

Jetzt weiß ich endgültig, dass sie mir auf den Fersen sind!

Stefan hat sich zu auffällig für den Volvo interessiert. Seine Erklärung wegen der Farbe ist nur vorgeschoben, das habe ich genau gemerkt.

Ich muss vorsichtiger sein. Oder soll ich in die Offensive gehen, getreu dem Motto: Angriff ist die beste Verteidigung?

Als Kriminalist weiß ich, dass ausschließlich Beweise zählen. Und welche Beweise liegen ihnen denn vor? Eigentlich gar keine! Sicher, auf der Parabellum hat es einen Fingerabdruck gegeben, aber meiner kann es nicht sein!

Erstens hatte ich vorher alles abgewischt, wobei ich da wohl doch eine Ecke übersehen haben muss. Aber zweitens, und das ist doch das Entscheidende, habe ich mit OP-Handschuhen gearbeitet! Also kann es unmöglich mein Abdruck sein!

Und das Taschentuch, das die SpuSi gefunden hat? Natürlich stammt das nicht von mir, das habe ich ja absichtlich dort hingeworfen, um eine falsche Spur zu legen. Irgendjemand hatte es achtlos fallen gelassen. Wie gut, dass mir das kurz vorher auf dem Weg in den Blick geriet und ich sofort geschaltet habe.

Diese Beweisstücke sind also keine Gefahr für mich, und mehr können sie einfach nicht in der Hand haben!

Also, es gibt keinen Grund zur Panik – ich muss jetzt überlegen, ob und wie ich weitermachen soll, denn eigentlich ist durch meinen Entschluss, Meinhard nicht zu töten, meine Mission ja beendet.

Jetzt gilt es nur ruhig zu bleiben und so geordnet wie möglich abzuwarten.

Dem Rechtsanwalt Meinhard Rolfes ist durch das letzte Gespräch mit seinem Besucher klar geworden, dass er sich all die Jahre über ganz gewaltig etwas vorgemacht hat. Natürlich ist auch er durch seine Inaktivität Mittäter, da gibt es kein Vertun!

Als Jurist ist er durchaus in der Lage, alle Fakten von den verschiedensten Seiten aus zu beleuchten und zu bewerten. Er glaubt seinem Besucher, dass dieser nicht noch einmal zum Mörder werden will. Im Gegenteil, er ist sich sicher, dass der frühere Handballkamerad seinen Beistand und vielleicht sogar seine Freundschaft sucht. Aber warum nur? Wo ist das Motiv, ihn selbst zu verschonen? Für das Strafmaß wird es egal sein, ob vier oder fünf Morde begangen wurden, die zu erwartende Strafe wird dadurch nicht geringer werden.

Warum also soll er verschont werden??

Meinhard zermartert sich den Kopf und dabei fällt ihm wieder – wie schon so oft in letzter Zeit – das Gespräch mit Fernando Gonzales ein. Deutlich hat er noch dessen Abschiedsworte im Ohr: Auf Wiedersehen. Wir sehen uns bestimmt noch einmal wieder! Wie eine Drohung schwingen diese Worte in seinem Unterbewusstsein. Ein tiefes Unbehagen ergreift ihn. Gewaltsam versucht er dieses Gefühl zu verdrängen und betet sich wieder und wieder beruhigend vor, dass seine DNA ja schließlich nicht mit der der Täter überein stimmte.

Gerade schickt er sich an, in seine Privaträume hinüber zu gehen, als das Telefon klingelt. Erschrocken zuckt er zusammen, hebt ab und vernimmt eine forsche männliche Stimme:

„Hallo, spreche ich mit Herrn Rolfes?"

„Ja – am Apparat – und wer sind Sie?"

„Mein Name ist Stefan Kaiser von der Mordkommission Kiel. Wie Sie ja bereits wissen, ermitteln wir in den vier Mordfällen, zu denen Sie ja schon befragt worden sind."

„Ja, und was wollen sie jetzt noch von mir?", fragt Meinhard betont ungehalten. Sein Blick ist jetzt hellwach.

„Ach, wissen Sie, ich habe nur eine Frage. Ist Ihnen der Name Hans Sommer bekannt?"

Blitzschnell registriert Meinhard, dass hier eine Namensähnlichkeit vorliegen könnte. Hans oder Hans-Jürgen, das ist ihm einfach zu offensichtlich. Sicherheitshalber sagt er:

„Nein, der Name ist mir völlig unbekannt. Wer soll das sein?"

„Haben Sie vielen Dank, das war's schon." Mit diesen Worten wird das Gespräch beendet, ohne dass auf die Gegenfrage eingegangen wird.

Augenblicklich wählt Meinhard die Handynummer von Hans-Jürgen und berichtet ihm von dem merkwürdigen Anruf.

„Und was hast du gesagt", fragt Hans-Jürgen ein wenig atemlos.

„Ich sagte ihm, dass ich diesen Namen nicht kenne."

„Gut so, danke. Ich will dir auch erklären, wie es sich mit den unterschiedlichen Namen verhält. Bei der Anfertigung meiner Geburtsurkunde ist ein kleiner Fehler passiert. Meine Eltern wollten, dass ich nach meinen Großvätern Hans-Jürgen Heinrich heißen soll, Hans-Jürgen mit Bindestrich. Bei der Beurkundung ist dem Standesbeamten dann der Fehler passiert, dass er bei Hans-Jürgen den Bindestrich vergessen hat und Hans als Rufnamen unterstrichen hat. Das hat nun dazu geführt, dass ich mich jetzt offiziell nur noch Hans nenne, früher von meinen Eltern und allen Freunden allerdings immer Hans-Jürgen gerufen wurde. In allen Papieren steht natürlich Hans Jürgen ohne Bindestrich mit dem Zusatz Heinrich und Hans unterstrichen, was ja auch richtig ist."

„Mein Gott, ist das kompliziert", stöhnt Meinhard.

Hans-Jürgen fährt fort:

„Seit der Sache in Odense habe ich nun natürlich immer darauf geachtet, dass ich mich nur noch Hans nenne und auch alles mit Hans unterschreibe. Eigentlich ist das nicht ganz korrekt, aber da Hans als Rufname unterstrichen ist, darf ich das."

Meinhard warnt:

„Du musst aufpassen, Hans-Jürgen! Du darfst dir nicht den kleinsten Fehler erlauben. Ich glaube, sie suchen jetzt in allen Richtungen und schließen auch dich nicht mehr aus."

„Ja, ich weiß, aber danke, dass du mich angerufen hast."

Montag, 26. August 2013

Stefan wartet ungeduldig auf Lenas Rückkehr aus den USA. Heute sind endlich ihre drei Wochen Urlaub bei Fernando um.

Inzwischen liegt auch der Abgleich der Ergebnisse der Untersuchungen des gefundenen Fingerabdrucks und des Taschentuchs mit den Daten von Hans vor. Erleichtert registriert Stefan: das Ergebnis ist gottseidank negativ!

Während Lenas Abwesenheit hat er fieberhaft nach neuen Wegen gesucht, wie man den Fall endlich lösen könnte, aber keine entscheidende Idee gehabt. Immer wieder hat er sich den Kopf zermartert und überlegt, wie man weiter verfahren könnte, um endlich entscheidende Hinweise zu finden. Hans wieder mit einzubinden hat er trotz der Entwarnung, die das Negativ-Ergebnis ja eigentlich rechtfertigt, aus irgendeinem Grunde nicht gewagt und nun braucht er Lena dringend, um mit ihr gemeinsam eine ganz neue Strategie zu entwickeln.

Rums – die Tür fliegt auf – Lena ist wieder da!

Sie hat sich gut erholt und berichtet lebhaft von den vielen Eindrücken, die sie aus den Staaten mitgebracht hat. Es sprudelt nur so aus ihr heraus und sie endet mit den besten Grüßen von Fernando, dem es dort in den Staaten sehr gut geht.

Dann, nach einer ganz kleinen Atempause, schluckt sie, schaltet um und erkundigt sich angstvoll nach dem Stand der Dinge hier in Kiel. Stefan erzählt haarklein alles, was sich zugetragen hat und berichtet mit Nachdruck von dem für sie alle ja so positiven Negativ-Ergebnis.

Gespannt wartet er auf ihre Reaktion und sieht sie aufmerksam an. Erstaunt bemerkt er eine gewisse Art von Trotz in ihrem Blick, als sie jetzt ganz ruhig sagt:

„Es tut mir leid, aber auch wenn keine eindeutigen Beweise vorliegen – ich persönlich kann Hans nicht als Mörder ausschließen, das sagt mir mein Bauchgefühl!"

„Mein Gott, Lena, wir dürfen uns nicht verrennen, alle Fakten sprechen dagegen", wettert Stefan empört.

„Eigentlich müssten wir ihn mit unserem Verdacht konfrontieren. Manchmal geht es einfach nicht anders, auch wenn das brutal ist", kontert Lena.

„Und wann, bitte schön, und vor allem, wie gedenkst du ihn damit zu konfrontieren? Ist dir klar, was du damit aufs Spiel setzen würdest?"

„Ja, das ist mir klar! Entschuldige, aber ich kann nicht anders, ich habe es mir reiflich überlegt. Morgen werde ich es tun! Ich muss mich nur noch etwas sammeln", verkündet sie forsch.

Ihr Gesichtsausdruck ist allerdings alles andere als forsch und zeigt deutlich, wie unwohl ihr allein bei dem Gedanken ist.

Stefan stützt den Kopf in beide Hände, sieht Lena fassungslos an und sagt leise:

„Hoffentlich geht das gut, Lena!"

Dienstag, 27. August 2013

Gleich morgens früh, noch weit vor der täglichen Besprechungsrunde, betritt Lena Stefans Büro und gesteht ihm, dass sie unheimlich Angst vor dem angekündigten Gespräch mit Hans hat. Sie erklärt ihm, dass sie unbedingt noch einen Tag Bedenkzeit benötigt. Stefan, dem die ganze Aufregung auf den Magen geschlagen ist, atmet erleichtert auf und will gerade einen Versuch starten, sie davon zu überzeugen, dass sie sich noch viel mehr Zeit lassen sollten für weitere Nachforschungen, als Hans das Zimmer betritt, beide freundlich begrüßt und die beiden um ihre Meinung zu einem verzwickten aktuellen Fall bittet.

Überstürzt verlässt Lena den Raum; dieser Situation ist sie offensichtlich nicht gewachsen.

„Was hat sie denn?", fragt Hans erstaunt und schaut ihr kopfschüttelnd nach.

„Keine Ahnung, das weiß ich auch nicht", brummelt Stefan und fühlt sich augenblicklich schäbig und feige, weil er, der aufrechte Hauptkommissar und Chef des Dezernats, nicht den Mut aufbringt, seinen langjährigen Kollegen Hans Sommer offen und ehrlich mit dem Verdacht zu konfrontieren, um so endlich Klarheit zu schaffen.

Freitag, 30. August 2013

Dieser Freitag hält eine Überraschung bereit.

Fernando ist aus den Staaten zurück und hat beim Landeskriminalamt Kiel eine Planstelle als Profiler erhalten. Gleich heute tritt er seinen Dienst an und da er in die ersten Ermittlungen bei diesem schwierigen Fall mit eingebunden war, wird er jetzt auch gleich wieder in den Stab aufgenommen.

Lena, die bei Stefan um weiteren Aufschub für den Zeitpunkt der so brisanten Unterredung mit Hans gebeten hat, ist sehr erleichtert. Sie hofft verzweifelt auf die Unterstützung von Fernando. Um ihn genauestens in ihre Pläne einzuweihen, ist zunächst ein Dreiergespräch notwendig. Fernando hört konzentriert zu und schlägt dann vor, ein weiteres Mal nach Iserlohn zu dem Anwalt Rolfes zu fahren und zwar zusammen mit Hans.

„Ich könnte mir vorstellen, dass er das nicht durchstehen wird. Wir sollten ohne Voranmeldung nach Iserlohn fahren. Wenn wir dann dort vor der Tür stehen, wird einer von beiden einknicken. Wenn nicht, werde ich zumindest an den Reaktionen bemerken können, ob sie sich kennen oder nicht."

Stefan blickt von einem zum anderen und schaut dann nachdenklich aus dem Fenster.

Es ist so ein schöner Spätsommertag, warum kann sich nicht alles einfach in Luft auflösen, wünscht er sich.

Lena und Fernando warten in sich gekehrt auf Stefans Entscheidung.

„Aber dann musst du dich krank melden", wendet er sich schließlich an Lena.

„Warum das denn?", fragt sie verständnislos.

„Hans wird sich sonst bestimmt wundern und fragen, warum du nicht mitfährst."

„Das ist richtig, das klingt plausibel", nickt Fernando.

Montag, 2. September 2013

Stefan informiert Hans, dass Lena krank ist und bittet ihn, zusammen mit Fernando nach Dortmund zu Leo Kretzer zu fahren.

Hans scheint nicht gerade erfreut zu sein; es ist offensichtlich, dass er Fernando nicht besonders mag, aber notgedrungen willigt er ein. Stefan erklärt ihm, dass sie mit dem Dortmunder Kommissar noch einmal alle Aspekte abgleichen sollen.

Es ist 7:30 Uhr, als sie starten. Während der Fahrt entwickelt sich ein unverbindliches, lockeres Gespräch, in dem Hans über seinen aktuellen Fall berichtet. Die meiste Zeit wird allerdings geschwiegen. Ungefähr 50 Kilometer vor Dortmund sagt Fernando plötzlich:

„Hans, ich habe mir gerade überlegt, dass wir noch kurz mal bei dem Rechtsanwalt in Iserlohn vorbeifahren könnten. Eine Frage hätte ich nämlich noch an ihn und Iserlohn liegt ja fast auf dem Weg, das können wir dann doch gleich mit abhaken."

Hans scheint überrascht zu sein, nickt aber und geht weiter seinen Gedanken nach.

Kurz vor Iserlohn bittet er um einen Stopp bei einer Raststätte, da er die Toilette aufsuchen müsse. Fernando steuert einen Parkplatz an und Hans eilt mit raschen Schritten auf das Toilettenhäuschen zu.

Dort angekommen zückt er schnell sein Handy, wählt Meinhard an und unterrichtet ihn von dem unmittelbar bevorstehenden Besuch.

Meinhard Rolfes versteht sofort und beruhigt ihn mit der Zusicherung, dass er genau weiß, was er zu tun und zu sagen hat.

Im Kommissariat Kiel sitzt währenddessen Stefan Kaiser antriebslos herum. Er wartet unruhig auf eine Nachricht. Mit zunehmender Zeit steigt sein Blutdruck auf eine bedenkliche Höhe.

Lena hat auch schon ein paarmal angerufen und nachgefragt, ob sich schon etwas getan hat.

„Nein, gar nichts bis jetzt, Lena. Ich sage dir sofort Bescheid, wenn Fernando sich gemeldet hat."

Stefan steckt voller Zweifel, ob diese Vorgehensweise überhaupt richtig ist. Eigentlich gibt es gar keine Beweise für diesen schlimmen Verdacht. Alles ist doch nur einem Bauchgefühl entsprungen und trotzdem kann auch er sich nicht eines gewissen Misstrauens erwehren. Er hat unheimlich Angst, dass das seit Jahren bestehende Vertrauensverhältnis zerstört werden könnte, wenn sie nicht diskret vorgehen. Ihm ist allerdings auch klar, dass, sollte sich der Verdacht doch bestätigen, ein Beweis wohl nur durch direkte Konfrontation zu erlangen ist.

In Iserlohn angekommen fährt Fernando bei Meinhard Rolfes vor. Fernando schaut Hans verstohlen von der Seite an. Er sieht ein wenig blass aus, aber er scheint ruhig und gelassen zu sein.

Dem erfahrenen Profiler kommt es so vor, als ob Hans wie ein Tier voller Konzentration auf der Lauer liegt.

Forsch drückt Fernando den Klingelknopf. Meinhard Rolfes persönlich öffnet die Tür, schaut überrascht und gibt dann zu erkennen, dass er Fernando bereits einmal gesehen hat. Er schaut Hans fragend an und dieser zückt seinen Ausweis und stellt sich vor:

„Hans Sommer, Mordkommission Kiel".
Meinhard bittet beide in sein Büro und zeigt mit einer einladenden Geste auf die Besucherstühle.

Sofort nachdem sie dort Platz genommen haben, geht Fernando zu einem Überraschungsangriff über:

„Herr Rolfes, ich hatte eigentlich damit gerechnet, dass Sie Herrn Sommer schon kennen."

Meinhard schüttelt den Kopf:

„Nicht dass ich wüsste. Darf ich fragen, wie Sie darauf kommen?"

Jetzt greift Hans ein, bevor Fernando etwas antworten kann:

„Wie bitte? Sag mal, Fernando, wie kommst du denn darauf? Du warst doch der einzige, der schon mal hier war."

Meinhard setzt nach:

„Es wäre ja schön, wenn Herr Sommer schon einmal hier gewesen wäre, denn Ihren letzten Besuch habe ich in nicht sehr guter Erinnerung."

Ohnmächtig spürt Fernando zum ersten Mal eine große Unsicherheit in sich aufsteigen. Sollte er sich so getäuscht haben? Mit dieser Coolness hat er nicht gerechnet oder sind sie doch auf der falschen Spur?!

Er zwingt sich zur Ruhe und sucht nach den richtigen Worten:

„Ach wissen Sie, das ist mein Job. Ich stelle Fragen, und manchmal sind es zugegebenermaßen auch merkwürdige Fragen, aber aus den Antworten kann ich mir dann meistens ein Bild machen. Das vegetative Nervenkostüm verrät manchmal eine ganze Menge und kann mehr Aufschluss geben als Antworten."

Hans steht abrupt auf, sieht Fernando kopfschüttelnd an und sagt unwillig:

„Also, es tut mir leid, aber ich sehe in dieser Art von Befragung absolut keinen Sinn! War das diese eine Frage, die du noch hattest? Wenn du keine weiteren Fragen mehr hast, sollten wir unseren Besuch jetzt beenden!"

Er geht entschlossen zur Tür und sagt zu Meinhard gewandt:

„Entschuldigung, dieses Gespräch war überflüssig – aber jedenfalls kennen wir uns jetzt."

Fernando folgt ihm; an der Tür dreht er sich noch einmal zu Meinhard Rolfes um, lächelt ihn kalt an und kann sich nicht verkneifen, abermals zu sagen:

„Auf Wiedersehen Herr Rolfes, und das meine ich ganz wörtlich."

Während der Rückfahrt herrscht eisiges Schweigen, beide hängen ihren Gedanken nach und sondieren, wie die Lage jetzt ist. Fernando sinnt über seine weitere Vorgehensweise nach, Hans scheint zu sinnieren, wie sein Verhalten jetzt auszusehen hat.

Fernando konstatiert:
Eigentlich müsste Hans jetzt Empörung zeigen.

Hans hat ähnliche Gedanken:
Einerseits müsste ich jetzt total ausrasten, andererseits laufe ich dann Gefahr zu übersteuern und mich dadurch noch verdächtiger zu machen.

Frostig wendet er sich Fernando zu und verlangt: „Nach dieser für mich nicht nachvollziehbaren Befragung schlage ich vor, dass wir uns den Weg nach Dortmund sparen. Mach deinen Fakten-Check ein anderes Mal und dann bitte ohne mich!"

Während Fernando stumm den Wagen Richtung Norden lenkt, steigt Verzweiflung in Hans auf. Er denkt an die Opfer:

Da war als erster Siegfried Teuerkauf aus Kiel-Schilksee. Es war ganz leicht gewesen. Und Siegfried war schließlich einer der Haupttäter gewesen! Oder? Eigentlich hatte Jenny sich doch mit ihm freiwillig abgesondert – aber auch er hat sich doch schuldig gemacht, weil er ihr nicht zu Hilfe gekommen ist!

Dann in Felde, der Richter Gunnar Schröder. Er war ein allseits anerkannter Richter mit absolut weißer Weste – so schien es jedenfalls nach außen. Und gerade deshalb war es doch verwerflich, dass er trotz der schweren Schuld, die er auf sich geladen hatte, als Richter unangreifbar war. Er war es gewohnt, Recht von Unrecht zu unterscheiden, und ich meine, in seinem letzten Blick ein Verstehen erkannt zu haben. Gut so!

Danach in Husum, Andreas Kuhnke. Bei ihm bin ich mir ganz sicher, dass er in dem Augenblick des Sterbens die Strafe anzunehmen bereit war. Oder ist das nur mein Wunschdenken, frage ich mich jetzt. Auf jeden Fall war aber auch er ein aktiver Täter gewesen!

Bei Sebastian Deutschendorf ist es ganz klar! Er war ein Lebemann und, was ja für meine Entscheidung viel wichtiger ist, der Haupttäter ohne jegliche Reue und ohne Schamgefühl – bis zum Schluss. Bei ihm bin ich absolut sicher: der hat es am meisten verdient!

Hans wird aus seiner Gedankenwelt gerissen, als sie beim Kommissariat vorfahren. Er war so mit seinen Überlegungen beschäftigt, dass er gar nicht bemerkt hat, dass sie schon in Kiel sind.

Wortlos gehen sie auseinander. Hans steuert sofort seinen Wagen an.

Fernando schaut ihm gedankenverloren nach und versucht, die Reaktion von Hans zu analysieren.

Er ist nicht überrascht, dass er Stefans Wagen noch auf dem Parkplatz sieht und eilt deshalb in dessen Büro. Stefan schreckt hoch – übermüdet und völlig fertig schaut er ihm entgegen.

Fernando berichtet in aller Ausführlichkeit. Ratlos und niedergeschlagen beschließen sie, die Erkenntnisse sacken zu lassen und Feierabend zu machen.

Natürlich führt Fernandos Weg direkt zu seiner Lena. Sie umarmt ihn hastig und zieht ihn schnell in ihr Wohnzimmer. Aufgebracht erzählt er ihr alles der Reihe nach, verschweigt auch seinen großen Frust und seine Unsicherheit nicht. Lena hört aufmerksam zu, ohne ihn zu unterbrechen. Nachdem er geendet hat, wischt sie ihre aufsteigenden Tränen fort und seufzt schwer und unglücklich:

„Jetzt beginnt eine schwere Zeit. Wann werden wir endlich Klarheit haben? Ich glaube einfach nicht, dass wir auf dem Holzweg sind, auch wenn ich es mir noch so sehr wünsche! Wie sollen wir denn jetzt bloß Hans begegnen? Keiner von uns kann doch jetzt noch loyal sein! Komm Fernando, halt mich fest, ich habe solche Angst, es ist so schwer!"

Dienstag, 3. September 2013

Stefan verlässt bedrückt das Büro seines Vorgesetzten Dr. Schneider, den er jetzt mit allen Details ins Vertrauen gezogen und ihn über den Stand der Dinge informiert hat. Nach einem hitzigen Hin und Her sind sie sich schließlich einig geworden, dass sie Hans nicht mehr direkt mit dem Verdacht behelligen wollen, sein dienstliches Vorgehen jedoch im Auge behalten müssen.

Beide hoffen inständig, dass die Zeit für sie arbeiten wird. Irgendwann wird schon der richtige Zeitpunkt kommen, wo sie das klärende Gespräch mit Gewissheit führen können. Ihnen ist klar, dass die Staatsanwaltschaft auf eine lückenlose Beweislage bestehen wird, allein schon wegen der Brisanz. Mit dem Mut der Verzweiflung greifen sie jetzt zu einem eigentlich völlig abwegigen Plan und scheuen auch das damit verbundene Risiko nicht!

Sie beschließen, Hans wieder direkt in die Ermittlungen mit einzubinden. Und nicht nur genug damit, sie werden ihm sogar die Leitung anvertrauen! Sollte er tatsächlich der Täter sein, wird er dadurch psychisch dermaßen belastet werden, dass er entweder Fehler machen oder zusammenbrechen wird, mutmaßt das Führungsduo.

Im großen Besprechungsraum angekommen teilt Stefan jetzt der versammelten Mannschaft mit:

„Liebe Kollegen, Herr Dr. Schneider und ich haben eben gerade eine Umstrukturierung der Kompetenzen beschlossen. Bei dem Vierfach-Mordfall wird ab sofort Hans die Leitung übernehmen."

Hans hebt erstaunt den Kopf und tritt irritiert von einem Fuß auf den anderen.

„Ist das bei dir angekommen, Hans?"

„Ehm – ja, natürlich ist das angekommen. Bringst du mich nachher auf den neuesten Stand oder soll ich mir die Akten gleich aus deinem Büro holen?"

Stefan nickt und fährt fort:

„Ich erwarte von dir wöchentlich einen Bericht über alles, was sich getan hat und wie die weitere Vorgehensweise sein wird. Ist das klar?"

Hans bemerkt sofort an dem ungewohnten Befehlston seines Kollegen, dass jetzt die Zeit der Entscheidung anbrechen wird. Wieder und wieder fragt er sich:

Wie soll das alles enden? Falls es mir gelingen sollte, den Kopf noch aus der Schlinge zu ziehen – werde ich überhaupt damit leben können?

Er fragt sich und kennt im Grunde genommen doch schon die Antwort, denn er ist sich absolut nicht mehr sicher, ob er dieses Katz- und Mausspiel auf Dauer wird durchstehen können. In den tiefsten Tiefen seiner Seele ist er ja ein sensibler, feinfühliger Mensch, der Unehrlichkeit hasst und dem Gerechtigkeit über alles geht, sonst hätte er sich niemals in diese Situation hinein manövriert!

Dienstag, 17. September 2013

Seit zwei Wochen leitet Hans nun schon die Ermittlungen und die Hoffnung, dadurch gravierende Hinweise auf eine mögliche Täterschaft zu erhalten, hat sich bisher nicht erfüllt. Die Art und Weise seines Herangehens lässt keine Rückschlüsse zu, weder so noch so!

Heute bringt Fernando das Thema auf den Tisch, als er mit Stefan und Lena zusammen sitzt:

„Ich habe noch einmal alles überdacht und bin nach wie vor der festen Überzeugung, dass es nur über die Schiene Rolfes möglich sein wird. Ich kann es nicht begründen, aber ich bin mir so sicher, dass die beiden sich von früher kennen! Irgendwie müssen wir sie noch einmal zusammenbringen, ohne dass sie vorher davon wissen. Eine Möglichkeit wäre da zum Beispiel, die Telefone überwachen zu lassen."

„Wie soll das denn gehen?", fragt Lena, wohlwissend, dass so eine Aktion nur mit Genehmigung der Staatsanwaltschaft erlaubt ist.

„Die haben mit Sicherheit telefonischen Kontakt. Dadurch könnten wir mehr über den Täter erfahren, selbst wenn es nicht Hans sein sollte", begehrt Fernando auf.

„Na, das müsste aber erstmal bei der Staatsanwaltschaft durchzubekommen sein! Das klappt nie!", hadert Stefan.

Lena ergreift erneut das Wort:

„Das sehe ich sowieso ganz anders! So dumm werden die beiden nicht sein. Die besprechen doch nicht alles per Telefon. Und vor allem, Hans, wenn er denn der Täter ist, kennt doch all unsere Möglichkeiten. Glaubst du, der würde dafür sein Diensthandy benutzen? "

Fernando beharrt weiter auf einer solchen Vorgehensweise und bekräftigt:

„Lena, wenn es uns gelingt, die beiden doch noch einmal zusammenbringen zu können, meinetwegen auch ohne diese Telefonvariante – so rein zufällig – dann werden wir, wenn wir es richtig anstellen, wahrscheinlich sofort Klarheit bekommen."

Lena sieht ihren Schatz skeptisch an, nimmt einen Schluck Kaffee und schüttelt dann lächelnd den Kopf:

„Du Schlaumeier."

Kaum ist ihr das Wort herausgerutscht, blitzt Fernando sie böse an, sagt aber nichts.

„Entschuldige bitte den Schlaumeier; aber hast du auch dabei berücksichtigt, dass die beiden sich jetzt ja bereits kennen?"

Fernando, immer noch ziemlich empört und beleidigt, bemerkt, dass Lena die Tragweite seiner Worte nicht richtig erkannt hat und erklärt mit erhobener Stimme:

„Meine Liebe, die Betonung liegt hier auf ‚rein zufällig'! Unsere Aufgabe wäre es natürlich, dafür zu sorgen, dass es tatsächlich nach Zufall aussieht. Und wer weiß, vielleicht bringt uns das dann doch weiter!"

Was soll ich jetzt machen? Wie soll ich mich jetzt verhalten? Ich stecke fest!

Sie wissen es! Nicht mit letzter Gewissheit zwar, aber sie ahnen es! Jetzt suchen sie verzweifelt nach Beweisen! Wie werden sie vorgehen, um mich dingfest zu machen? Natürlich – sie werden versuchen, mich langsam in die Falle zu locken!

Alle Achtung, der Schachzug, mir die Leitung zu übergeben, ist gewagt, aber genial!

Ich kenne sie, ich kenne sie gut genug, um zu wissen, dass sie darauf bauen, dass ich einen Fehler mache oder zusammenbreche!

Nein, den Gefallen werde ich ihnen nicht tun!

Ich werde jetzt so weitermachen, wie es sich als guter Kriminalist gehört. Ich werde alle Orte noch einmal aufsuchen und nachforschen, weitere Befragungen durchführen und meine wöchentlichen Berichte abliefern, so, wie Stefan es von mir verlangt.

Mit der Familie Teuerkauf aus Schilksee werde ich anfangen.

Es wird schwer werden, das weiß ich. Aber es nützt nichts, ich muss da durch!

Und wenn ich es doch nicht schaffe?

Wenn ich nicht mehr kann oder wenn ich mich verzetteln sollte und keine Chance mehr habe, dann – ja, dann werde ich wissen, was ich zu tun habe!

Frau Teuerkauf steht in der Küche und bereitet das Essen für sich und die Kinder vor.

In einer halben Stunde sollen die beiden aus der Schule kommen. Sie besuchen das 'Ernst Barlach Gymnasium` in Kiel. Der Linienbus, mit dem sie täglich ihren Schulweg zurücklegen, wird schon unterwegs sein.

Sie zuckt erschrocken zusammen, als das Telefon läutet. Immer noch steigt bei jedem unvorhergesehenen Geräusch Panik in ihr auf. Die schlimme Nachricht vom Tod ihres Mannes und die Begleitumstände hat sie noch lange nicht verkraftet.

Verhalten meldet sie sich und vernimmt eine heisere Männerstimme:

„Guten Tag, Frau Teuerkauf, mein Name ist Hans Sommer von der Mordkommission Kiel, entschuldigen Sie bitte die Störung. Wie Sie wissen, ermitteln wir noch immer und ich hätte noch einige Fragen, darf ich Sie noch einmal besuchen?"

Mit belegter Stimme antwortet sie:

„Ja natürlich, wenn es sein muss? Heute Nachmittag bin ich zu Hause."

„Gut, wenn ich darf, werde ich so gegen 16 Uhr bei Ihnen sein, geht das?"

„Ja, das geht", antwortet sie kurz und legt auf.

Jetzt kommen alle Gefühle von damals wieder hoch: Zuerst die quälende Ungewissheit und dann die Bestätigung der Katastrophe. Sicher, sie hat sich inzwischen ihr Leben anders organisieren können. Die Kinder sind der Mittelpunkt ihres Lebens.

Bei einem Beileidsbesuch von Kollegen ihres Mannes hörte sie zufällig eine unsensible Bemerkung, die sie stark verwirrte und noch lange beschäftigte. Hatte er mal eine Freundin gehabt? Aber wann sollte das gewesen sein? Sie hatte sich bemüht, diese Frage zu vergessen, um das Andenken ihres Mannes nicht zu beschädigen, aber gerade jetzt muss sie doch wieder daran denken und fragt sich, was an dieser kleinen Randbemerkung wohl dran sein könnte.

Es ist Punkt 16 Uhr, als Hans Sommer das Gartentor öffnet. Frau Teuerkauf steht bereits in der geöffneten Tür, weil sie ihn schon vom Küchenfenster aus gesehen hat. Sie bittet ihn herein und bietet ihm einen Platz an. Bevor der Kriminalbeamte etwas sagen kann, fragt sie heftig: „Wann fassen Sie diesen Satan endlich?"

Dieser Ausbruch bringt Hans Sommer komplett aus der Fassung. Er hat sich kaum noch unter Kontrolle und stottert:

„Äh – bald, so hoffe ich."

Im gleichen Moment bemerkt Frau Teuerkauf, dass der Beamte blass wird und flach atmet. Sie eilt in die Küche um ein Glas Wasser zu holen. Als sie zurück ins Wohnzimmer kommt, findet sie den Beamten auf dem Fußboden liegend vor. Mühsam ringt er nach Luft und kann nur noch röcheln. Aufgeregt wählt sie die Nummer 112 und nach acht Minuten ist der Notarzt da. Wenig später wird Hans Sommer mit Blaulicht in das Kieler Uni-Klinikum gefahren.

Erschöpft von der ganzen Unruhe wählt Frau Teuerkauf die immer noch neben dem Apparat liegende Telefonnummer der Dienststelle in Kiel und benachrichtigt Fernando, der zufällig gerade vor dem Apparat steht und deshalb den Anruf entgegennimmt.

„Jetzt zeigt er Nerven", sagt er zu sich und eilt in Stefans Büro: „Ich habe gerade einen Anruf von Frau Teuerkauf bekommen. Hans ist dort zusammengebrochen und in die Uni gebracht worden. Er hat also schon den Besuch des ersten Tatorts nicht verkraftet", berichtet Fernando und fährt gedankenverloren fort:
„Das ist bezeichnend, jetzt holen ihn die Taten ein. Vom Typ her ist er ja auch gar kein Intensivtäter im klassischen Sinne und ein Gewalttäter schon gar nicht.
Aber – sollte er damals in Odense dabei gewesen sein, und davon müssen wir wohl ausgehen – ein Sexualtäter? Wer kann das schon wissen?! Ich kann es mir aber wirklich nicht vorstellen. Ich kann nur vermuten, dass er, falls er dabei gewesen sein sollte, einem fehlgeleiteten Gerechtigkeitswahn zum Opfer gefallen sein könnte. Allerdings mit dramatischem Ausgang, denn vier Menschen mussten dafür sterben."

Fernando und Stefan brechen sofort auf und begeben sich in die Klinik, um Kontakt zu den Ärzten aufzunehmen. Der zuständige Oberarzt Dr. Sievers erwartet die beiden Beamten schon vor der Stationstür. Er erklärt ihnen, dass Hans Sommer einen Kreislaufzusammenbruch erlitten hat und mindestens 24 Stunden Ruhe benötigt, also auch keinerlei Besuch haben darf.

Auf Stefans besorgte Nachfrage erklärt er beruhigend, dass keine akute Lebensgefahr besteht. Die von Stefan geäußerte Bitte, doch einmal zumindest ´Hallo` sagen zu dürfen, lehnt der Arzt kategorisch ab und so bleibt den beiden Kollegen nichts anderes übrig, als ins Büro zurück zu kehren und Lena über den Stand der Dinge zu informieren.

Traurig sagt Lena:

„Nun müssen wir wohl wirklich der Tatsache ins Auge sehen, dass Hans der Täter ist! Ich kann mir gut vorstellen, dass das für ihn alles zu viel ist. Das wird er nicht durchhalten können! Was hat ihn bloß zu diesen fürchterlichen Taten bewogen? Die Frage nach dem ´Warum` lässt mich nicht los!"

Mittwoch, 18. September 2013

Nach der großen Mittagspause ist die Kantine des Dezernats leer bis auf Stefan, Fernando und Lena. Deshalb beschließen die drei, zu bleiben und bei einem Kaffee erneut nach möglichen Ermittlungsfehlern zu suchen. „Wie kommen wir bloß weiter. Wie kommen wir an klare Beweise heran, so oder so?", stöhnt Stefan.

Erschöpft legt er seinen Kopf in beide Hände; er ist dicht vor einem Nervenzusammenbruch. Er wischt sich über die Augen und sagt dann leise:

„Der Mörder, ich will es mal ganz neutral sagen, also nicht auf Hans abheben, hat im Vorfeld seiner Aktivitäten doch sicher alle Gewohnheiten der Opfer erkundet. Er hat doch wahrscheinlich telefoniert, vielleicht auch gemailt oder sonst irgendetwas unternommen. Das alles müsste doch Spuren hinterlassen haben, im Netz zum Beispiel. Was denkst ihr, was wir alles auf seinem Laptop an Informationen finden könnten?"

„Dieser Gedanke klingt logisch, aber wie kommen wir zum Beispiel an den Laptop von Hans?", fragt Lena. Sie stutzt und sieht Fernando dann fragend von der Seite an, der ruhig und in sich gekehrt neben ihnen sitzt:

„Fernando, du bist so ruhig, kannst du bitte auch mal was dazu sagen?"

Fernando starrt nachdenklich in die Luft, rührt geistesabwesend in seinem Kaffee, wendet dann sein Gesicht Stefan zu und fragt:

„Stefan, kann ich jetzt davon ausgehen, dass auch du Hans als Täter siehst? Stimmt das?"

Stefan windet sich, schüttelt verzweifelt den Kopf, was ja eigentlich ein Nein bedeutet, stimmt dann allerdings zu: „Ja, leider, ich muss es zugeben! Es tut weh, und ich weiß nicht, wie ich das durchstehen soll. Ich habe schon so viel gesehen, viel Leid mitbekommen in diesem Beruf, aber so etwas noch nicht – das werde ich wohl nicht so leicht verkraften können."

Lena legt leicht ihre Hand auf Stefans Schulter und sagt mitfühlend:

„Wir sind alle bei dir, wir stehen das alles zusammen mit dir durch. Auch uns tut es weh, aber wir müssen den Tatsachen ins Auge sehen."

Jetzt schaltet sich Fernando wieder ein:

„Ich habe, so ganz für mich, etwas überprüft."

Stefan sieht Fernando fragend an, sein Gesichtsausdruck scheint zu sagen – hoffentlich ist es nichts Schlimmes. „Ich habe die Urlaubs- und Abwesenheitstermine mit den Tatterminen verglichen. Es scheint sicher zu sein, die Zeiten passen alle überein, außer bei dem ersten Mord in Schilksee."

Mit zitternden Händen blättert Stefan in seinem Notizbuch und murmelt dann: „Ach, das war an dem Montag nach meiner Feier. Für den fraglichen Zeitpunkt habe ich hier `Hans / K´ notiert. Das bedeutet, dass Hans an dem Tag krank war!"

Lena berichtigt ihn: „Nein, ich kann mich noch genau erinnern – er hatte einen Arzttermin und kam später. Deshalb hatten wir die Dienstbesprechung nach hinten verschoben. Und soweit ich mich erinnern kann, hat er sogar den Anruf von der Leitstelle angenommen."

Jetzt bricht der Damm; für Stefan stürzt eine Welt ein! Tränen laufen ihm über die Wangen, er springt auf und hastet aus dem Kantinenraum. Im WC-Vorraum benetzt er wieder und wieder sein Gesicht mit kaltem Wasser und versucht verzweifelt, zur Ruhe zu kommen.

Ja, er weint – und er schämt sich nicht dafür!

Auch Lena geht die Bedeutung dieser Erkenntnisse unter die Haut! Fassungslos ist sie auf ihrem Stuhl zusammen gesunken und hat die Hände vors Gesicht geschlagen. Fernando umarmt sie und versucht, sie zu beruhigen:

„Lass ihm ein wenig Zeit, er wird bestimmt gleich wiederkommen. Ich weiß, wie ihr euch jetzt fühlt, aber es hilft alles nichts, wir müssen die Tatsachen anerkennen!" In diesem Moment kommt Stefan in die Kantine zurück, setzt sich, räuspert sich und sagt kraftlos:

„Entschuldigt bitte, ich werde versuchen, mich jetzt zusammenzureißen und professionell zu arbeiten. Ich habe große Angst vor der Konfrontation mit Hans, das gebe ich zu. Aber wir werden jetzt weiter ermitteln, wie es sich gehört!"

Fernando überlegt mit geschlossenen Augen:

„Wartet mal, mir geistert die ganze Zeit etwas im Kopf herum. Es muss eine Bemerkung oder so gewesen sein, die mich schon einmal stutzig gemacht hat, aber ich weiß absolut nicht, was es war. Mir ging's wie dir, Lena, wie ein Blitz ist es mir durch den Kopf geschossen, aber es war gleich wieder weg. Was war es, was hat mich so unangenehm berührt? Einer von euch dreien hat eine Redewendung benutzt, die dieses Gefühl ausgelöst hat." Nach kurzem Schweigen schütteln beide, Lena und auch Stefan, den Kopf. Stefan ordnet bewusst forsch an:

„Es ist müßig, darüber zu grübeln, vielleicht fällt es dir ja noch wieder ein, Fernando. Wir machen jetzt so weiter wie bisher, wir brauchen Beweise. Lena, du rufst bitte noch einmal alle Witwen der Opfer an und fragst nach, ob ihnen in der Zwischenzeit nicht doch noch irgendeine Kleinigkeit eingefallen ist, die uns weiterhelfen könnte." Im Büro angekommen, beginnt Lena als erstes mit Frau Schröder aus Felde. Diese bedauert nach einem Moment des Nachdenkens; sie kann beim besten Willen nichts Neues dazu beitragen.

Als zweites bittet sie auch Frau Teuerkauf aus Kiel-Schilksee trotz der gerade überstandenen Aufregung noch einmal um ihre Hilfe, aber auch sie kann keinen weiteren Hinweis beisteuern.

Nun fragt sie bei Frau Deutschendorf in Dortmund nach, doch auch hier kann sie nichts Neues in Erfahrung bringen.

In Husum, wo Andreas Kuhnke lebte, erreicht sie nur den erwachsenen Sohn des Opfers. Seine Mutter, so teilt er ihr mit, befindet sich auf einer Klassenfahrt und kommt erst Ende der Woche zurück. Und er selbst kann leider auch nichts Wesentliches ergänzen.

Donnerstag, 19. September 2013

Lenas Arbeitstag beginnt mit dem Läuten des Telefons. Zögerlich meldet sich Frau Teuerkauf, die Frau des ersten Opfers:

„Guten Morgen Frau Gutzeit, gestern habe ich Ihnen ja gesagt, dass ich nicht weiterhelfen kann, aber jetzt ist mir doch etwas eingefallen. Ich weiß aber nicht, ob das wirklich wichtig ist. Ungefähr vier Wochen vor der Tat bekam ich einen Anruf. Es war ein Kollege aus der Bank, den ich nicht kannte. Der Anrufer erzählte mir, dass er ebenso wie mein Mann ein Jogger sei und fragte, wann mein Mann immer laufen würde. Er wolle gern mal mit ihm zusammen joggen, aber es solle eine Überraschung sein. Voller Vertrauen gab ich ihm die gewünschte Auskunft. Meinem Mann habe nichts davon erzählt, weil ich die Überraschung nicht verderben wollte."

Ungläubig horcht Lena auf und fragt nach:
„Können Sie sich an den Namen erinnern?"

„Nein, ich glaube, den hat er nicht genannt, oder ich habe ihn vergessen."

Enttäuscht bedankt Lena sich mit den Worten:
„Vielen Dank, dass Sie angerufen haben. Für uns ist jede Kleinigkeit sehr wichtig."

Dann informiert sie aufgeregt ihre beiden Kollegen, worauf Fernando sagt:
„Also wieder ein kleines Puzzleteilchen. Ich gehe davon aus, dass das der Mörder war, aber das bringt uns trotzdem noch nicht weiter."

Montag, 23. September 2013

Hans ist am Wochenende aus dem Krankenhaus entlassen worden und erscheint, noch etwas blass, pünktlich zum Dienst.

Er fordert die Akte zu dem Vierfachmord an und beginnt zu sichten, was in der Zwischenzeit veranlasst wurde.

Zur gleichen Zeit erscheint der Leiter des Kommissariats, Dr. Schneider, in Stefans Büro, druckst eine Weile herum und informiert ihn dann, dass für Hans Sommer eine Beförderung ansteht und er ihm das jetzt mitteilen muss. Leise setzt er hinzu:

„Das ist unglücklich jetzt, ich weiß, aber verzögern darf ich das nicht. Gibt es in der Sache schon etwas Neues?" Von der letzten Entwicklung hat er noch keine Ahnung und auch jetzt schweigt Stefan darüber und schüttelt stumm den Kopf.

Dr. Schneider bittet Stefan, die beiden engsten Mitarbeiter, Lena Gutzeit und Fernando Gonzales, in sein Büro zu bestellen, damit sie dabei sein können; die Hauptperson Hans Sommer wird er persönlich zu sich rufen.

Als die Gruppe beisammen ist, ergreift Dr. Schneider das Wort, lobt die Gewissenhaftigkeit und Geradlinigkeit von Hans Sommer und hebt besonders auf seine kollegiale Einstellung und menschliche Wärme ab. Mit diesen anerkennenden Worten löst er bei den drei Kollegen eine Lawine von beklemmenden Gefühlen aus. Lena und Fernando, die den Grund dieses Zusammentreffens noch nicht kennen, schauen ihn verständnislos fragend an. Nach einer kleinen Pause schaut er sich bedeutsam um und erklärt dann förmlich:

„Hans Sommer, ich ernenne Sie hiermit zum Hauptkommissar. Die Beförderung gilt ab dem 1. Oktober 2013."

Hans schaut überrascht auf, bedankt sich mit wenigen bewegten Worten und lädt alle zu einer Tasse Kaffee in die Cafeteria ein.

Auf dem Weg dorthin überkommen Stefan erneut leise Zweifel, ob Hans wirklich der Täter ist. Er will und kann sich das einfach nicht vorstellen.

Trotz des ja eigentlich freudigen Anlasses für diese Kaffeerunde will sich einfach keine gelöste Atmosphäre einstellen. Eine gewisse Anspannung ist bei allen Anwesenden deutlich zu spüren und es kommen lediglich belanglose, nichtssagende Gespräche zustande.

Wenig später, in Lenas Wohnung angekommen, öffnet Fernando den Kühlschrank und holt eine Flasche Sekt heraus. Lena sieht ihn fragend an; unter diesen Umständen ist ihr nicht nach Sekt zumute. Fernando versteht ihre Abwehrbewegung, füllt aber trotzdem die beiden Gläser voll. Lena schüttelt unwillig den Kopf, bemerkt an Fernandos Gesichtsausdruck jedoch etwas, was sie an ihm noch nicht kennt.

Er scheint aufgeregt zu sein!

„Lena, ich weiß ja, dass der Zeitpunkt schlecht gewählt ist, aber ich möchte nicht länger warten. Darf ich dir eine Frage stellen?"

Lenas Herz setzt für einen Moment aus.

„Ja?", haucht sie erwartungsvoll fragend.

Fernando nimmt sie in die Arme und flüstert ihr ins Ohr: „Kann ich mit einem `Ja´ rechnen, wenn ich jetzt frage, ob du mich heiraten möchtest?"

Lenas Herz hüpft vor Freude:

„Ja, ganz, ganz gern", tönt es jubelnd aus ihr heraus. Für einen Moment spürt sie nichts als Glück und sie genießt mit freudestrahlenden Augen den Sekt. Aber schon bald schiebt sich die dunkle Wolke der Angst wieder über ihre Glückseligkeit und ihre Gedanken kehren immer wieder zu dem zurück, was ihnen jetzt beruflich bevorstehen wird.

Erst nach einigen Gläsern Sekt gelingt es ihr, vollständig abzuschalten, denn diese Nacht soll jetzt den beiden Verliebten gehören. Was der neue Tag bringen wird, wird man morgen sehen.

Stefan sitzt derweil mit seiner Frau bei einem Glas Wein und schüttet ihr sein Herz aus. Er erzählt ihr bedrückt von der Brisanz der Erkenntnisse, von der sich daraus ergebenden Problematik und von seinen Ängsten und erhofft verzagt ihren Beistand.

Schon oft hat sie ihm als Außenstehende mit ihren logischen Anmerkungen hilfreiche Hinweise geben können. Außerdem kennt sie sowohl Hans als auch dessen Frau von den früheren gemeinsamen Feiern. Erschüttert lauscht sie dem Redeschwall ihres Mannes und fragt ihn mitfühlend:

„Wie willst du denn jetzt weiter vorgehen?"

„Wenn ich das bloß wüsste. Ich weiß es wirklich nicht!", ist seine verzweifelte Antwort.

Bis lange nach Mitternacht überlegen und diskutieren sie, drehen und wenden noch einmal jedes Detail und kommen doch zu keinem Ergebnis.

Zur gleichen Zeit erhält Meinhard Rolfes einen Anruf von Hans-Jürgen. Dieser schlägt ihm vor, vorsichtshalber nur noch über ein Kartentelefon zu kommunizieren, damit ihnen keine Verbindung nachgewiesen werden kann. Rolfes akzeptiert das erleichtert und sie vereinbaren ein nächstes Treffen für die kommenden Herbstferien.

Mittwoch, 25. September 2013

Der Tag beginnt wie immer mit einer morgendlichen Routinebesprechung.

Und dann platzt der Knoten! Mit einem Anruf aus Dänemark nimmt die Klärung des Falles Fahrt auf!

Inge Christensen aus Odense meldet sich telefonisch bei Stefan:

„Hallo Stefan, hier spricht Inge."

„Inge, das ist ja eine Überraschung. Ich freue mich, deine Stimme zu hören."

„Ich wollte nur nachfragen, ob es inzwischen etwas Neues gibt?"

Stefan ist momentan noch nicht in der Lage, ihr alles zu erzählen und wiegelt ab:

„Nein Inge, aber es gibt viele Kleinigkeiten, die wir noch prüfen müssen."

Jetzt räuspert Inge sich und fragt verhalten:

„Eines kommt mir sehr merkwürdig vor. Du warst ja hier und hast Erkundigungen eingezogen. Ich habe daraufhin alle Unterlagen noch einmal durchgesehen und musste feststellen, dass du vor vielen Jahren schon einmal hier gewesen bist! Warum hast du mir das nicht gesagt?"

„Ich??? Hallo, wann soll das denn gewesen sein?"

„Drei Jahre nach dem Mord an Jenny Larsson."

„Ehm – Inge, ich bin fassungslos! Ich bin noch nie vorher in Odense gewesen."

Inge wartet einen Moment und fährt dann fort:

„Ich habe eine Aktennotiz gefunden, aus der klar hervor geht, dass ein gewisser Stefan Kaiser, ein junger Polizist aus Kiel, hier war und einige Fragen hatte bezüglich der Kieler Handball Jungs, die an dem Turnier teilgenommen hatten und deshalb an der Vergewaltigung beteiligt gewesen sein könnten.

Aus dieser Akte geht eindeutig hervor, dass er gesagt haben soll, dass die Mordkommission Kiel sich mit Hochdruck um die Aufklärung bemühen würde. Ihm waren übrigens Fotos überlassen worden, die nie zurückgegeben wurden, obwohl er das damals zugesagt hatte. Aber das war hier in der Zwischenzeit auch in Vergessenheit geraten."

Stefan kramt angestrengt in seinem Kopf, versucht sich an die Zeit damals zu erinnern.

Beide, Hans und er, sind zur gleichen Zeit bei der Polizei angefangen. Um Licht ins Dunkel zu bringen, hakt er nach: „Wer hatte denn damals mit ihm gesprochen?" „Der Kollege ist leider schon verstorben, er hieß Ole Knutzen. Soll ich dir das Gesprächsprotokoll faxen?"

„Ja, bitte, das wäre hilfreich. Hast du meine direkte Faxnummer? Also, eines steht fest – ich war jedenfalls nicht in Odense! Jetzt wird die Sache spannend, jetzt kommen wir der Aufklärung näher. Inge, ich kann dir am Telefon noch nicht alles erzählen, aber ich verspreche dir, wenn alles vorbei ist, werde ich dich anrufen und dir lückenlos berichten."

„Danke, das ist gut.", hört er und:„ Ich faxe dir das jetzt zu".

Damit wird aufgelegt. Stefan sieht Inge vor sich, denkt an den Abend bei ihr und wird erneut beschämt an sein Versagen erinnert.

Gewaltsam schüttelt er diese unbequemen Gedanken ab und wartet ungeduldig auf das Fax.

Es dauert nicht lange, bis er das Protokoll in den Händen hält. Er bestellt Lena und Fernando zu sich, erklärt ihnen den Sachverhalt und beginnt vorzulesen:

„Mittwoch, der 8. Juli 1991 – Morddezernat Odense.

Betreff: Mordfall Jenny Larsson / Juli 1988

Anwesende: Ole Knutzen und Stefan Kaiser, Mordkommission Kiel.

Knutzen: Was kann ich bezüglich des Mordfalls Larsson für Sie tun?

Kaiser: Die Mordkommission Kiel versucht mit Hochdruck, die Kieler Handballer, die an dem Turnier beteiligt waren, ausfindig zu machen, um bei der Aufklärung behilflich zu sein. Gibt es bei Ihnen neue Hinweise auf die Täter?

Knutzen: Bedaure, neue Hinweise gibt es leider nicht.

Kaiser: Haben Sie Fotomaterial oder Akten, die ich einsehen kann?

Knutzen: Ja, es gibt Fotos, die dürfen Sie einsehen.

Kaiser: Darf ich die Fotos auch mitnehmen? Sie werden natürlich umgehend zurückgegeben.

Knutzen: Da muss ich erst meinen Vorgesetzen fragen.

Kaiser: Das wäre schön, vielleicht können wir etwas damit anfangen.

Knutzen: Bitte warten Sie einen Moment.

Knutzen erneut: Ja, ich habe die Freigabe. Sie müssen das aber quittieren.

Kaiser: Ok, natürlich, das ist klar.

Schlussbemerkung: Herr Kaiser nimmt sieben Fotos von Sportlern aus Kiel entgegen und quittiert per Unterschrift.

Fernando schaut sich das Fax genau an, verdreht die Augen und ruft:

„Jetzt haben wir ihn! Stefan, sieh dir die Unterschrift mal an!"

Stefan schaut mit zusammengekniffenen Augen auf die Unterschrift und reicht das Papier wortlos mit zitternden

Händen weiter an Lena. Die wirft nur einen Blick darauf und sagt erschüttert:

„Mein Gott, er hätte sich fast verschrieben! Was muss er unter Stress gestanden haben!"

Die Unterschrift sollte ja Stefan Kaiser heißen. Den Vornamen hat er auch einwandfrei hinbekommen, aber bei dem Nachnamen ist eine kleine Unachtsamkeit zu bemerken: Der Ansatz sieht fast wie ein S aus, ist dann auf ein K verbessert worden!

Jetzt sind sich alle sicher: Hans Sommer, ihr Kollege, muss tatsächlich der Mörder sein!

.

Umgehend ziehen Sie Dr. Schneider nun mit allen neu hinzugekommenen Details ins Vertrauen und zusammen beschließen sie, doch noch einen Tag verstreichen zu lassen, bevor die Staatsanwaltschaft informiert wird.

Stefan Kaiser begibt sich unruhig in den verfrühten Feierabend, um sich auf den schwersten Tag seiner Laufbahn vorzubereiten.

Unglücklich sucht er bei den Gesprächen mit seiner Frau Halt und Zuspruch.

Im Laufe des Abends bemerkt sie sorgenvoll seine ständig von einer fahlen Blässe auf ein unnatürliches Rot wechselnde Gesichtsfarbe und mahnt erschrocken:

„Stefan, du wirst jetzt sofort deinen Blutdruck messen, ich habe Angst um dich. Ich weiß ja, was das für dich bedeutet, aber versuch bitte, dich zu beruhigen. Können dir deine Entspannungs-Übungen nicht ein wenig helfen?"

Trotz etlicher Versuche kann ihm an diesem Abend nichts helfen und er verbringt eine schlaflose, nicht enden wollende Nacht voller quälender Gedanken.

Donnerstag, 26. September 2013

Übermüdet und ohne Frühstück sitzt Stefan schon viel früher als gewöhnlich an seinem Schreibtisch, hat auch Lena und Fernando per SMS gebeten, früher als sonst zu erscheinen und in ihrem Büro bereit zu stehen.

Mit geschlossenen Augen wartet er auf den ihm so bestens bekannten Schritt von Hans.

Da, jetzt kommt er den Flur entlang, verhält kurz den Schritt vor der Tür von Lenas und Fernandos Büro und steuert dann doch sein eigenes Büro an!

Stefan nimmt allen Mut zusammen, zieht kurz die Schultern bis zu den Ohren hoch und lässt sie mit einem Ruck wieder fallen, atmet tief durch und greift dann entschlossen zum Telefonhörer.

Sofort nach dem ersten Klingelton meldet sich Hans mit: „Sommer, Mordkommission Kiel."

„Guten Morgen, ich bin´s, Hans, kannst du bitte mal zu mir rüber kommen?"

„Ja, bin gleich da."

Gleich darauf betritt Hans das Büro und schließt die Tür, die normalerweise immer ein Stück offen bleibt. Stefan registriert das sofort und fragt sich im Stillen, ob Hans wohl schon eine Ahnung hat von dem, was jetzt bevorsteht.

„Hans, bitte setz dich. Ich hoffe, du weißt, dass ich mir dieses Gespräch nicht freiwillig ausgesucht habe! Ich will gar nicht lange drum herum reden, ich muss dich leider mit schweren Vorwürfen konfrontieren! Ich bin gezwungen, ganz deutlich zu werden: Ich habe eine ganze Menge Fragen an dich, und nachdem du mir diese beantwortet hast, werde ich dich leider dem Haftrichter vorführen müssen. Und ich glaube, dass du auch weißt, warum."

Hans wird leichenblass, seine Hände verkrampfen sich auf der Lehne. Unruhig irrt sein Blick durch den Raum, bevor er Stefan ansieht und fragt:

„Wie lauten die Vorwürfe?"

„Hans, unsere Ermittlungen haben sich auf eine einzige Person zentriert, die Fakten haben sich verdichtet! Es kann nicht anders sein, du bist der Vierfachmörder!"

Hans scheint sich ein wenig gefasst zu haben; trotzig versucht er, seinen letzten Trumpf auszuspielen:

„Ich kann dich nicht hindern, das zu behaupten, aber hast du denn dafür Beweise?"

Diese Antwort nimmt Stefan den letzten Zweifel und gibt ihm die Kraft, jetzt so professionell zu handeln, wie es das Gesetz vorschreibt:

„Glaube mir, es fällt mir sehr schwer, aber wenn du Beweise möchtest – bitte schön, die habe ich!

Zunächst habe ich mich geweigert, alle Fakten, die auf dich hinweisen, als gegeben anzuerkennen; aber die eine Tatsache, die wir dann herausgefunden haben, die hat auch mich von deiner Schuld überzeugt. Drei Jahre nach dem Verbrechen in Dänemark damals bist du als junger Polizist in Odense gewesen und hast um Akteneinsicht gebeten, obwohl die Kieler Mordkommission keinen Auftrag dazu hatte. Du musst offensichtlich große Angst gehabt haben, entdeckt zu werden und hast deshalb in meinem Namen recherchiert. Kannst du mir erklären, warum?! Das Protokoll, das du damals unterschreiben musstest, liegt uns jetzt vor und die Unterschrift zeigt ganz deutlich deine Schrift. Und dass du dich bei dem Nachnamen beinahe verschrieben hättest, spricht auch für sich. Reicht dir das jetzt?"

Hans hört mit angehaltenem Atem zu, sagt aber kein Wort. Stefan hat sich in Rage geredet, versucht niedergeschlagen, seine Vermutung zu untermauern:

„Von der Namenstäuschung mal ganz abgesehen, Hans, was hattest du da verloren? Unsere Behörde hat doch damals in dieser Sache gar nicht ermittelt! Uns als Mordkommission war zu diesem Zeitpunkt der Gesamtablauf überhaupt nicht bekannt! Die Dänen hatten lediglich über die Polizeidirektion Anfragen an Kieler Handballvereine gestartet, um möglicherweise an die Namen der Teilnehmer zu kommen. Als was hast du ein Interesse daran gehabt, wenn nicht als Mittäter?! Und als Mittäter hast du vermutlich auch ein Interesse daran gehabt, die anderen vier Beteiligten auszuschalten, oder?"

Jetzt hat Hans einen Entschluss gefasst, richtet sich in seinem Stuhl kerzengerade auf und beginnt ruhig und gefasst zu reden:

„Stefan, ich sage dir jetzt etwas unter vier Augen, bist du damit einverstanden?"

„Ja, ich bin einverstanden, aber ich kann dir nicht versprechen, dass es unter vier Augen bleibt, falls du ein Geständnis ablegen willst."

„Gut, dann möchte ich folgendes erklären: Ja, ich bin damals dabei gewesen. Ja, ich bin auch später in Odense gewesen. Ja, ich habe vier Menschen hingerichtet. Damit wollte ich Gerechtigkeit herstellen und dieses junge, ausgelöschte Leben irgendwie rächen. Die Konsequenzen sind mir immer klar gewesen."

Stefan fällt ihm aufgebracht ins Wort:

„Was hast du dir dabei gedacht? Hast du dein Berufsethos vergessen? Hast du vergessen, welchen Eid du geschworen hast? Du wolltest Gerechtigkeit und hast dabei so viele Menschen ins Unglück gestürzt, nicht nur die Opfer, sondern auch deren Familien. Ich kann es nicht glauben, ich kann das nicht nachvollziehen!"

„Ja, über Recht und Gerechtigkeit habe ich immerzu nachdenken müssen. Alle vier Täter haben trotz dieses Verbrechens viele Jahre sehr gut leben können, haben teilweise sogar beruflich eine große Karriere machen können. Was meinst du, lieber Stefan, findest du das gerecht?!"

Stefan nimmt diesen Versuch einer Rechtfertigung nachdenklich zur Kenntnis und sagt dann kopfschüttelnd:

„Weißt du, Hans, emotional kann ich vieles verstehen. Aber Mord – nein, Mord ist und darf keine Lösung sein, niemals!"

Hans hört Stefan mit großen Augen zu. Er sucht nach den richtigen Worten oder nach weiteren Argumenten, so scheint es Stefan.

Dann setzt er erneut an:

„Ich selbst bin ein Mitläufer gewesen, kein Aktivtäter! Und trotzdem habe auch ich mein Leben durch dieses Verbrechen verwirkt."

„Wieso hast du denn dein Leben verwirkt? Das erklär mir mal!"

„Wie du weißt, lebe ich seit vielen Jahren getrennt. Der einzige Grund dafür ist der, dass ich keine Erektion bekommen kann! Immer wieder steigen die Bilder dieses Verbrechens in mir auf und hindern mich an einem erfüllten Leben. Ich habe alles versucht, sogar mit einer Therapie, aber nichts hat geholfen. Immer hatte ich große Angst, die volle Wahrheit zu sagen."

Stefan schaut Hans an; in seinem Blick kämpfen Mitleid, Fassungslosigkeit und Trauer miteinander.

Auch er sucht jetzt nach den richtigen Worten, die er nach langem Schweigen endlich findet:

„Mein Gott, Hans, wir haben nach einem Monster gesucht und dich gefunden. Das ist für mich die schwerste Situation, die ich mir vorstellen kann. So etwas habe ich bisher noch nie erlebt!"

Hans fällt förmlich in sich zusammen und gequält stößt er hervor:

„Ich habe alle Vier kurz vor ihrem Tod mit der Tat konfrontieren wollen. Ich gebe aber zu, dass alle Vier kaum Zeit hatten, zu realisieren, weshalb sie sterben mussten. Zeit für Reue oder Scham wagte ich ihnen nicht zu geben. Das ist das, was ich gern anders gehabt hätte. Aber ich musste ja immer sehr schnell wieder weg, um nicht gefasst zu werden."

„Eines verstehe ich noch nicht; das musst du mir jetzt bitte erklären. Warum hast du den Anwalt Rolfes verschont?"

„Er war auch nur ein Mitläufer. Wie du weißt, war ja seine DNA nicht dabei. Er war genau wie ich zu schwach. Wir hätten beide die Tat verhindern müssen! Als vereidigter Rechtsanwalt hat er sich später besonders für das Allgemeinwohl und für die Schwächeren eingesetzt, das zeigt auch seine Mitgliedschaft im ‚Weißen Ring'. Und das hat mich bewogen, ..."

Stefan unterbricht den Redeschwall – er weiß, was er jetzt tun muss! Er erhebt sich, schluckt und mit fester, aber belegter Stimme sagt er förmlich:

„Hans Sommer, ich nehme Sie fest unter dem dringenden Verdacht, vier Morde begangen zu haben. Sie haben das Recht, sich mit einem Anwalt zu beraten."
Niedergeschlagen fügt Stefan hinzu:

„Hans, kann ich als Freund noch etwas für dich tun?"
Hans nickt:

„Ich bitte dich um eines: Gibst du mir noch etwas Zeit? Ich möchte dir noch einiges erklären, geht das in Ordnung?"

„Ja natürlich, es muss aber jetzt sofort sein."
Wieder nickt Hans und bittet Stefan darum, Lena dazu zu holen. Er begründet diesen Wunsch damit, dass sie ja auch

seit acht Jahren sehr vertraut zusammen gearbeitet haben. Fernando will er nicht dabei haben, denn die beiden haben sich persönlich nie besonders gut verstanden. Stefan greift zum Telefon, erklärt Lena den Wunsch und bittet sie, in sein Büro zu kommen. Sehr aufgeregt sagt sie zu und kommt sofort.

Nun sitzen alle drei wie früher zusammen und doch ist die Stimmung eine ganz andere!

Hans sucht nach dem richtigen Einstieg und beginnt langsam, seine Gefühlswelt zu erklären:

„Ich weiß, was ich getan habe. Ich weiß, was mich als Strafe erwartet. Aber die Tat, besser gesagt der Mord an Jenny Larsson hat mich nie losgelassen. Ich gebe zu, ich wollte alles verdrängen, aber es klappte nicht. Mein Schuldgefühl hat sogar die Beziehung zu meiner Ehefrau so stark belastet, dass wir uns getrennt haben. Der Schatten auf meiner Seele war immer gegenwärtig, er wurde auch nicht kleiner, nein, im Gegenteil, je mehr Zeit verging, desto größer und bedrohlicher wurde er!"

Lena fällt ihm ins Wort:

„Hast du denn niemals über eine Selbstanzeige nachgedacht?"

„Nein, natürlich nicht. Ich hatte doch kurz vorher die Zusage für den Polizeidienst bekommen. Gleich nach dem Turnier sollte ich in Eutin den Dienst antreten. Das wollte ich doch nicht gefährden."

Lena setzt nach:

„Ja, das kann ich verstehen; aber du bist doch kein Täter gewesen, was hätte dir denn passieren können?"

Ungläubig sieht Hans sie an und sagt:

„Lena, du bist gut, die anderen haben mich unter Druck gesetzt! Sie haben darauf bestanden, dass es eine Gemeinschaftstat war. Besonders Siegfried und Sebastian taten sich hervor. Die beiden waren extrem schamlos und völlig ohne Schuldgefühl. Ich war einfach zu schwach und habe mich nicht gewehrt. Das werde ich mir immer vorwerfen!"

Stefan greift verständnisvoll ein:

„Du bist in eine Ausnahmesituation hinein geraten. Ich weiß nicht, wie ich gehandelt hätte. Genügend Beispiele gibt es ja dafür, wenn man an unsere Geschichte denkt." Hans redet weiter:

„Als ich in Eutin die Ausbildung begann, war mir klar, dass ich mich nicht outen durfte. Dann wäre es mit dem Polizeidienst vorbei gewesen. Später habe ich mich damit beruhigt, dass ich dann als Polizist für Gerechtigkeit sorgen kann und mir eingeredet, dass ich damit vielleicht wieder etwas gutmachen kann.

Schnell musste ich allerdings merken, dass Recht und Gerechtigkeit zwei verschiedene Paar Schuhe sind. Als Erika und ich geheiratet haben, merkte ich mehr und mehr, dass ich Schwierigkeiten hatte. Nach der Trennung bin ich ihr dann ja doch noch nach München gefolgt, um einen Neustart zu versuchen. Wir haben uns wirklich sehr geliebt, lieben uns immer noch. Aber in gewisser Hinsicht war ich nie in der Lage, Erika und mich zufrieden zu stellen."

Jetzt erst begreift Lena, was Hans da anspricht. Diskret verzichtet sie darauf, genauer nachzufragen.

Stefan steht schwerfällig auf, legt Hans die Hand auf die Schulter und sagt bekümmert:

„Hans, ich bin sehr traurig über dein Schicksal. Wir beide haben doch so lange vertrauensvoll zusammen gearbeitet. Es fällt mir unsagbar schwer, aber dir ist doch klar, dass ich jetzt die notwendigen Schritte einleiten muss, nicht wahr?"

Als hätte Hans nichts gehört, ergreift er noch einmal das Wort:

„Am meisten hat mich gekränkt, dass die anderen, besonders Sebastian, keinerlei Skrupel gezeigt haben. Außer Meinhard, der war immer sehr ruhig und in sich gekehrt. Alle schienen gut mit der Vergangenheit leben zu können. Als ich sogar als Schlappschwanz hingestellt wurde, weil ich nicht damit zurechtkam, hat mir das den Rest gegeben und mich später bestärkt, alles so durchzuziehen, wie ich es nun getan habe.

Ich beschloss: Ja, sie sollen bezahlen, alle, mit ihrem Leben! Ich bin erleichtert, dass es jetzt vorbei ist. Ich muss nicht mehr Versteck spielen! Besonders euch gegenüber hat mir das immer sehr leid getan. Für diesen Vertrauensbruch möchte ich mich ausdrücklich bei euch entschuldigen! So Stefan, jetzt bin ich bereit zu gehen!"

Stefan steht auf und sucht zögerlich die Handschellen. „Muss das sein, Stefan? Ich hau schon nicht ab, wo sollte ich denn hin?"

„Hast ja Recht, Hans, aber mit dieser Situation bin ich schlicht überfordert. Der Gang zum Haftrichter ist auch für mich nicht leicht. Ich verspreche dir aber, dass wir dir jederzeit helfen, falls du etwas benötigst. Auch aus deiner Wohnung könnten wir etwas holen, falls du es möchtest."

„Eine Bitte habe ich noch an euch. Könnt ihr Erika benachrichtigen? Sie weiß Bescheid, ich habe ihr alles geschrieben."

Jetzt ist es mit Lenas Beherrschung vorbei. Sie kann die Tränen nicht mehr zurückhalten, sie will es auch gar nicht. Dieses Schicksal geht ihr nahe. Auch Stefan ist sehr bedrückt und müht sich um Fassung.

Fernando sieht die drei über den Flur gehen und zieht sich sofort zurück. Er weiß, dass Hans ihn nicht dabei haben möchte.

Als Lena zu ihm zurückkommt, umarmt er sie und hält sie ganz fest. Sie klammert sich an ihn und weint jetzt hemmungslos.

Fernando versucht sie zu beruhigen und sagt tröstend:

„Weißt du, mein Liebling, das hört sich jetzt vielleicht herzlos an, aber es gibt immer zwei Seiten. Einerseits ist es ein sehr tragischer, sehr emotionaler Fall für euch alle, andererseits hat er mir das große Glück gebracht, denn ich habe dadurch dich kennen gelernt."

Sanft wischt er ihre Tränen ab. Plötzlich löst er sich mit einem heftigen Ruck von ihr:

„Lena, jetzt weiß ich, was mir damals aufgefallen war. Du erinnerst dich sicher, dass ich sagte, es sei mir etwas wie ein Blitz durch den Kopf gezuckt, ich aber nicht wusste, was es war."

„Ja?", fragt sie erstaunt.

„Du hast vor einigen Tagen überlegt, ob man Hans nicht noch einmal mit ´dem Rolfes` zusammen bringen könne, erinnerst du dich? Und jetzt weiß ich, was mir aufgefallen war. Als

Hans von der Vernehmung aus Husum zurück kam und uns berichtete, wählte er die Worte: Andreas hatte keine Chance.

Lena sieht ihn verständnislos an und scheint nicht zu begreifen.

„Merkst du denn nicht, er sprach von ´Andreas`. Er nannte ihn bei seinem Vornamen, so ganz vertraut. Normalerweise würde man doch von ‚dem Kuhnke‘ reden. Du hast doch auch von ‚dem Rolfes‘ gesprochen. Aber er nannte nur den vertrauten Vornamen und das hat mich stutzig gemacht und mich unangenehm berührt. Ich konnte es nur nicht gleich realisieren.“

Jetzt versteht Lena: „Tatsächlich, da hast du Recht, aber mir ist das damals auch nicht aufgefallen.“

Stefan kehrt in sein Büro zurück, überlegt einen Augenblick und wählt dann die Nummer in Odense. An seiner belegten Stimme bemerkt Inge sofort, dass es eine entscheidende Wendung gegeben haben muss. Sie hört sich seinen Bericht still an und stellt keine Zwischenfragen. Nachdem er geendet hat und sie merkt, dass er um Fassung ringt, sagt sie mitfühlend:

„Es ist schrecklich, ich kann mir vorstellen, wie dir jetzt zumute sein muss. Es tut mir so leid für dich und deine Kollegen. Aber danke, dass du mich gleich informiert hast. Ich wünsche dir für die Zukunft alles Gute. Unser Kennenlernen stand bisher unter keinem guten Stern – vielleicht ergibt sich ja irgendwann einmal die Möglichkeit, dass wir uns unter besseren Umständen wiedersehen.“

„Danke, Inge, ich wünsche dir auch alles Gute“, murmelt Stefan kraftlos und legt auf.

Februar 2014

Fünf Monate sind ins Land gegangen.

Nachdem auch die Staatsanwaltschaft diesen außergewöhnlichen Fall noch einmal akribisch unter die Lupe genommen hat, wird Anklage erhoben.

Der Prozess gegen den Kriminalhauptkommissar Hans Sommer beginnt mit seinem lückenlosen Geständnis; sein Verteidiger ist Meinhard Rolfes.

Während des gesamten Prozesses legt Hans Sommer großen Wert darauf, dass er seine Motivation für diese Taten darlegen darf.

Er steht zu seinen Taten und bittet nicht um Milde oder gar Verständnis, nein – wichtig ist ihm nur eines: das Verstehen, wie so ein Schatten auf der Seele entstehen und belasten kann.

Er wird nach drei Wochen Prozessdauer zu lebenslanger Haft verurteilt.

Stefan, Lena und Fernando erfahren in der Kantine von dem Urteil. Erschüttert sagt Lena:

„Hoffentlich kommen wir nie in so eine Lage. Hans tut mir unendlich leid, obwohl er schwere Schuld auf sich geladen hat. Das Auslöschen von vier Menschenleben ist mit nichts zu rechtfertigen, und doch ist er in meinen Augen kein schlechter Mensch, sondern nur eine fehlgeleitete arme Seele."

Fernando, der bemerkt, dass Stefan sehr mit seinen Gefühlen zu kämpfen hat, versucht, zur Normalität zurückzukehren und sagt abschließend:

„Wir schauen jetzt nur noch nach vorn. Aber das soll nicht heißen, dass wir Hans vergessen werden.

März 2014

Es ist der letzte Tag im März, als Stefan die Nachricht erreicht, dass Hans Sommer sich in seiner Zelle das Leben genommen hat.

Dr. Schneider, dem vor Anspannung und Erschütterung die Stimme versagt, überreicht Stefan einen Brief, der an ihn und an Lena gerichtet ist und verlässt dann wortlos das Büro.

Mit feuchten Augen liest Stefan Lena den Brief vor:

Liebe Lena, lieber Stefan,

ich muss jetzt gehen, und wenn ich vor der Himmelstür stehe, wird mich ein anderer richten.

Ich bin zuversichtlich, dass ich dann meinen Frieden finden kann und den Schatten auf meiner Seele endlich loswerde.
Ich denke noch oft an Jenny. Vielleicht treffe ich sie. Dann werde ich mich bei ihr entschuldigen und um Vergebung bitten.

Bitte denkt nicht nur schlecht über mich. Ich hatte mich verirrt und die gute Seite in mir wurde durch die Suche nach Gerechtigkeit für eine Weile überschattet.

Von ganzem Herzen wünsche ich euch Glück und Zufriedenheit.

Lebt wohl
Euer Hans

MIX

Papier | Fördert
gute Waldnutzung

FSC® C083411

Zeitfracht Medien GmbH
Ferdinand-Jühlke-Straße 7
99095 Erfurt, Deutschland
produktsicherheit@kolibri360.de